Max

JAMES PATTERSON

MISSION : SAUVER LE MONDE

Tome 3

TRADUIT DE L'ANGLAIS (ÉTATS-UNIS)
PAR AUDE LEMOINE

hachette

L'édition originale de ce roman a paru en langue anglaise sous le titre :

MAXIMUM RIDE : SAVING THE WORLD
AND OTHER EXTREME SPORTS

First published by Little, Brown and Company, New York, NY.
Published by arrangement with Linda Michaels Limited,
International Literary Agents.
Produced by 17th Street Productions, an Alloy company.

© 2007 by SueJack, Inc.

Prologue
Plus droit à l'erreur !

Siège social de la filiale américaine d'Itexicon
Floride, États-Unis

— Nous avons méticuleusement façonné le puzzle
de notre nouveau monde, proclama la directrice sur
le grand écran de la salle de conférences. Les pièces
de ce puzzle sont disséminées à travers le monde.
L'heure est maintenant venue de les assembler pour
ne plus faire qu'un ! Alors, notre R-Évolution pourra
commencer.

La directrice s'interrompit en sentant son télé-
phone vibrer dans la poche de sa blouse blanche. Le
front plissé, elle sortit le portable de sa poche pour en
consulter le message. La situation, dans le bâtiment 3,
était critique.

7

— C'est le moment, fit-elle à un collègue, hors champ. Verrouillez le bâtiment 3 et gazez tout ce qui bouge.

De l'autre côté de la table de conférences, Roland ter Borcht esquissa un sourire. Jeb Batchelder l'ignora. La directrice reporta son attention sur la caméra.

— Tout est en place. Nous passerons à l'étape suivante de notre opération « Division de moitié » à sept heures zéro zéro, demain matin. Comme vous le savez, Jeb, la seule pièce du puzzle qui ne concorde pas, le seul « cheveu dans la soupe », ce sont vos pauvres déchets volants.

Ter Borcht hocha la tête d'un air grave et lança à Jeb un regard noir.

— Vous nous avez supplié d'attendre la date d'expiration pré-programmée pour ces gosses à plumes, reprit la directrice d'une voix tendue, mais vous n'avez plus aucune latitude maintenant. Débarrassez-vous de ces chiots fous immédiatement, c'est compris ?

Jeb acquiesça d'un signe de tête.

— Message reçu. Je m'en charge.

Néanmoins, son interlocutrice ne se laissa pas convaincre aussi facilement.

— Je veux avoir la preuve de l'extermination de ces ratés d'ici demain matin, sept heures zéro zéro, sinon c'est vous qu'on exterminera. On est bien d'accord ?

— Oui. (Batchelder se racla la gorge.) Mes hommes sont en position, madame la directrice. Ils n'attendent plus que mon signal.

— Alors, donnez-le-leur, bon sang ! Une fois que vous serez en Allemagne, plus de bêtises ! Vous n'aurez plus le droit à l'erreur. C'est un grand jour…

l'avènement d'une ère nouvelle pour l'humanité. Il n'y a plus de temps à perdre. Nous avons du pain sur la planche pour diminuer de moitié la population mondiale.

1ère Partie

Recherche cookies aux pépites de chocolat désespérément

— Laisse ce foutu klaxon tranquille !!! ai-je lancé en me frottant le front.

Nudge s'est éloignée du volant que Fang tenait entre ses mains.

— Pardon. Mais c'est tellement marrant… Ça me fait penser aux cotillons du Nouvel An.

J'ai jeté un œil par la fenêtre de la camionnette et secoué la tête, me retenant d'exploser.

J'avais l'impression que ça faisait une éternité qu'on avait réussi l'impossible en nous évadant des infâmes et crapuleux QG d'Itex en Floride – notre plus belle échappée de l'Enfer.

En réalité, ça ne faisait que quatre jours. Quatre petits jours que Gazzy et Iggy avaient percé l'enceinte du siège social d'Itex à coups de dynamite.

Mais vu qu'on est des champions de la logique et de la cohérence, une fois de plus, on était en cavale.

Cependant, nous roulions cette fois. Nous avions pris la sage décision d'emprunter une camionnette huit places – visiblement, une véritable machine à sexe, dans les années 1980, à en juger d'après la moquette épaisse partout, les vitres teintées et le néon qui bordait la plaque d'immatriculation et que, pour ne pas nous faire remarquer, nous avions aussitôt mis hors d'état de nuire.

Contrairement à d'habitude, il y avait suffisamment de place pour tout le monde : Moi (Max), Fang, au volant, Iggy, occupé à essayer de me convaincre de le laisser conduire en dépit du fait qu'il est aveugle, Nudge, assise devant aux côtés de Fang et prise d'irrépressibles envies de coller ses moufles au klaxon, le Gasman (Gazzy) et Angel, ma petite puce.

Ah ! J'allais oublier Total, le chien parlant d'Angel. Une longue histoire...

Gazzy a entonné une chanson de Weird Al Yankovic en imitant le chanteur à la perfection. J'admirais les mystérieux et redoutables talents d'imitateur de Gazzy, mais n'appréciais pas du tout sa fascination pour les bruits de bouche ou de ventre en tous genres, fascination que partageait, selon toute vraisemblance, Weird Al.

— Tu vas nous lâcher avec ta chanson sur la constipation, oui ou non ? a grogné Nudge alors que Gazzy entamait le deuxième couplet.

— Est-ce qu'on va bientôt s'arrêter ? a voulu savoir Total. J'ai la vessie fragile, moi !

Il a froncé le museau, ses pupilles vives braquées sur

moi, rapport au fait que je suis le chef et que c'est donc moi qui décide si, et quand, on s'arrête ou pas, entre autres milliards de choses.

Je me suis replongée un instant dans la carte qui apparaissait sur l'écran de l'ordinateur portable posé sur mes genoux, puis j'ai ouvert la fenêtre pour observer le ciel nocturne et tenter de deviner notre position.

— Tu aurais pu choisir une voiture avec un GPS, a sorti Total comme si ça avançait à quelque chose.

— C'est clair. On aurait aussi pu voyager avec un chien qui ne parle pas ! ai-je rétorqué.

J'ai lancé à Angel un regard lourd de sous-entendus et elle m'a souri avec son petit air… d'ange.

Total, vexé, est allé s'installer sur ses genoux, son petit corps de terrier collé à elle. Angel l'a embrassé sur le haut du crâne.

Une heure plus tôt, nous avions passé la frontière de l'État de Louisiane, suivant à la lettre notre plan de génie particulièrement élaboré et qu'on pourrait résumer à ceci : filer à l'ouest. Loin, le plus loin possible de notre échappée belle floridienne. Car, ne l'oublions pas, nous avions encore une mission à accomplir : faire échouer Itex, l'École, l'Institut et toute autre personne impliquée dans leur projet de destruction du monde en général, et de nous en particulier. Nous, rongés par l'ambition ? Naaannn !

— Bienvenue en Louisiane, le pays des routes défoncées ! ai-je marmonné avec une grimace au moment où nous heurtions un autre nid-de-poule.

Je n'allais plus pouvoir supporter cette voiture longtemps. Déjà que j'avais trouvé que le trajet des

Everglades jusqu'ici durait une éternité en comparaison avec le fait de voler !

D'un autre côté, rouler dans une camionnette, même si elle avait été reconvertie en garçonnière sur roues, était quand même plus discret que voler tous ensemble, six gamins et leur chien parlant !

J'étais sérieuse quand je parlais de six gosses volants et de leur chien qui parle.

Toute personne parfaitement briefée sur les Aventures de Max la Menace et de ses acolytes en délire est invitée à sauter les prochains paragraphes. Quant à vous qui entamez ce livre à froid – bien qu'il s'agisse clairement du tome trois d'une série – eh bien, prenez le train en marche ! Je n'ai pas toute la vie devant moi, alors pas question de perdre du temps à vous raconter tout ce que vous avez manqué. Je vous propose donc une version édulcorée (notez qu'elle est plutôt bonne, si vous voulez mon avis) :

Une bande de savants fous ont fait joujou et se sont amusés à recombiner l'ADN de différentes espèces ensemble.

La plupart de leurs expériences se sont soldées par des échecs patents, dans lesquels les recombinants mouraient ou bien ne vivaient que très peu de temps sous une forme horrible. Quelques-uns pourtant ont survécu, y compris nous qui sommes majoritairement humains mais un peu oiseaux aussi.

Tous les six, on se connaît depuis toujours. Fang, Iggy et moi sommes les plus âgés. Quatorze ans exactement. Nudge – le moulin à paroles – a onze ans. Gazzy, huit, et Angel, six.

Les autres espèces, qui fonctionnent presque à merveille et ont, en tout cas, une durée de vie supérieure à quelques jours, sont des hybrides homo-lupins, à savoir des êtres mi-hommes, mi-loups. On les appelle les Erasers. Ils vivent en moyenne six ans. Les scientifiques (qu'on a baptisés les blouses blanches) les ont formés pour qu'ils nous pourchassent et nous tuent, exactement comme une milice privée. Ils sont dotés d'une force redoutable et d'une soif de sang inassouvissable, mais ils sont également bêtes comme leurs pieds, incapables de voir plus loin que le bout de leur nez et de maîtriser leurs pulsions.

Dans notre cavale, on essaie de déjouer le plan des blouses blanches qui consiste à nous exterminer en même temps que la majeure partie de l'humanité. Ça les rend fous. C'est-à-dire… encore plus *fous* ! Du coup, ils feraient n'importe quoi – même les trucs les plus pathétiques – pour nous mettre la main dessus.

Voilà, en résumé, l'histoire de nos vies de cinglés.

Si jamais ce condensé a mis votre imagination en éveil, voire en mode accéléré, je vous donne une info qui devrait vous intéresser : Fang a commencé un blog (http://maximumride.blogspot.com). Ce n'est pas qu'il soit égocentrique ou fashion victim. Non, non. Rien de tout ça.

Mais on a fait l'« acquisition » d'un portable quand on s'est échappés des QG d'Itex et écoutez la meilleure : il est équipé d'une connexion Internet sans fil par satellite. Par conséquent, on est toujours en ligne. Et, du fait qu'Itex est une industrie mondiale ultra-secrète, à la pointe de la technologie, notre ordi change de code et de mot de passe en permanence et il est donc absolument impossible de localiser son signal. Pour nous, c'est une porte ouverte sur toutes les informations possibles et imaginables dans le monde.

Sans oublier un moyen pratique d'obtenir les horaires des séances de ciné et de lire les critiques de restos. Ça me fait mourir de rire rien que d'y penser.

Toujours est-il que, grâce à notre super ordi, Fang déverse sur le Web la moindre anecdote concernant notre passé, l'École, l'Institut, Itex, etc. Qui sait ? Peut-être quelqu'un finira-t-il par prendre contact avec nous et nous aider à résoudre le mystère de notre existence.

D'ici là, on peut localiser le *Dunkin' Donuts*[1] le plus proche en… quoi ? Deux secondes !

---

1. Chaîne américaine célèbre pour ses beignets avec un trou au milieu (on en voit une boîte dans tous les films américains qui se respectent).

Tout le boulot occasionné par notre périple sur les routes aux centaines de nids-de-poule ne semblait pas valoir le coup. Par conséquent, j'ai convaincu les autres d'abandonner notre quatre-roues en faveur de nos chères bonnes vieilles ailes.

Retour aux sources.

Passé minuit, nous avions traversé la frontière qui sépare la Louisiane du Texas et approchions de la nébuleuse de lumières qui jalonne Dallas. Une fois repéré le coin le moins éclairé, nous avons entamé notre descente en dessinant de vastes cercles de plus en plus lents et bas.

On s'est posés dans un parc national dont les arbres nous ont aussitôt tendu les bras pour passer la nuit. Vive les fonds gouvernementaux ! Croyez-moi : les parcs provinciaux sont des ressources naturelles de la plus grande valeur. Il faut les protéger ! Ne serait-ce que pour les beaux yeux des enfants mutants de votre région.

— Alors, tu y vois plus clair dans ton plan ? m'a demandé Fang une fois les autres endormis et notre petit rituel nocturne accompli.

J'étais allongée en travers d'une grosse branche, sur un sapin, une jambe se balançant dans le vide, rêvant à une douche chaude.

— Je continue à essayer de rassembler les pièces du puzzle, mais ça ne mène à rien. Il y a l'École, l'Institut, Itex… Nous, les Erasers, Jeb, Anne Walker, les autres mutants qu'on a découverts à New York. Seulement voilà : comment tout ça s'articule-t-il ? Et surtout, comment suis-je supposée sauver le monde ?

Jamais je n'aurais avoué mon ignorance devant les petits. Les enfants ont besoin d'un leader, d'un guide. Il faut qu'ils sachent que quelqu'un prend les choses en main. J'ai beau être une enfant, je suis une exception à la règle.

— Je n'arrive pas à m'ôter de la tête qu'il faut commencer par l'École, ai-je poursuivi, sans prêter attention à mes boyaux qui se tordaient instinctivement rien qu'à cette pensée. Tu te rappelles quand Angel nous a dit qu'elle avait lu dans les pensées de plusieurs personnes qu'un terrible désastre allait se produire et anéantir presque tous les habitants de la planète ?

Oui, oui, vous avez bien lu. Angel lit dans les pensées. Ce qui nous place d'emblée dans la catégorie des personnages « à part ». De plus, Angel ne fait pas que lire dans les pensées des gens. Elle peut également les contrôler par télépathie.

Fang a hoché la tête.

— Elle a aussi dit qu'on devrait s'en tirer grâce à nos ailes. Ce qui, je suppose, signifie qu'on s'enfuira en volant, loin de la catastrophe en question, quelle qu'elle soit.

Je me suis tue un moment. J'avais le cerveau en ébullition à un point tel que ça me filait la migraine.

— J'ai deux questions.

La couleur des yeux de Fang se fondait dans le noir de la nuit.

— Qu'est devenue la Voix ? Et où sont passés les Erasers ?

— C'est bien ce qui me tracasse.

Ceux d'entre vous qui l'ignorent doivent se demander : « De quelle Voix parlent-ils ? »

Mais de la petite Voix dans ma tête bien sûr. Quoi ? Vous n'en avez pas, vous ? Moi si.

Rectification. Dernièrement, la Voix dans ma tête avait disparu. D'après moi, cependant, il s'agissait tout simplement d'un problème technique. Ce n'est pas comme si ma Voix faisait des apparitions à heure fixe parce qu'elle devait pointer. Ç'aurait été trop beau que la Voix ne revienne jamais. Je préférais ne pas me faire de fausses illusions. D'un autre côté, c'était un peu flippant, cette sensation d'être foncièrement *seule* quand elle ne me parlait pas.

— Je ne vois qu'une seule explication : les ondes de la Voix me sont transmises d'une façon ou d'une autre ; seulement, pour l'instant, on est hors de portée et je ne capte pas les signaux.

23

Fang a répondu d'un haussement d'épaules.

— Comment savoir si j'ai raison ? Il n'y a personne pour me répondre de toute façon ! Quant aux Erasers, je n'en sais rien non plus. On n'est jamais restés si longtemps sans qu'ils fassent une apparition.

J'ai levé le nez pour scruter le ciel. Il restait cette micropuce qu'on m'avait implantée dans le bras. J'étais persuadée qu'elle leur permettait de me repérer. Pourtant, quatre jours s'étaient écoulés sans que les Erasers débarquent. En général, ils surgissaient de nulle part, où que l'on soit et quoi que l'on fasse à ce moment-là. Pour l'heure, étonnamment, c'était calme plat.

— Ça me fout les jetons. J'ai la vague impression que quelque chose de pire va nous tomber sur le coin de la tronche. Une enclume d'une tonne par exemple. Tu vois le genre ?

Fang a fait oui de la tête avant d'ajouter :

— Tu sais à quoi ça me fait penser ? Avant l'orage. Quand tous les animaux disparaissent pour se mettre à l'abri. Tout à coup, il n'y a plus aucun bruit. On n'entend même plus les oiseaux. Et quand on lève la tête, on aperçoit une tornade qui se dirige droit sur nous.

— Alors tu crois que si les Erasers ne sont pas dans les parages, c'est parce qu'ils fuient une catastrophe imminente ?

— C'est ça.

Je me suis adossée à ma branche, balayant à nouveau le ciel du regard. Les lumières de la ville, cependant, brouillaient le spectacle des étoiles à vingt kilomètres à la ronde. Je n'avais pas les réponses à mes questions. Je n'étais plus sûre de rien. La seule certitude tangible de ma vie était sous mes yeux : c'était les cinq mômes qui m'entouraient. Je ne pouvais faire confiance qu'à eux, je ne croyais qu'en eux.

— Essaie de dormir, m'a conseillé Fang. Je vais monter la garde en premier. Je dois écrire sur mon blog, de toute manière.

Mes paupières se fermaient toutes seules comme il sortait le portable de son sac.

— Tes fans sont toujours pendus à tes lèvres ? demanda Max d'une voix endormie, un peu plus tard.

Fang leva les yeux. Il ignorait combien de temps il avait passé sur son blog. À l'horizon, les nuances de rose faisaient encore plus ressortir la noirceur du reste du monde. Cependant, il distinguait sans peine toutes les taches de rousseur sur le visage fatigué de son amie.

— Absolument, fit-il.

Max secoua la tête puis se relâcha un peu au creux du coude d'une grosse branche. Ses yeux se fermèrent à nouveau malgré elle. Pourtant, il savait qu'elle ne dormait pas encore. Ses muscles étaient toujours tendus ; son corps restait raide.

Elle avait du mal à se détendre, même quand ce n'était pas son tour de monter la garde. Du mal à se détendre tout court. Le poids qui pesait sur ses épaules génétiquement modifiées était lourd. Franchement, elle s'en sortait bien, mais personne n'est parfait.

Fang rebaissa le nez sur l'écran qu'il avait éteint quand Max s'était approchée. Du pouce, il effleura la boule de commande et l'écran se ranima instantanément.

Son blog attirait de plus en plus l'attention. La rumeur se propageait. Au cours des trois derniers jours, son site était passé de vingt visiteurs à plus de mille. Un millier de gens le lisaient. Et demain, vraisemblablement, davantage encore.

Merci le correcteur d'orthographe automatique !

Fang, toutefois, venait de recevoir un message particulièrement bizarre. Il lui était impossible d'y répondre, de remonter à sa source ou de l'effacer sans qu'il ressurgisse comme par magie quelques instants après.

La veille, il en avait reçu un identique. Il le relut pour tenter de percer le mystère de sa provenance ainsi que sa signification. Fang leva les yeux vers les autres qui dormaient tous à présent, disséminés dans des arbres ici et là. Peu à peu, le jour se levait. Lui-même aurait bien dormi un peu. Il était exténué.

Iggy, comme suspendu entre deux branches, avait les ailes à moitié déployées et la bouche ouverte. L'une de ses jambes se contractait nerveusement.

Nudge et Angel, recroquevillées non loin l'une de l'autre, avaient élu domicile sur un chêne majestueux.

Total était niché sur les genoux d'Angel, sous sa main qui le protégeait d'une éventuelle chute. Fang se dit que la fillette devait avoir bien chaud grâce à cette boule de poils qui faisait office de radiateur.

On remarquait à peine le Gasman qui s'était installé dans un grand trou que la foudre avait dû découper, des décennies plus tôt. Il ne faisait pas ses huit ans, sale et très pâle à cause de la fatigue.

Enfin, Max dormait d'un sommeil léger et fronçait les sourcils, comme d'habitude lorsqu'elle rêvait. Elle serra soudain le poing et changea de position sur sa branche.

Fang relut le message, le même que celui de la veille. Il disait :

Il y a un traître parmi vous. L'un d'entre vous a mal tourné.

Nous n'avions encore jamais mis les pieds à Dallas. Le lendemain, dans le cadre de notre visite des incontournables du Texas, on a donc décidé d'en profiter pour visiter le monument érigé à la mémoire de John F. Kennedy. Du moins, c'est ce que les autres avaient décidé et leurs votes avaient remporté la majorité, rejetant, du même coup, ma suggestion de faire profil bas.

On se baladait à l'extérieur du monument. À ce propos, laissez-moi vous dire une chose : une notice explicative – comme les plaques qu'on peut d'ordinaire lire dans ce genre d'endroit – n'aurait pas été de trop.

— Vous allez voir que ce truc va nous tomber dessus d'un instant à l'autre, a prévenu Total tandis qu'il examinait les quatre murs qui s'élevaient, très haut,

au-dessus de nous, et jetait des regards suspects partout.

— Il n'y a même pas d'infos sur le président Kennedy, s'est plaint le Gasman.

— C'est probablement parce qu'on est déjà censés
tout savoir en venant ici, a expliqué Iggy.

— Il était président, a raconté Nudge qui traînait sa
main bronzée sur le ciment tout lisse. Et on l'a assassiné. Je crois que c'était un bon président.

— Moi, je reste persuadé qu'il y avait un deuxième
tireur, a assuré Total.

Il a reniflé un coin d'herbe et s'y est affalé de tout
son long.

— Bon. On peut y aller… avant qu'un car scolaire
bondé rapplique ? leur ai-je demandé.

— Ouais, a consenti Iggy. Et après ? Si on faisait un
truc marrant pour une fois ?

Je suppose que le troupeau d'Erasers assoiffés
de sang et de savants fous qu'on avait à nos trousses
n'était pas assez *marrant* pour eux. Ah, vraiment ! Les
enfants, de nos jours, ils sont pourris-gâtés !

— Si on allait visiter le musée des Cowgirls ? a lancé
Nudge.

Comment connaissait-elle son existence ? Ne me
demandez pas.

Fang a ouvert l'ordinateur portable pour consulter
un site touristique sur Dallas.

— On a le choix entre un musée d'art et un aqua-
rium, a-t-il annoncé sans grand enthousiasme.

Angel s'est sagement assise par terre et s'est mise à
caresser la fourrure de plus en plus ébouriffée de son
ours en peluche Celeste.

— Moi, je vote pour le musée des Cowgirls, a-t-elle fait savoir.

Je me suis mordu la lèvre. Pourquoi ne pouvait-on pas simplement se tirer d'ici, aller se planquer quelque part et prendre le temps de démêler ce sac de nœuds ? Pourquoi fallait-il que je sois la seule à ressentir un besoin urgent de savoir ce qui se tramait ?

— Un match de football ! a sorti Fang.

— Quoi ?

Le visage d'Iggy venait brusquement de s'éclairer.

— Il y a un match de foot ce soir, au Texas Stadium.

Fang a refermé le portable et s'est relevé.

— On devrait y aller.

Je l'ai dévisagé.

— T'es tombé sur la tête ? Aller à un match de foot ? Ça, vous oubliez ! ai-je déclaré avec ma délicatesse et mon tact habituels. Enfermés dans un stade de foot criblé de caméras vidéo, encerclés par la foule – des dizaines de milliers de personnes… Brrr, rien que d'y penser, ça me file la chair de poule !

— Le Texas Stadium est un stade à ciel ouvert, a rétorqué Fang d'un ton ferme. Ce soir, les Cowboys jouent contre les Chicago Bears.

— Et on y sera !!! s'est réjoui Iggy qui brandissait un poing en l'air.

— Fang, je peux te parler en privé une seconde ? l'ai-je prié laconiquement en lui signifiant un endroit à l'extérieur du mémorial.

On est passés par une ouverture dans le mur de ciment et l'on s'est éloignés de quelques mètres. J'ai plaqué mes mains sur mes hanches.

— Depuis quand c'est toi qui commandes ? Il est hors de question qu'on aille voir un match de foot. Il y aura des caméras partout. Mais à *quoi* tu penses ?

Fang m'a regardée, le plus sérieux du monde. Dans ses yeux ne transparaissait aucune émotion.

— D'un, ça promet d'être un match sensas et de deux, on profite de la vie. Même si c'est vrai que l'École, l'Institut, Jeb et ses copains, les blouses blanches ont probablement un dispositif d'enregistrement de toutes les caméras vidéo publiques et qu'ils sauront donc où on est.

J'étais furax. Je ne savais plus quoi penser.

— Bizarre... ce matin, au lever, j'aurais juré que tu étais normal.

— Ils vont nous localiser et se lancer à nos trousses, a expliqué Fang avec détermination. Alors, on saura exactement d'où vient la tempête.

J'ai enfin pigé.

— Tu veux les faire sortir de leur cachette ?

— Je n'en peux plus de ne pas savoir.

J'ai confronté le bons sens de Fang à ma décision irrévocable de demeurer chef des opérations. Pour finir, j'ai soupiré et me suis ralliée à son point de vue.

— O.K., je vois. Le combat du siècle. Droit devant. N'empêche que tu me dois une fière chandelle. C'est vrai, quoi ? Un match de *football* !!!

Au risque de vous surprendre, je dois vous signaler que les Texans sont à fond dedans quand il s'agit de leurs sports de contact. J'ai ainsi remarqué plus d'un bébé en body à l'effigie des Cowboys.

Pour ma part, j'étais plus tendue qu'une corde à linge, haïssant ce stade et tout ce qui allait avec. La taille du Texas Stadium rivalisait – tenez-vous bien ! – avec la taille du Texas. Autour de nous, plus de soixante mille bouffeurs de pop-corn et autant de raisons de piquer une crise.

Nudge s'enfilait de la barbe à papa bleue, les yeux comme des soucoupes volantes, ne perdant pas une miette de ce qui se passait autour.

— Je veux avoir les cheveux aussi longs qu'elles !

s'est-elle exclamée avec excitation en tirant sur mon T-shirt.

— Tout ça, c'est ta faute, ai-je reproché à Fang qui m'a presque souri en retour.

On a trouvé des sièges en bas des gradins, à peu près à la moitié du terrain de foot. On ne pouvait pas faire plus loin de la sortie de secours ! J'aurais largement préféré les rangées du haut, près du ciel ouvert. Là où l'on s'est assis, même si le stade n'avait pas de toit, je me sentais cernée, prise au piège.

— Rappelle-moi ce qu'on fabrique ici, au juste, ai-je maugréé tout en continuant à scruter les alentours de manière compulsive.

Fang a enfourné une poignée de chips dans sa bouche.

— On est venus admirer des mecs virils faire des trucs de mecs.

J'ai regardé dans la même direction que Fang : il observait l'équipe de pom-pom girls des Cowboys de Dallas, lesquelles n'accomplissaient rien de viril, c'est le moins qu'on puisse dire.

— Qu'est-ce qui se passe ? Racontez ! a gémi Iggy.

Contrairement aux autres, il était aussi nerveux que moi. Dans un endroit qu'il ne connaissait pas, assailli par de grands bruits, qui résonnaient, il n'avait aucun repère. Je me demandais combien de temps il allait tenir avant de craquer.

— S'il arrive quoi que ce soit, lui ai-je recommandé, mets-toi debout sur ton siège et envole-toi. Tu m'entends ?

— Oui.

Visiblement à cran, il a tourné la tête et s'est essuyé les mains sur son jean.

— Moi aussi je veux être pom-pom girl ! a annoncé Nudge, mélancolique.

— Manquait plus que ça !

Fang m'a coupé la chique d'un regard qui voulait dire « Arrête de jouer les rabat-joie ! » Même si, globalement, entre vous et moi, je trouve le concept des pom-pom girls terriblement macho ! Je bouillonnais. Je n'aurais jamais dû accepter de venir ici. J'en voulais à mort à Fang d'avoir tant insisté. En plus, maintenant que je le voyais baver sur ces nanas surexcitées, en short et chaussettes à pompons, j'étais encore plus furax.

— Elles portent un short ras les fesses et il y a une rousse aux cheveux super longs, a-t-il murmuré à Iggy.

Ce dernier a eu un hochement de tête. Il paraissait soudain captivé.

Et on sait tous à quel point les longues chevelures rousses te font craquer, me suis-je dit, amère, en repensant à la fois où j'avais surpris Fang en train d'embrasser Miss Merveille-la-Rouquine, en Virginie. Un reflux gastrique acide m'a pratiquement perforé l'intérieur du bide.

— Max ?

Angel a levé les yeux sur moi. Le prochain bain de ces gamins ne serait vraiment pas du luxe. Les boucles de notre benjamine s'étaient affaissées sous la couche de crasse.

— Quoi, ma puce ? Tu as faim ?

Déjà, je faisais signe à un vendeur de hot-dogs.

— Non. Enfin, si… J'en veux bien deux. Et Total aussi. Mais ce que je voulais dire, c'est que ça va.

— Qu'est-ce qui va ?

— Tout. Tout va bien. (Elle m'a toisée avec sérieux.) Ça va s'arranger, Max. Si on s'en est sortis jusque-là… C'est vrai, c'est parce qu'on doit survivre. On le *doit*. Et toi, tu dois sauver le monde. Comme prévu.

Voilà qui remettait les idées en place et les pieds sur terre !

— Je me sens mal à l'aise dans cet endroit, ai-je expliqué en essayant de paraître calme.

— Je sais. Et tu détestes que Fang regarde toutes ces filles. Seulement, on s'amuse quand même bien. Et c'est toi que Fang aime de toute façon. Et puis tu vas sauver le monde. D'accord ?

Bouche bée, je me creusais la cervelle pour décider à laquelle de ses assertions j'allais réagir en premier (Fang, m'aimer ?) quand j'ai entendu quelqu'un chuchoter :

— T'as vu ? On dirait un de ces enfants-oiseaux.

Angel et moi avons échangé un regard. Tout à coup, elle semblait bien plus âgée que six ans. Elle avait tout compris.

Les autres mirent quelques secondes seulement pour remarquer les murmures qui se propageaient à présent.

— Maman ! Ce sont les enfants-oiseaux qu'on a vus dans les journaux !

— Jason, jette un œil par là ! Ce ne serait pas les gosses qu'il y avait en photo ?

— Nom d'une pipe !

— Rebecca, Rebecca ! Viens voir.

Et cetera. Je suppose qu'un photographe nous avait pris au moment où nous nous enfuyions en volant de Disney World et qu'il avait vendu ses clichés à tous les journaux du pays. Mais où avions-nous la tête en venant ici ? Pensions-nous vraiment pouvoir suivre un pauvre match de foot tranquillement, sans qu'il se passe rien de spécial ?

Du coin de l'œil, j'ai entraperçu deux types de la sécurité en uniforme bleu qui descendaient l'allée dans notre direction. D'un rapide tour sur moi-même, j'ai constaté qu'il n'y avait pas d'Eraser en pleine métamorphose en vue. Cependant, maints regards étaient braqués sur nous. Sans parler des bouches béantes de surprise.

— On s'casse ? a proposé Gazzy nerveusement tandis qu'il examinait la foule et localisait les différentes issues de secours comme je le lui avais appris.

— On ne peut pas partir en courant. Trop lent ! ai-je rappelé.

— Le match n'a même pas encore commencé, s'est lamenté Total, sous le siège d'Iggy. J'ai parié sur les Bears.

— Ne te gêne surtout pas pour nous. Tu peux rester ici et attendre le score final.

Sur ce, je me suis levée et j'ai commencé à rassembler nos sacs à dos et à faire l'inventaire de mes troupes. Le rituel classique. Total est sorti de sa cachette en rampant et il a sauté lestement dans les bras d'Iggy. J'ai tapé deux fois sur la main de ce dernier. En un éclair, on a bondi sur nos sièges. Le grommellement ambiant s'est amplifié. Et avant que j'aie eu le temps de réagir, les écrans géants du stade se sont couverts de nos visages en gros plan, exactement comme dans le scénario imaginé par Fang. T'es content, maintenant ! lui ai-je lancé en pensée.

— À trois, on décolle ! ai-je décrété.

Deux autres types de la sécurité se rapprochaient à grands pas, sur notre droite.

Les gens s'écartaient et nous toisaient, l'air méfiant. Je m'estimais heureuse que la gentille petite politique gnangnan de ce trou interdise les armes à feu dans l'enceinte du stade. À présent, même les pom-pom girls avaient les yeux rivés sur nous, bien qu'elles n'aient pas interrompu leur petit numéro pour autant.

— Un, ai-je commencé à compter et l'on s'est tous projetés en l'air, au-dessus des têtes des spectateurs sidérés.

J'ai déployé mes ailes, d'un coup sec. Leur amplitude atteint quatre mètres. Celles de Fang et Iggy sont encore plus larges.

J'aurais parié qu'on ressemblait à des anges vengeurs. Juste un peu grunge et crasseux sur les bords, c'est tout.

— Magnez-vous ! ai-je ordonné.

Je continuais à scruter la foule, à la recherche d'Erasers. Leur dernière version était capable de voler. Pour autant, personne à part nous n'avait pris la voie des airs.

Plusieurs battements d'ailes plus tard, nous étions parvenus à hauteur du toit ouvert, au-dessus du terrain aux projecteurs éblouissants. Trouant les minuscules visages des spectateurs, des milliers de paires d'yeux nous fixaient, ébahis. On distinguait quelques sourires et certaines personnes brandissaient même leur poing. La plupart, cependant, arboraient une expression choquée et craintive à la fois. D'autres paraissaient furieux.

Toujours aucun signe de museau ou de canines qui se seraient allongées ni de fourrure naissante chez aucun d'entre eux. Ils gardaient leur apparence foncièrement humaine.

Alors que nous fendions le ciel nocturne dans une formation digne des meilleurs pilotes de chasse, j'étais hantée par une question :

Où sont passés tous les Erasers ?

— Ça craint qu'on ait dû s'en aller ! Mais en même temps, c'était trop cool !!! a reconnu Gazzy. On aurait dit les Blue Angels.

— Sauf que les Blue Angels sont un escadron de pilotes extrêmement bien payés, équipés, formés et nourris, sans oublier de mentionner leur tenue et leur présentation impeccables, ai-je rappelé. Nous ? On n'est jamais qu'une bande d'hybrides homo-aviaires sans un rond en poche, pas du tout équipés, à moitié formés, sous-alimentés et dégueus. À part ça, tu as raison. Les Blue Angels et nous, c'est du pareil au même.

Je voyais toutefois ce qu'il voulait dire. J'avais beau être super énervée qu'on se soit retrouvés dans une telle situation – contre ma volonté – et qu'on soit en cavale

– pour changer –, encore plus vulnérables après cette petite acrobatie, je trouvais cette sensation de voler en formation serrée absolument géniale.

Gazzy, ne sachant pas si je faisais de l'humour et percevant ma tension, a esquissé un demi-sourire. Je me suis assise, j'ai planté une paille dans ma brique de jus de fruit et je l'ai vidée jusqu'à la dernière goutte avant de m'attaquer à la suivante.

On se planquait dans les montagnes du Texas, non loin de la frontière du Mexique. On avait découvert un canyon très profond et étroit où l'on était à l'abri du vent. Installés tout au fond, on avait allumé un petit feu.

La dernière fois que j'en avais voulu à ce point à Fang, c'était… jamais ! D'accord, j'avais consenti à son idée débile mais, à la réflexion, celle-ci s'était avérée dix fois plus stupide que ce que j'avais cru.

— Hum… on parle de nous partout, a raconté Fang comme il étudiait l'écran de son portable. À la télé, dans les journaux, à la radio. Apparemment, beaucoup de gens ont pris des photos.

— Sans blague. À mon avis, ça explique tous les hélicoptères qu'on a déjà entendus.

— Ça va, Max ? a demandé Nudge, toute timide.

J'ai tenté un sourire pour la convaincre un peu.

— Bien sûr, ma puce. Juste… fatiguée, c'est tout.

C'était plus fort que moi : je persistais à fusiller Fang du regard.

Il a soudain levé les yeux.

— Cent vingt et un mille visiteurs sur mon site aujourd'hui ! a-t-il annoncé.

— Quoi ? Tu déconnes ?

Comment faisait-il pour attirer autant de monde ? Il était archinul en grammaire et en orthographe !

— Pas du tout. Et il semble que les gens s'organisent pour tenter de trouver des infos sur nous.

Iggy a affiché un air méfiant.

— Et s'ils se font prendre par les blouses blanches ?

— Au fait, qu'est-ce que tu racontes sur ton blog ?

J'admets que je n'avais pas pris le temps de le lire, accaparée par mes tentatives pour rester en vie, entre autres.

— Notre histoire. Je disperse les pièces du puzzle dans la nature en espérant que quelqu'un pourra nous aider à les assembler pour y voir plus clair.

— Bonne idée, a jugé Angel tandis qu'elle retournait sa saucisse au-dessus du feu. Il faut qu'on se fasse des relations.

Que voulait-elle dire par là ?

Les relations, c'est important, Max.

Tiens, la Voix reprenait du service !

La soudaine réapparition de la Voix m'a tant surprise que j'ai fait un bond et suis pratiquement tombée contre la paroi rocheuse.

J'ai instinctivement placé ma main sur ma tempe comme si j'avais pu sentir la Voix courir sous ma peau à la manière du sang dans mes veines.

— Tout va bien ?

Iggy, qui m'avait sentie tressaillir, a tendu la main pour toucher mon jean.

— Oui, oui, ai-je répondu du bout des lèvres tout en m'éloignant des autres.

Leurs regards me pressaient. Pourtant, je n'avais aucune envie de leur donner des explications.

La Voix ! Ça faisait longtemps...

Tu t'en sortais plutôt pas mal en solo, a-t-elle expliqué.

Il m'était toujours aussi impossible de dire si la Voix était jeune ou pas, si c'était celle d'une femme ou d'un homme, voire d'une machine. Je me suis sentie prise d'un accès de schizophrénie, en partie irritée par cette incursion dans mon intimité, méfiante et rancunière, mais aussi soulagée de ne plus être si seule.

Ce qui était complètement ridicule. C'est vrai, je partageais ma vie avec mes cinq meilleurs amis et un chien. C'était eux ma famille. Tout ce que j'avais. Alors pourquoi ce sentiment de solitude ?

On est toujours tout seul, Max, a commenté la Voix qui n'avait rien perdu de sa vivacité. *C'est bien pour cela que les relations avec autrui sont importantes.*

Tu sors les violons ? ai-je pensé au fond de moi.

J'ai marché jusqu'à l'extrémité du canyon, à trois mètres seulement d'une corniche qui plongeait à pic sur un canyon encore plus vaste et profond.

Les relations, Max. Tu as oublié ton rêve ?

Je ne captais toujours pas les allusions de la Voix.

Tu veux parler de mon rêve de devenir la première Miss Oiseau Amérique ?

Non. Je parle du rêve dans lequel tu étais pourchassée par des Erasers, quand tu traversais une forêt en courant jusqu'à une falaise où tu t'élançais du bord et réussissais à t'échapper.

Je n'en revenais pas. Je n'avais pas refait ce rêve depuis… depuis qu'il avait été remplacé par une réalité bien pire encore. Comment la Voix savait-elle ?

— Oui, et alors ? ai-je dit tout fort.

Ce canyon ressemble étrangement à celui de ton rêve. Comme si tu avais tourné en rond.

Toujours rien. Je ne tiltais pas.

Les relations, les liens. Assembler les pièces du puzzle. Ton rêve, le portable de Fang, les gens que tu as rencontrés, les endroits où tu es allée. Itex, l'École, l'Institut. Il y a bien un rapport entre toutes ces choses, non ?

— Je suis bien d'accord, mais je n'ai pas la réponse ! ai-je quasiment hurlé malgré moi.

J'aurais juré que j'avais entendu la Voix soupirer. Le fruit de mon imagination, sûrement.

Patience. Tu vas la trouver. Avant qu'il ne soit trop tard.

Merci pour les encouragements, ai-je pensé avec rage avant d'ajouter tout à coup : *Au fait, tu sais où sont passés tous les Erasers ?*

Soit, la Voix ne répondait jamais aux questions directes – ç'aurait été trop facile. Une récompense, ça se mérite, pas vrai ?

J'ai haussé les épaules et me suis dirigée vers les autres.

Ils sont morts, Max. Ils ont tous été... mis hors service.

Je me suis figée sur place. La Voix était plutôt évasive en matière d'informations, mais, jusqu'à présent, elle ne m'avait, à ma connaissance, jamais menti (ce qui ne voulait rien dire, maintenant que j'y pensais). Morts ???

Exactement, a-t-elle confirmé. *Partout dans le monde, toutes les branches de l'Organisation ont exterminé leurs espèces recombinantes. Vous faites partie des derniers survivants. Alors ils sont tous à vos trousses.*

10

« Ouuhouuuu…. Touuuus à nos trouuuusses ! » La belle affaire ! Ça faisait quatre ans qu'ils nous collaient aux basques et, jusqu'ici, ils n'avaient pas brillé par leurs résultats.

J'ai rejoint les autres à grandes enjambées.

— Ça va ? s'est inquiété Fang.

J'ai répondu d'un hochement de tête puis je me suis souvenue que je lui faisais la tronche.

J'ai détourné les yeux et me suis délibérément assise à côté de Nudge, contre la paroi de roches opposée.

— Je viens d'avoir des nouvelles de la Voix, ai-je annoncé.

— Qu'est-ce qu'elle a dit ? a demandé Nudge qui mangeait une tranche de saucisson.

Angel et Total buvaient mes paroles, me couvant du regard. Fang s'était arrêté de taper.

— Elle prétend que si on n'a plus vu d'Erasers, c'est parce qu'ils sont tous morts.

Tout le monde a écarquillé les yeux. Au point que j'ai cru qu'ils allaient jaillir de leurs orbites.

— Comment ça, ils sont tous morts ? a insisté Nudge.

— Je n'en sais pas plus. Mais si la Voix ne se fout pas de moi, alors ça veut dire que nos amis les loups sont tous morts et enterrés.

En pensant à Ari, le fils de Jeb, qu'on avait transformé en Eraser, mon cœur s'est déchiré. Pauvre Ari. De quelle vie merdique avait-il écopé ? Sans parler de la durée de celle-ci !

— Et qui les a tués ?

Fang, comme à l'accoutumée, n'y allait pas par quatre chemins.

— D'après la Voix, toutes les branches internationales d'Itex, de l'Institut, de l'École ont exterminé leurs recombinants. Il semblerait donc qu'on soit parmi les derniers survivants.

J'ai réfléchi un moment à la portée d'une telle affirmation. Subitement parcourue de frissons, j'ai mis mes bras autour de mes jambes et serré mes genoux contre moi.

Plus personne ne parlait, digérant la nouvelle.

Total a rompu le silence.

— Bon, si jamais on me demande, je ne sais pas parler, O.K. ?

J'ai levé les yeux.

— Bien sûr. Comme si ça suffisait pour les berner.

— Qu'est-ce qu'on va faire maintenant ? a voulu savoir le Gasman.

La mine très inquiète, il est venu s'asseoir à côté de moi. J'ai ébouriffé sa coiffure à l'iroquoise. Ses cheveux avaient bien poussé depuis leur dernière coupe.

— On a une mission à remplir, ai-je proclamé dans l'espoir de nous préparer mentalement à résoudre l'énigme du puzzle tout en nous débarrassant de quelques blouses blanches par la même occasion.

— Il nous faut un endroit où habiter.

Fang et moi avions presque parlé au même moment.

— Quoi ? C'est nouveau, ça ? ai-je lâché.

— On a besoin de s'installer quelque part, a renchéri Fang, le plus sérieusement du monde. On ne va plus tenir longtemps si on continue comme ça. Moi je dis « Aux chiottes la mission ! » Ils n'ont qu'à faire péter le monde s'ils veulent. Nous, il faut qu'on trouve une planque. Qu'on se mette à l'abri et qu'on profite... de la vie !

11

On dévisageait tous Fang. C'était sa plus longue tirade depuis qu'on le connaissait.

— On ne peut pas laisser tomber la mission, ai-je commencé juste avant d'être interrompue par Angel.

— Ouais ! Une maison, une maison !

— Cool, s'est réjoui Gazzy.

— Une vraie maison, mieux que la dernière, a approuvé Nudge, ravie. Sans adultes ni école ni uniforme pour y aller.

— Une maison avec beaucoup de terrain et du gazon partout, a rêvé tout haut Total. Finis les cailloux et la terre !

Pourquoi fallait-il toujours que je sois la seule que notre sort intéresse ? La seule qui ait envie de comprendre ce qui nous était arrivé et pourquoi ?

Après tout ce qu'on avait traversé ces derniers mois – le kidnapping d'Angel, New York, les tunnels du métro, la plage, Anne Walker, l'école (la vraie) – je ne pouvais pas croire qu'ils veuillent envoyer tout balader aussi facilement.

Je veux bien qu'ils en aient eu assez d'avoir peur, d'avoir faim, d'avoir mal, mais quand même...

— Iggy ?

Je m'efforçais de ne pas paraître suppliante.

— Voyons...

Il a tendu les mains à la manière d'une balance, pour peser le pour et le contre.

— D'un côté, une vie passée à fuir, sans espoir, des cœurs qui battent la chamade et une seule certitude – celle de ne pas savoir ce qui va nous arriver ensuite et si on sera encore en vie le lendemain...

J'ai plissé le front. Je voyais parfaitement où il voulait en venir.

— De l'autre, le confort d'une maison bien cachée, où l'on sera en sécurité. Dormir dans le même lit tous les soirs, se détendre, ne pas devoir se battre à tout moment pour sauver notre peau...

— C'est bon, c'est bon, l'ai-je interrompu. Inutile d'en remettre une couche !

Leurs yeux braqués sur moi, ils attendaient mes instructions.

Qu'est-ce qu'il lui prenait, à Fang ? Pourquoi me rabaissait-il de cette façon ? Avant, lui et moi, on était sur la même longueur d'ondes. C'était mon alter ego. On veillait l'un sur l'autre. Maintenant, quand je le regardais, c'est à peine si je le reconnaissais.

À contrecœur, j'ai haussé une épaule.

— O.K. Comme vous voudrez. Une maison. Peu importe…

Je me sentais terriblement mal d'avoir dit ça. Et leurs hourras n'ont fait qu'empirer mon état.

— Je n'abandonne pas la mission pour autant, ai-je proclamé tout haut pour que Fang, à quelques mètres de moi, entende.

Nous volions à une altitude avoisinant les deux mille mètres. Il faisait très froid, probablement en dessous de zéro. J'avais les yeux qui pleuraient à cause du vent.

— Je sais.

— C'est ridicule.

J'ai contemplé la rivière Pecos qui serpentait, tel un reptile luisant, au travers du Texas.

— Leurs espoirs et leurs rêves ne sont pas ridicules !!!

J'ai piqué un fard.

— Ce n'est pas ce que je voulais dire. C'est juste

que… on avait un plan. On suivait une ligne droite. Et maintenant, on sort de notre trajectoire. Hier, j'étais censée sauver le monde et, aujourd'hui, je dois jouer les experts immobiliers. Ça me dépasse ! En plus, grâce à toi et tes brillantes idées, impossible, maintenant, de péter de travers sans se faire remarquer et qu'on nous reconnaisse. Je ne sais pas quelle mouche m'a piquée quand je t'ai dit oui sur ce coup-là !

Fang a ouvert la bouche mais je lui ai coupé la parole.

— Sans oublier qu'à cause de toi – encore !!! – on a laissé les petits sous la responsabilité d'un aveugle et d'un chien qui parle. J'ai dû perdre la boule ! Je veux dire, encore plus que d'habitude. J'y retourne !

J'ai incliné une aile, m'apprêtant à faire demi-tour dans un grand cercle, quand Fang s'est approché de moi d'un air décidé.

— Tu avais promis. Tu avais dit qu'on irait en mission de reconnaissance pour voir si on pouvait trouver une maison.

Je l'ai écouté, la mine renfrognée, bien contente de ne pas voir de quoi j'avais l'air.

— Laisse-les foutre le monde en l'air, réchauffer la planète, la polluer. En attendant, nous, on sera en sécurité dans notre planque. On sortira quand ils auront fini de jouer à dominer le monde et que tous les habitants de la planète auront disparu.

Quel pipelet, ce Fang, depuis peu !

— Super, ton plan ! Et d'ici là, on ne pourra plus quitter notre trou sans se faire rôtir à cause des trous dans la couche d'ozone. On vivra dans des grottes humides et on se nourrira du degré zéro de la chaîne alimentaire parce que tout aliment ayant un tant soit peu de saveur sera bourré de mercure ou de radiations !

J'ai perçu dans le visage de Fang une expression de patience exagérée qui, cela va sans dire, fut le clou de ma crise de nerfs.

— Et tu peux oublier la télé et le câble parce que tous les habitants de la planète seront *morts* ! (Plus moyen de m'arrêter maintenant que j'étais lancée.) Mais tu pourras toujours te rabattre sur la dernière distraction qui te restera : écouter Gazzy interpréter sa chanson sur la constipation. *Adios* les parcs d'attractions, les musées, les zoos, les bibliothèques et les belles chaussures ! On vivra en hommes des cavernes. On essaiera de se tisser des vêtements avec des fibres végétales. On n'aura rien ! Rien !!! Tout ça parce que toi et les autres, vous voulez vous la jouer « doigts-de-pied-en-éventail-dans-le-canapé » alors que le sort de l'humanité est en jeu !

De l'écume me sortait presque de la bouche. Fang m'observait.

— Il est peut-être temps qu'on t'inscrive dans un de ces cours pour apprendre à tisser, histoire que tu sois à la page avec ces fibres végétales.

Je voyais bien qu'il essayait de ne pas éclater de rire en écoutant mes prévisions apocalyptiques.

Quelque chose, en moi, s'est brisé. Tout mon univers s'était écroulé au cours des dernières vingt-quatre heures et visiblement, mon nouvel univers craignait encore plus que le précédent.

— Je te déteste ! ai-je hurlé à Fang.

J'ai replié mes ailes pour piquer vers le sol, à plus de trois cents kilomètres à l'heure.

— Bien sûr que *non* !

La voix de Fang s'est perdue dans le néant, loin, très loin au-dessus de moi.

Quasiment étouffée par le bruit du vent qui battait mes oreilles, la Voix dans ma tête s'est soudain élevée :

Tttttttt... Vous êtes vraiment fous l'un de l'autre, tous les deux.

— C'est le top de n'avoir personne pour nous dire quand aller nous coucher ! a chanté Gazzy tout en accomplissant une petite danse.

— Ce n'est pas parce que Max n'est pas là que ça doit être l'anarchie, a fait Iggy qui se tenait face à lui. Elle m'a demandé de veiller sur vous et je compte bien agir exactement comme elle…

Incapable de garder son sérieux plus longtemps, il s'est tordu de rire.

Nudge a levé les yeux au ciel et échangé un sourire avec Angel. Elle a saisi une poignée de cailloux et s'est remise à les répartir entre plusieurs petits tas pour s'amuser.

— Vous jouez au mancala[1], les filles ? a sorti Total en s'allongeant à côté d'elles. La prochaine fois qu'on va faire des courses, on n'aura qu'à faucher un jeu de cartes. On pourra se faire un poker. Je vous mettrai la pâtée.

Il remuait son petit museau brillant en les observant jouer.

— Bonne idée, a approuvé Nudge tandis qu'Angel distribuait son tas de cailloux.

Mais comment Total ferait-il pour tenir les cartes ? À moins qu'il n'ait eu des pouces opposables dissimulés sous les poils de ses pattes. Ce qui, quand on y pense, était tout à fait envisageable. D'un coup d'œil derrière elle, Nudge vit qu'elle avait suffisamment de place pour déployer un peu ses ailes, ce qu'elle fit sans attendre avec un « Aahh ! » de plaisir.

— Moi aussi, je veux des ailes ! a réclamé Total, pour la énième fois. Si je volais, personne ne devrait plus me porter. Ils ont réussi à en greffer à ces gros balourds d'Erasers, alors je ne vois pas pourquoi on ne pourrait pas m'en greffer à moi.

— Ça te ferait mal, Total, a expliqué Angel qui étudiait le jeu mancala.

— Vous croyez vraiment que les Erasers sont tous morts ? a interrogé Nudge tandis qu'un murmure lui parvenait de derrière :

— Non, regarde. C'est l'étincelle qui doit l'enflammer. Et pour ça, tu as besoin du silex, racontait Iggy.

---

1. Ensemble de jeux de société traditionnels africains dans lesquels on distribue des cailloux, des graines ou des coquillages dans des coupelles ou des trous.

— Qu'est-ce qu'on fait de l'eau de Javel alors ? a repris Gazzy avant que leurs voix ne s'éteignent à nouveau.

Nudge a poussé un soupir. Dans ces moments-là, elle regrettait que Max et Fang ne soient pas ici pour prendre les choses en main.

— Écoutez ça ! a lancé Iggy. (Nudge a levé la tête.) Qu'est-ce que vous diriez d'un petit entraînement ? Si on essayait de voler comme on a appris avec les faucons.

— D'accord, a répondu Angel. (Elle a souri à Nudge.) Tu gagnais de toute manière.

— Oui, je sais, a-t-elle confirmé, le sourire aux lèvres.

Elle s'est levée et a épousseté son jean. Ensuite, elle a rétracté ses ailes et s'est dirigée vers l'extrémité du petit canyon.

À tour de rôle, ils se sont laissés tomber en chute libre de la corniche avant d'ouvrir grand leurs ailes, légères mais puissantes, et dont les plumes se gonflaient d'air. Nudge adorait cette sensation grisante de puissance et de liberté. Savoir qu'elle pouvait monter dans les airs comme un ange, chaque fois que l'envie la prenait.

Angel et elle se souriaient quand, brusquement, les yeux de la plus jeune s'écarquillèrent de terreur. Nudge était en train de tournoyer au moment où une ombre immense s'abattit sur les autres, leur cachant la lumière.

Une gigantesque nuée d'Erasers volaient droit dans leur direction. Ils étaient revenus !

14

— Sérieusement, il faut qu'on parle, a insisté Fang.

Dans un soupir, j'ai levé le nez pour toiser le ciel.

— On dirait des cris de dauphins, ai-je dit avec regret, me parlant tout haut à moi-même. J'entends des bruits, mais ils sont sans queue ni tête.

J'ai placé mes mains sur mes hanches et scruté le paysage, en dessous.

— Je ne vois pas d'eau. Continuons.

Sans même l'attendre, je me suis jetée du bord de la petite falaise et, à grands coups d'ailes, me suis élevée en direction du soleil. À deux reprises déjà, on s'était arrêtés. Chaque fois, cependant, la maison n'avait pas rempli toutes les conditions – à manger pas trop loin, un point d'eau proche et la sécurité.

Cela ne rimait à rien, contrairement à mon plan d'origine.

Sans bouger la tête, j'ai aperçu les plumes soyeuses des ailes de Fang dans mon champ de vision, derrière. Il se comportait de façon étrange. Mais pas au point que je m'inquiète qu'il ait été remplacé par un clone. Eh oui, les amis, c'est le genre de questions que je suis parfois amenée à me poser dans la misérable vie qui est la mienne. Vous ne connaissez pas votre chance !

Peut-être que tout ce qu'il veut, c'est parler, ni plus ni moins, a décrété la Voix.

Comme si Fang était du genre à disserter sur ses états d'âme. Non, il se passe quelque chose. Il y a un truc qu'il ne me dit pas.

Et je comptais bien lui tirer les vers du nez lors de notre prochain arrêt. J'aurais au moins le fin mot de cette histoire, même s'il fallait que je le frappe pour ça.

— Je me doutais bien que c'était trop beau pour être vrai, a crié Gazzy. Les Erasers, tous morts ? N'importe quoi !

— Je ne les ai pas sentis arriver, a avoué Angel, confuse.

Le cœur de Nudge s'était emballé. Le sang lui montait à la tête. Ces Erasers volaient de façon plus synchronisée que tous les autres qu'ils avaient vus auparavant, même s'ils demeuraient maladroits. Nudge jeta un dernier œil à Angel avant de s'élever dans les airs à l'instant précis où les Erasers leur tombaient dessus.

Rester concentré. C'est ce que Max répétait tout le temps. Concentré.

S'exécutant, Nudge se jeta sur un Eraser et lui flanqua un coup de basket dans la tête. Après, d'une pirouette, elle fit claquer l'arrête de sa main sur la trachée de la bête qui émit un bruit étrange et perdit aussitôt de l'altitude.

— Nudge ! Attention ! la prévint Gazzy dans un hurlement.

Un violent coup de poing dans sa cage thoracique lui coupa la respiration. Elle tenta de reprendre son souffle sans céder à la panique. D'instinct, elle pensa à continuer d'agiter ses ailes, restant ainsi plus ou moins à la même altitude, le temps de retrouver sa respiration.

Faible répit pourtant : l'Eraser revint à la charge, les poings serrés, prêt à frapper de plus belle. Au dernier moment, Nudge se laissa subitement tomber si bien que le grand bras poilu se referma sur du vide.

— Prends ça, blaireau !

Nudge monta en flèche et visa l'estomac de l'Eraser avec son pied. Le coup, malheureusement pour celui-ci, atterrit un poil plus bas... L'homme-loup se plia en deux de douleur et son attaquante en profita pour le frapper de toutes ses forces dans le cou, avec ses deux mains.

— Aïe !

Le cri provenait d'Angel. En l'entendant, Nudge pivota sur elle-même et vit que la fillette était prisonnière d'un Eraser qui la tenait par le bras malgré ses tentatives pour se libérer à coups de pied.

Nudge se précipita au secours d'Angel mais Iggy, qui avait suivi le cri à l'oreille, fut plus rapide qu'elle. Ensemble, ils rouèrent de coups l'assaillant, en particulier Iggy qui fondit sur le bras qui tenait son amie. L'Eraser laissa échapper un drôle de rugissement et rétracta son bras avant d'émettre un nouveau son à moitié étranglé.

D'un coup d'œil en bas, Nudge constata que le corps de Total pendait dans le vide tandis que ses crocs, rivés à la cheville d'un Eraser, s'y enfonçaient avec frénésie.

— Va le chercher, murmura-t-elle à Angel qui hocha la tête et chuta, pour ce faire, de trois mètres.

L'Eraser baladait sa jambe dans tous les sens mais Total, les yeux fermés, tenait bon, resserrant l'étau de ses mâchoires avec des grognements féroces. À en juger aux autres bruits étouffés, il jurait également comme un charretier.

— Oooh ! (Le Gasman rappela tout à coup les autres à l'ordre.) Chaud devant ! Tous aux abris.

Un des côtés de Nudge lui faisait atrocement mal et elle n'arrivait pas à se débarrasser de cette désagréable sensation d'être à court d'oxygène. Cela dit, elle savait d'expérience que lorsque Gazzy ou Iggy sortait un truc pareil, il valait mieux se mettre aux abris quoi qu'il arrive. Et le plus vite était le mieux. Ainsi, elle replia ses ailes et tomba instantanément telle une pierre.

Une dizaine de mètres plus bas, elle rouvrit ces dernières et vira précipitamment de bord tandis que Gazzy repoussait violemment un Eraser. Total avait été rattrapé par Angel, elle-même récupérée par Iggy et tous trois se hissaient vers le ciel, telles des mini-fusées.

Il restait cinq Erasers, à savoir environ la moitié,

d'après Nudge. Celle-ci avait l'impression d'avoir les côtes brisées. Elle aurait donné n'importe quoi pour que Max et Fang soient là et elle ne savait pas qu…

BOUM !!!

— Eurk ! Dégueulasse ! s'écria-t-elle au moment où des bouts d'Erasers retombaient sur elle. Oh la vache, Gazzy !!! Beurk, beurk, beurk !!!

Nudge remit ses ailes en mouvement pour rejoindre Iggy, plus haut. Un gros morceau d'Eraser, dans sa chute, la frôla et elle entraperçut deux autres ennemis, blessés : une aile se détachait de l'un, l'autre avait perdu une jambe.

Seulement, c'était bizarre, cette façon…

— Vous m'avez détruit, sortit l'un d'entre eux d'une voix étrange, plate. Mais il y en a encore plein d'autres comme moi.

— Des robots ! souffla Iggy en prenant Total des bras d'Angel.

— Plein d'autres comme moi, plein d'autres, plein d'autres, répétait l'Eraser mécanique.

Nudge remarqua la lumière rouge qui s'éteignait dans ses yeux sur le point de se fermer.

— Excellente nouvelle ! cracha le Gasman en lui flanquant un grand coup de pied. Parce que nous, on adore tout faire sauter, faire sauter, faire sauter.

Finalement, les quelques Erasers qui restaient parurent se replier, comme s'ils avaient été programmés pour, et disparurent hors de la vue des enfants. Longtemps, très longtemps après, ces derniers repérèrent les petits nuages de poussière et de terre qui leur indiquaient qu'ils approchaient enfin du fond du canyon.

— C'est nouveau ça ! reconnut Iggy.

— C'est dégueu, tu veux dire ! corrigea Nudge pendant qu'elle époussetait des éclats d'Eraser restés sur elle.

17

— À quoi tu penses ?

La paisible voix de Fang m'atteignait avec peine entre les crépitements du feu de bois.

Je pense que la vie était beaucoup plus simple quand tout le monde m'obéissait...

— Je me demandais si les petits allaient bien.

— Ils sont dans un trou paumé, facile à défendre en cas d'attaque. En plus, si tous les Erasers sont morts...

Fang retira un bâton du feu sur lequel était embroché un bout de lapin. Il souffla sur la chair croustillante.

Oui, oui, du lapin. Après l'avoir attrapé, nous nous apprêtions à le manger. Je vous passe les détails entre ces deux étapes. À la guerre comme à la guerre. On n'allait pas se laisser mourir de faim. Je vous souhaite de ne jamais en arriver là.

Il me tendit le bâton que je me mis à ronger comme un os. Je souris : *Où étaient passées mes bonnes manières ?* Pour finir, j'éclatai de rire.

Fang me regarda, perplexe.

— Je repense au repas de Thanksgiving chez Anne, expliquai-je. Quand il fallait se tenir droit, une serviette sur nos genoux, attendre que tout le monde soit servi, dire les grâces, se servir en petites quantités, utiliser les couverts à salade, ne pas roter.

J'englobai, d'un geste de la main, la caverne poussiéreuse où, accroupis près du feu, nous dévorions la chair de Panpan le Lapin.

Fang esquissa un mi-sourire et hocha la tête.

— Au moins, ce n'est pas du rat du désert.

Hé ! vous, les chochottes, là, au fond ! Je vous ai entendu pousser des « Beurk ! » On verra si vous faites mieux quand vous n'aurez rien dans le bide depuis trois jours, en imaginant, en plus, que vous soyez des anomalies biologiques ayant besoin de trois mille calories par jour. Si, dans ce cas-là, on vous met sous le nez un bout de rat grillé et fumant, je peux vous assurer que vous l'engloutirez tellement vite que vous vous cramerez la langue. Et il ne sera même pas question de chipoter parce qu'il n'y a pas de ketchup.

— Tu sais ce qu'on dit à propos des rats ? ai-je commencé.

— Tout le monde a le droit au pilon, avons-nous poursuivi en chœur.

J'observais Fang, les traits anguleux de son visage sur lesquels le feu projetait des ombres. On avait grandi ensemble. Il n'y avait personne à qui je faisais plus confiance. Ma vie dépendait de lui. Pourtant, à cet instant, j'avais une drôle d'impression, comme si nous étions devenus des étrangers l'un pour l'autre.

Je m'écartai du feu pour aller m'adosser contre la paroi de la grotte. Fang s'essuya les mains sur son jean. Ensuite, il vint s'asseoir près de moi. Dehors, la nuit était tombée et d'épais nuages voilaient les étoiles. Il ne devait pas pleuvoir plus de quelques centimètres par an ici. Au vu du ciel actuel, on allait avoir droit à l'une de ces rares averses. Je priais pour que les autres soient blottis au chaud, en sécurité, là où on les avait laissés.

— Qu'est-ce qu'on fabrique ici, Fang ?

— Les petits veulent qu'on se trouve une maison.

— Et l'École ? Et le monde que je suis censée sauver ? interrogeai-je avec la délicatesse d'un scalpel.

— Il faut qu'on arrête de jouer à leur petit jeu.

Fang parlait d'une voix douce en observant le feu.

— On doit retirer nos billes.

— C'est impossible, répondis-je non sans frustration. Je n'ai pas le choix. Je *dois* le faire !

— Tu as tout à fait le droit de changer d'avis.

Sa voix avait la délicatesse d'une feuille d'automne lorsqu'elle se pose sur le sol.

— Je ne vois pas *comment*.

Là, ma gorge se serra. Je frottai mes yeux de mes poings, posai ma tête sur mes bras, croisés autour de mes genoux. Je détestais cette situation, cet endroit. J'aurais voulu faire demi-tour pour retrouver les au…

Fang, d'un geste délicat de la main, dégagea les cheveux de mon cou. J'avais soudain le souffle court. Et tous les sens en éveil. Après, il commença à me caresser les cheveux. Lentement. Délicatement. Puis sa main parcourut mon cou, mon épaule, mon dos. J'en avais des frissons.

Je levai les yeux vers lui.

— À quoi tu joues ?

— À te faire changer d'avis, susurra-t-il avant de se pencher vers moi pour m'embrasser, une main sous le menton.

18

Il n'était plus question de changer d'avis ou non, de me taper la tête contre les murs, ni quoi que ce soit du genre. Le peu d'esprit qui me restait s'était envolé à l'instant précis où les lèvres de Fang, à la fois chaudes et fermes, avaient touché les miennes. Son étreinte, dans mon cou, était douce.

Je l'avais embrassé une fois. Quand j'avais cru qu'il était en train de mourir sur la plage. Mais ça n'avait duré qu'une seconde. Tandis que là… notre baiser semblait s'éterniser.

Tout d'un coup, j'ai été prise de vertiges. Je me suis rendu compte que c'était parce que je n'avais pas encore repris ma respiration. J'ai eu la sensation qu'on continuait à s'embrasser pendant une heure au moins avant que nos bouches se séparent. On respirait tous les deux de façon irrégulière. J'ai sondé ses yeux pour y trouver des réponses à mes questions.

Évidemment, je n'ai rien appris, n'y découvrant que les reflets dansants des flammes de notre modeste feu de camp.

Fang s'est éclairci la voix, l'air aussi surpris que moi.

— Oublie ta mission, a-t-il dit à mi-voix. Planquons-nous quelque part où on sera en sécurité et restons-y !

Voilà une riche idée !!! On pourrait vivre comme Tarzan et Jane, se balancer de liane en liane dans la jungle, cueillir des bananes à même l'arbre, vivre en harmonie avec la nature, la la la la la…

Tarzan, Jane et leur bande de mutants heureux !

Avec sa main, Fang dessinait de petits cercles qui me réchauffaient entre les ailes. Ça, combiné au feu qui m'hypnotisait et au stress de la journée qui retombait, m'empêchait de réfléchir. J'étais fatiguée.

Qu'attend-il de moi ? J'espérais à moitié que la Voix intervienne, persuadée qu'elle « écoutait aux portes » depuis le début de cette scène embarrassante.

À présent, Fang me massait le cou. Je me sentais à la fois exténuée, à côté de mes pompes, et sur le qui-vive, parfaitement consciente de ce qui se passait. Et juste au moment où il se penchait – pour m'embrasser une fois de plus ? – j'ai bondi sur mes jambes.

Il m'a regardée par en dessous.

—Je… Je ne sais pas trop où on va là…, ai-je marmonné.

Pas mal, hein, la réplique acerbe ? Prise d'une impulsion soudaine – un tantinet exagérée, je vous l'accorde – j'ai piqué un sprint jusqu'à l'entrée de la grotte et pris mon envol dans le ciel noir. Le vent fouettait mon visage bouillant, l'air battait mes oreilles.

Derrière moi, la silhouette de Fang se détachait à l'entrée de la grotte. Une longue silhouette élancée que les éclats du feu, en arrière-plan, faisaient ressortir.

Non loin de là, j'ai trouvé où me poser, sur un étroit rebord à flanc d'une paroi rocheuse, bien dissimulé dans la nuit. J'ai fondu en larmes. À la fois confuse, bouleversée, surexcitée, pleine d'espoir et consternée.

Aaah, les joies d'être une adolescente fugitive hybride !!!

19

Qu'est-ce que Fang allait bien pouvoir faire ? Raconter sur son blog comment Max s'était enfuie en volant pour échapper à un autre de ses baisers ? Non. Au lieu de cela, il enfonça son poing dans le mur de la grotte. Un acte qui lui arracha une grimace de douleur et de honte face à tant de stupidité. Ses jointures saignaient, sa main, déjà, était enflée.

Il couvrit le feu, mais pas complètement, afin que l'éclat du lit de braises guide Max jusqu'à la grotte si jamais elle avait du mal à retrouver son chemin quand elle rentrerait. Ce qui – il le savait – avait peu de chances d'arriver.

Il écarta du pied les cailloux sur une surface équivalente à celle de son corps et s'y étendit. Il frotta ses ailes contre le limon. Ça faisait du bien. Il n'avait pas envie d'aller sur son blog. Plus tôt dans la journée, huit cent mille visiteurs s'étaient déjà connectés. Non, tout ce qu'il voulait, c'était rester étendu là à penser.

À Max.

Qu'est-ce qu'elle pouvait être têtue ! Et coriace ! Et fermée. Secrète. Sauf lorsqu'il s'agissait de faire un câlin à Angel ou d'ébouriffer les cheveux du Gasman. Ou encore de rapprocher un truc d'Iggy d'un geste discret de la main de sorte qu'il le trouve facilement sans savoir qu'on l'avait aidé. Ou quand elle essayait de démêler la crinière de Nudge. Ou… parfois… quand elle regardait Fang.

Sur le sol peu accueillant, il se tourna et se laissa aller à sa rêverie. Des flash-backs assaillaient son esprit – images de Max qui le couvait des yeux en riant, qui sautait d'une falaise et déployait ses ailes pour s'éloigner en volant, si puissante, si gracieuse qu'elle lui coupait le souffle.

Max en train de tabasser quelqu'un, le visage figé, dur comme de la pierre.

Max en train d'embrasser ce connard de Sam, sur le pas de la porte de chez Anne.

Serrant les dents, Fang roula sur le côté.

La fois où elle l'avait embrassé, sur la plage, après que Ari lui avait mis une raclée.

Et là, quelques instants plus tôt, sa bouche, si douce, contre la sienne.

Il aurait tant voulu qu'elle soit là. Si ce n'était pas tout près de lui, au moins quelque part dans la grotte, pas trop loin, afin qu'il puisse l'écouter respirer.

Il allait avoir du mal à dormir sans être bercé par son souffle.

20

Avant que Fang ne parte avec l'ordinateur et qu'ils se soient presque fait coincer par les robots Erasers, Nudge avait eu le temps de consulter des recettes de camping sur Internet. Elle en avait assez des shamallows et des hot-dogs à la broche.

Elle avait découvert qu'on pouvait faire des trucs épatants avec des braises, notamment cuire des repas complets dans du papier aluminium. Elle était décidée à acheter une poêle à frire à la première occasion. Ça ne devait pas être bien difficile à transporter, si ? En plus, avec une poêle, Iggy pourrait faire des miracles, cuisiner à peu près n'importe quoi. Rien que d'y penser, l'estomac de Nudge se mit à gargouiller.

— Ça sent bon ! commenta Angel qui venait de

s'installer à genoux, près du feu. C'est pour ça que tu voulais du papier alu ?

— Han-han, répondit Nudge tout en donnant un petit coup de bâton à la papillote argentée.

L'instant d'après, le soleil couchant s'éteignit.

Surpris, ils levèrent tous le nez, et Gazzy et Iggy interrompirent sur-le-champ leur jeu.

Angel retint son souffle si subitement qu'on aurait dit qu'elle avait sifflé. Quant à Nudge, elle eut la sensation que sa respiration était empêchée par un bloc de béton dans sa gorge. Elle ne pouvait plus bouger, plus parler.

Des centaines de ces machins, les robots, ceux qu'Iggy avait baptisés les Flyboys, obstruaient le ciel au-dessus du canyon. Ils arrivaient de tous les côtés. Nudge supposa que les quelques robots qui avaient réchappé de l'explosion étaient allés chercher des renforts. De retour, ils étaient dix fois plus nombreux cette fois.

Les quatre amis étaient pris au piège.

— À table ! a lancé Angel. Au moins, on sait ce qu'il y a au menu… Nous !

21

— On décolle ? demanda Iggy.

— Non ! l'arrêta aussitôt Gazzy. Il y en a partout. Et au-dessus de nous.

Les oreilles de Nudge bourdonnaient. C'était une sensation horrible, comme si un millier d'abeilles l'avaient assaillie en même temps. Une mélodie menaçante qui, au fur et à mesure que les Flyboys se rapprochaient, scandait : « On est plus nombreux que vous ! On va gagner ! Gagner ! Gagner ! »

— On peut quand même essayer ! hurla Gazzy.

Penché au-dessus du feu, il saisit une paire de bûches et, les propulsant en l'air, embrasa plusieurs Flyboys. Bonne nouvelle ! Ils étaient inflammables.

Nudge s'approcha en courant et empoigna à son tour plusieurs bouts de bois incandescents. L'un d'entre eux, qu'elle tenait trop près de sa partie ardente, brûla légèrement sa main. Cela ne l'empêcha pas de jeter les bûches de toutes ses forces. Elle contempla ensuite, stupéfaite, le spectacle des Flyboys qui s'embrasaient.

— Trop cool ! grimaça Gazzy de plaisir, oubliant un instant l'urgence et la gravité de la situation. On dirait qu'on les a trempés dans de l'essence.

— Ils n'ont pas d'esprit, lâcha soudain Angel, bouleversée.

Nudge tourna les yeux vers elle.

— Ils n'ont pas d'esprit, je ne peux rien faire.

— Eh bien moi, je peux les mordre ! s'écria Total comme il tournait autour d'eux en courant. Laissez-les moi ! Je vais me les faire !

Il faisait de petits bonds sur place en claquant des mâchoires.

— Total ! Attention ! Reviens ici, lui enjoignit sa maîtresse.

— Je vais leur donner une bonne leçon, s'entêta le chien.

Tous, bien sûr, résistaient du mieux qu'ils pouvaient. Max leur avait appris à ne jamais abandonner, à se battre jusqu'au bout, sauf lorsqu'il était plus sage de prendre ses jambes à son cou.

Nudge aurait tellement préféré s'enfuir. Malheureusement, cette fois, ils n'avaient nulle part où aller. Le canyon grouillait de Flyblois, en majeure partie métalliques mais recouverts d'une fine « couche d'Eraser ». On ne voyait plus que la partie en métal de ceux qui avaient pris feu. Des lambeaux flétris de peau et de fourrure carbonisées tombaient le long de leurs corps de robot et propageaient une odeur absolument atroce.

Iggy avait bombardé toutes ses « munitions ». Nudge n'avait aucune idée de l'endroit où il les avait dissimulées jusqu'ici, pas plus que Max, d'ailleurs, si elle avait été là. Toutefois, chaque bombe n'avait suffi qu'à détruire une quinzaine, une vingtaine – grand maximum – d'ennemis. Ce qui était loin d'être assez.

Les enfants étaient pris au piège. Avec l'aide de Max et Fang, peut-être auraient-ils résisté une ou deux minutes de plus. Le résultat aurait néanmoins été le même. Sans appel.

En moins de vingt minutes, ils s'étaient retrouvés bâillonnés et ligotés au moyen d'un gros Scotch épais qui les immobilisait tels des sacs inertes, y compris Total. Après, les Flyboys s'étaient emparés d'eux et s'étaient élevés dans les airs avec la grâce de grille-pains volants.

Nudge pouvait voir Iggy, Gazzy, Angel et Total, leurs bouches closes de force comme la sienne.

Ne vous en faites pas, transmit Angel aux autres en pensées. *Max et Fang vont revenir et ils nous retrouveront. Ils vont être en rogne quand ils apprendront.*

Nudge s'efforçait de ne pas penser pour ne pas inquiéter davantage Angel, mais elle ne put se retenir de laisser échapper : *Ni Max, ni Fang ne peuvent nous sortir de là. Personne ne peut. C'est la fin.*

22

J'ai retrouvé Fang le lendemain matin et fait comme si de rien n'était, comme si mon petit cœur à l'ADN trafiqué ne s'était pas emballé et que je ne m'étais pas imaginée, en somptueuse robe de bal, descendre l'escalier en marbre de mon palais pour me jeter dans les bras de mon prince.

Non. Ce n'est vraiment pas mon genre. À la place, j'ai fait irruption dans un dérapage, projetant cailloux et poussière partout, et lancé :

— On s'arrache !

Ma liste d'épines dans le pied se résumait alors à ça :

1) Malaise entre Fang et moi.

2) Inquiétude d'avoir laissé les autres derrière.

3) Pression tenaillante quant à la poursuite de ma mission.

4) Les classiques : trouver à manger et où se loger, essayer de rester en sécurité, sans savoir pour combien de temps on en a encore à vivre, etc.

5) Sans oublier, naturellement, l'incessant refrain sur *mon* sauvetage du monde.

Bon sang ! Ça devenait difficile de savoir de quoi s'inquiéter en priorité. Que toute nouvelle personne désireuse d'aggraver mon ulcère à l'estomac prenne un ticket et se mette dans la file !

— Tu n'es pas bavarde.

Fang a interrompu le flot de mes pensées. En bas, s'étendaient sur des kilomètres, montagnes, plaines arides, réserves indiennes et paysages désertiques. On aurait dit une nappe terracota froissée.

Je l'ai toisé du coin de l'œil.

— Profites-en tant que ça dure !

— Max.

Il a attendu que je le regarde à nouveau pour continuer.

— On doit pouvoir compter l'un sur l'autre, parce que tu n'as que moi et je n'ai que toi. Il faut vraiment, vraiment qu'on se parle.

— Plutôt me faire déchiqueter par des animaux enragés !

— Je préférais quand tu ne parlais pas. Tu sais, si les gens ne soulèvent pas les rochers pour voir ce qu'il y a en dessous, ce n'est pas un hasard.

— Ce qui signifie ? (Il avait l'air vexé.) On doit faire semblant qu'il ne se passe rien ? C'est débile. Il n'y a qu'en parlant qu'on fera avancer les choses.

— Tu as pris des cours de psycho récemment ?

Maintenant, il était en colère contre moi et redevenu muet comme une carpe. Ça me soulageait, même si je savais que le débat était loin d'être clos. J'ai reporté mon attention sur le paysage. Nous volions à vive allure et ce n'était pas facile de savoir où l'Arizona finissait et où la Californie commençait – il ne faut pas croire que la géographie de notre pays est peinturlurée dans la réalité comme elle l'est sur les cartes routières aux frontières balisées de couleurs chatoyantes – mais je me suis quand même repérée.

— Je descends, ai-je annoncé, le corps déjà penché sur le côté, les ailes repliées vers l'arrière.

Fang m'a suivie sans faire le moindre commentaire. Je sentais de mauvaises ondes – le genre qui disent « je vais lui tordre le cou » – émaner de lui. Enfin, ce n'était ni la première, ni la dernière fois qu'il était à ce point furieux contre moi.

J'ai atterri à l'orée d'un bois, près d'un bled de l'Arizona sans intérêt, et me suis mise à marcher vers l'ouest. Deux minutes plus tard, j'ai marqué un arrêt devant une petite maison bien entretenue qu'entourait un jardin peu fourni, aux arbres rabougris.

Max, tu es sur le point de commettre une terrible erreur, m'a sorti la Voix. *Va-t'en d'ici tout de suite. Reprends ta mission. Je ne plaisante pas.*

Je l'ai royalement ignorée, submergée par le tourbillon d'émotions qui venait de se déclarer.

— Où est-ce qu'on est ? a chuchoté Fang.

— Chez Ella, ai-je répondu, n'en revenant pas moi-même. Ella et le Dr Martinez.

— Étant donné qu'on peut *tous* voler, qu'est-ce qu'on fout à l'arrière d'un semi-remorque ?

Il n'aurait pas dû ouvrir la bouche. Pour sa peine, un des Flyboys lui flanqua un grand coup dans les côtes.

Nudge grimaça. Comme si elle souffrait à sa place. Du fait de sa cécité, Iggy ne put décrypter son visage et voir qu'elle compatissait.

Tous avaient mal partout. Impossible de savoir depuis combien de temps ils avaient voyagé, allongés par terre, à l'arrière de ce fourgon, sentant la moindre bosse sur le chemin. Mais il y avait sûrement plusieurs heures qu'ils étaient attachés ainsi. Nudge ne sentait même plus ses mains. Chaque fois que le semi rebondissait sur la route, son épaule ou bien sa hanche heurtait violemment le sol. Elle visualisait tous les bleus dont elle devait être couverte, à l'instar de ses amis.

Après que les Flyboys les avaient capturés, on leur avait enfilé des sortes de sacs en tissu sur la tête. Nudge avait eu le temps de respirer une odeur sucrée et écœurante avant de s'évanouir. Elle s'était réveillée dans ce camion, sans savoir où on les emmenait. À l'École ou l'Institut, vraisemblablement.

Quoi qu'il en soit, le trajet promettait d'être long. Minute après minute, heure après heure, tout ce qu'elle avait à faire, c'était rester là, étendue, à redouter le sort qu'on leur réservait.

On allait certainement les enfermer dans une cage. Par la suite, ce serait les horribles expériences, terrorisantes et tellement douloureuses, dans lesquelles on leur enfoncerait des aiguilles. Nudge se retint de gémir à cette pensée. Les odeurs de produits chimiques. Les blouses blanches. Les lumières clignotantes. Les bruits qui glacent le sang. Savoir qu'ils subiraient tous une torture similaire. Penser que Max et Fang n'étaient plus là pour leur venir en aide.

Et, tout ce temps, elle restait attachée, impuissante face à la douleur de ses amis, réduits eux aussi à l'état de sacs inertes, gisant contre terre, ignorant où leurs aînés se trouvaient et s'ils seraient capables de les retrouver. Pourtant, il y avait pire encore.

Le pire, c'était que, lorsqu'elle avait repris connaissance, elle n'avait compté que trois têtes familières.

Angel. Angel n'était pas là.

24

Ce n'était pas comme si Ella et le Dr Martinez m'avaient sauvé la vie ou un truc dans le style. C'était pire que ça : ensemble, elles m'avaient montré à quoi ressemblait une vie normale. Et, depuis que je les avais quittées, le souvenir de cette vie revenait sans cesse me hanter.

Quel jour étions-nous ? Le Dr Martinez serait-elle au travail ?

J'ai laissé mon esprit s'attarder sur cette question afin d'éviter celle, autrement plus importante, qui me terrifiait : Seraient-elles contentes de me revoir ?

Et dans la série « scénario catastrophe » : Avaient-elles eu des ennuis après m'avoir recueillie ?

Tout comme la première fois, je suis restée paralysée à l'extrémité de leur jardin, ne trouvant pas la force d'avancer et encore moins de frapper à la porte.

Max, a recommencé la Voix avant que je l'interrompe presque instantanément.

C'est bien toi qui m'as dit que les relations étaient importantes. Eh bien tu vois, je suis tes conseils. Maintenant, fous-moi la paix !

— Tu peux me dire ce qu'on fabrique ici ?

Au son de la voix de Fang, je pouvais dire qu'il oscillait entre curiosité, stupéfaction et… tomber le derrière par terre.

Je n'avais pas de réponse. Ni à sa question, ni aux miennes.

Là, le passé s'est une nouvelle fois répété, la fatalité est réentrée en scène. Ou plutôt, le Dr Martinez est sortie par la porte de devant. Le soleil, intense, l'a fait cligner des yeux. Alors, elle s'est tournée pour fermer à clé derrière elle. Ensuite, elle a marqué une pause et tendu l'oreille comme si elle avait senti quelque chose ou quelqu'un… Moi.

Dans mon dos, Fang s'est éclipsé dans l'ombre des bois pour qu'elle ne le voie pas.

Lentement, mon amie s'est tournée. Je suis restée debout, crispée, au bord du tremblement et de son jardin. Ses yeux brun foncé ont balayé les environs et se sont arrêtés presque immédiatement sur moi. Elle a ouvert la bouche mais est restée sans voix. Néanmoins, j'ai pu lire mon prénom sur ses lèvres.

L'instant d'après, le Dr Martinez et moi nous sommes jetées dans les bras l'une de l'autre. La scène, entière, donnait l'impression de se passer au ralenti. Je m'étais figurée que je sortirais un truc du genre : « Quoi d'neuf ? Ça roule ? » ; pourtant, ce rêve éveillé était parti en fumée. À la place, je me suis cramponnée à elle en essayant de ne pas pleurer et j'ai savouré l'étrange, intense quoique effrayante sensation de bonheur de me retrouver entre ses bras.

Sa main me caressait les cheveux tandis qu'elle murmurait :

— Max, ma petite Max. Tu es revenue.

Sa voix s'est cassée et je n'ai rien osé ajouter.

Alors, je me suis rappelée que je me livrais à cette effusion de sentiments mélo sous le regard de Fang.

Persuadée qu'il allait me bassiner avec ça jusqu'à la fin de mes jours, j'ai pivoté pour jeter un œil en direction des bois. Malgré ma vue de rapace, j'avais du mal à distinguer sa silhouette que la pénombre rendait imprécise.

J'ai levé le bras à son intention.

— Max, tout va bien ?

Elle fixait les arbres et l'ombre de la forêt.

— Oui, oui. Je… je n'avais pas vraiment prévu de revenir, ai-je hésité à dire, mais je, enfin *on* passait dans les environs.

Le Dr Martinez a écarquillé les yeux en apercevant Fang et sa mine sombre, figée, émerger à petits pas des bois, telle une ombre venue à la vie. Pas mal, mon répertoire, hein ? J'ai l'âme d'un poète, c'est certain.

— Je vous présente mon… frère, Fang, ai-je fait du bout des lèvres et d'une voix mal assurée, surtout au moment de prononcer le mot « frère ». (*Après tout, il m'avait embrassée* !)

— Fang ?

La mère d'Ella lui a décoché un sourire doux, qui prenait son temps et qui a illuminé ma journée. Elle a tendu la main tandis qu'il s'approchait de nous comme si on l'avait tiré au moyen d'une corde invisible, plus nerveux et rigide que jamais. Ce qui n'est pas peu dire.

Il s'est immobilisé à deux mètres de nous environ. Sans lui serrer la main donc.

— Fang ? Est-ce que toi et Max, vous êtes… pareils ? l'a interrogé la vétérinaire.

— Nan, a-t-il répondu d'une voix teintée d'ennui. Je suis plus malin qu'elle.

J'ai réprimé ma solide envie de lui filer un coup de latte dans le tibia.

— Ne restez pas dehors. Entrez, tous les deux, nous a pressés le Dr Martinez qui paraissait à la fois déconcertée et ravie. Je partais faire des courses avant qu'Ella rentre de l'école mais ça peut bien attendre.

Dans la maison, bien que j'y aie passé quarante-huit heures tout au plus, il y avait de cela des mois, je me sentais chez moi – chose que je n'avais jamais ressenti chez Anne Walker.

Près de la porte, derrière moi, Fang enregistrait chaque détail, inventoriait les sorties possibles, planifiait les actions au cas où une attaque violente ait lieu. Ce qui était monnaie courante partout où l'on mettait les pieds.

— Vous avez faim ?

La maîtresse de maison a enlevé sa veste et posé son sac à main.

— Je peux vous préparer des sandwichs si vous voulez.

— Ce n'est pas de refus ! ai-je accepté au son des gargouillis de mon ventre.

— C'est quoi, cette odeur ? a voulu savoir Fang qui humait l'air.

Dans un même élan, le Dr Martinez et moi avons échangé un sourire et répondu : « Des cookies aux pépites de chocolat. »

— Maintenant, au moins, tu sais ce que tu vaux, ai-je provoqué Fang, la bouche pleine. Ton âme pour un cookie.

Fang s'est assuré que la mère d'Ella ne regardait pas et il m'a fait un doigt avant de mordre à nouveau dans son biscuit. Il en savourait le moelleux tiède, l'arrière-goût de vanille, les éclats de chocolat à moitié fondus. Je lui ai souri puis tiré la langue.

Le Dr Martinez s'est attablée avec nous et a trempé un cookie dans sa tasse de café. Alors, elle m'a caressé le bras :

— Ça fait tellement plaisir de te revoir, Max.

Elle semblait si sincère que j'en ai rougi.

— Tu sais, ces derniers temps, il y a eu pas mal de reportages aux infos sur des enfants mutants ailés.

J'ai hoché la tête.

— Je sais. Il y en a encore qui n'ont pas saisi la signification de « faire profil bas » … Pourtant, ça fait partie intégrante de mon plan.

— Quel plan ? (Elle semblait inquiète à présent.) Vous avez des projets ? Il y en a d'autres comme vous ?

Et là, sans prévenir, mes vieux réflexes d'autoprotection et de mutisme sont revenus tandis que mon visage se refermait. À mes côtés, Fang s'est raidi entre deux bouchées.

Le Dr Martinez n'a eu aucune difficulté à décrypter mon expression.

— Oubliez ma question, s'est-elle empressée de corriger. Ça ne me regarde pas, de toute façon. Mais je voudrais tant pouvoir faire quelque chose pour vous.

La première fois que je l'avais vue, le Dr Martinez avait soigné ma blessure par balle. À son cabinet vétérinaire, elle avait découvert, lors d'une radiographie, la micropuce implantée dans mon bras.

— J'ai peut-être une idée. Vous vous souvenez de ma puce ?

— Dans ton bras ? Tu l'as toujours ?

— Malheureusement oui. Et je ne la supporte plus.

Elle a terminé son biscuit et avalé une gorgée de café en réfléchissant.

— Depuis ton départ, j'ai étudié ta radio une bonne centaine de fois. (Elle a souri tout à coup.) Je ne pensais pas te revoir un jour, seulement cette énigme me rendait folle. Il fallait que je tente de la résoudre. J'ai examiné la radio, encore et encore, afin de déterminer s'il y avait un moyen d'extraire ta puce sans endommager tes nerfs au point que tu perdes l'usage de ta main.

— Et ? Vous avez trouvé la solution ?

Je frémissais presque d'impatience.

Ses épaules se sont légèrement affaissées.

— Je n'en suis pas certaine, mais je crois qu'en passant par la microchirurgie, je pourrais…

— Allez-y ! Maintenant !

En dépit du regard de Fang qui pesait sur moi, je n'ai détaché ni les yeux ni mon attention de la maman d'Ella.

— Débarrassez-m'en, ai-je supplié malgré moi. Peu importent les conséquences.

Tu ne peux pas te permettre de perdre une main, m'a avertie la Voix.

Pour une raison qui m'échappait, je trouvais cette dernière particulièrement insupportable aujourd'hui.

Pourquoi ? ai-je pensé avec sarcasme. *Tu me crois incapable de sauver le monde avec une main dans le dos ?*

Le Dr Martinez hésitait, ne semblait pas vouloir prendre de risques.

Subitement, Fang m'a empoigné la main gauche et l'a retournée, exposant mon avant-bras sur la table. Les cicatrices, sortes de rides laides d'un rouge colère, restées depuis que je m'étais entaillé la chair avec un coquillage ébréché, ressortaient soudain sous nos yeux. Mes joues se sont empourprées de honte et j'ai tenté de dégager mon bras.

— Ce n'est rien, ai-je marmonné pour rassurer mon amie dont je percevais le regard horrifié.

— Elle a voulu s'enlever la puce toute seule, sur une

plage, a brusquement raconté Fang. Elle pissait le sang. Il faut lui enlever pour qu'elle arrête ses conneries. Même si elle doit inventer d'autres conneries après.

Je menaçais le traître des yeux. La mine consternée de la vétérinaire m'était insoutenable. Je l'ai défiée de me considérer avec pitié en la dévisageant. Juré, j'allais leur exploser la tête l'une contre l'autre si jamais...

— Je peux essayer, a-t-elle finalement annoncé.

27

— Où est Angel ?

Le murmure de Gazzy ne portait pas plus qu'un souffle dans l'oreille de Nudge.

— Je n'en sais rien, a-t-elle soufflé, elle aussi.

Le camion s'est arrêté et les portes, à l'arrière, se sont ouvertes. Il faisait jour. Les Flyboys qui avaient voyagé dans le fourgon avec eux ont sauté à terre et refermé avec fracas les lourdes portières métalliques.

Longtemps, très longtemps après, quelqu'un a rouvert la porte et un Flyboy leur a balancé quelques morceaux de pain et des fruits à moitié pourris. L'arrière du camion refermé, des rires à donner la chair de poule se sont élevés du dehors.

Malgré l'obscurité ambiante, Nudge voyait plutôt bien. Idem pour Gazzy. Ils se sont traînés jusqu'aux quignons de pain en se tortillant. Nudge avait tellement faim qu'elle en était malade. En dépit de leurs mains attachées dans le dos, ils ont réussi à engloutir jusqu'à la dernière miette de pain rassis et tous les fruits, hormis les parties blettes.

— Quand on sera sortis d'ici, tous ces robots, sans exception, porteront la marque de mes crocs, a grommelé Total, ligoté lui aussi.

— Cette fois, on n'en réchappera pas, a proclamé Iggy. J'ai un mauvais pressentiment.

Nudge ne se souvenait pas avoir jamais entendu Iggy aussi défaitiste. Il faisait partie des aînés, aux côtés de Fang et de Max. Et la plupart du temps, elle en oubliait même qu'il était aveugle tant il faisait preuve de force et de courage dans les combats. Le cœur de Nudge s'est serré.

— On s'en sortira !

Et pour la millième fois, elle a fantasmé que les portes s'ouvraient en grand sur Max et Fang.

Iggy ne soufflait mot.

— Il faut qu'on retrouve Angel, a décidé Gazzy dans un murmure. On ne peut pas les laisser recommencer tout ce qu'ils lui ont fait la dernière fois.

À l'époque, ils avaient ramassé Angel à la petite cuillère. Elle avait mis des semaines à s'en remettre. Et, d'une certaine façon, elle n'avait plus jamais été la même après ça. Elle était devenue plus triste, plus calme.

Nudge a frissonné à l'idée de ce qu'ils étaient peut-être déjà en train de faire subir à leur « petite sœur ».

— Il nous faut un plan, a-t-elle dit à demi-mots. C'est ce que feraient Max et Fang. Réfléchissons !

— Et pourquoi ne pas demander au Père Noël ?

La voix d'Iggy trahissait son amertume.

— Moi, je propose qu'on les morde, tout simplement, est intervenu Total. Ils ouvrent les portes, on leur saute dessus. On grogne, on les griffe. Autre solution : je les attaque aux mollets pour les faire tomber et vous, vous prenez le relais en leur flanquant une bonne correction.

— On n'a pas de griffes, a expliqué Gazzy avec résignation.

— Non, mais on a des dents, a corrigé Nudge. Et on devrait déjà s'être débarrassés de notre Scotch à l'heure qu'il est. Allez ! Total, tu commences par moi. Je vais essayer de libérer Gazzy et, lui, il s'occupera d'Iggy. Après, on ira leur botter leurs fesses de robots à ces crétins !

Portée par un nouvel élan d'espoir, Nudge s'est hissée près de Total de sorte qu'il puisse atteindre ses mains, dans son dos.

Elle sentait tout juste ses moustaches quand les portes métalliques se sont réouvertes. Cinq Flyboys ont pénétré à l'intérieur et se sont dirigés vers l'avant du camion sans se soucier de marcher sur les enfants ou non.

Nudge n'a pas bougé d'un cil, sa tête sur le sol. Elle pouvait dire adieu à son plan.

28

— C'est ton petit ami ?

Ella avait sauté de joie en me voyant. On était restées dans les bras l'une de l'autre un bon moment, jusqu'à ce que j'entende Fang soupirer d'impatience. À présent, nous étions dans sa chambre où elle avait abandonné son équipement de foot pour enfiler une tenue plus ordinaire pendant que Fang se forçait à faire la conversation au Dr Martinez dans le salon.

Le dos des gens « normaux », sans ailes, paraît si plat, nu, vide comparativement au nôtre. (C'était juste une observation en passant.)

— Fang ? Oh ! là ! là ! Non. Pitié ! Enfin, je veux dire, on a grandi ensemble, alors je le considère plutôt comme un frère.

— Il est drôlement mignon, a-t-elle commenté le

plus naturellement du monde tandis qu'elle passait un jean et un sweat-shirt à capuche.

J'étais encore en train de digérer cette affirmation et de disséquer ma réaction lorsqu'elle m'a jeté un regard complice.

— Mais pas autant que Shaw Akers. Il est dans ma classe.

Elle s'est affalée sur son lit auprès de moi. On ressemblait vraiment à deux sœurs. Ou deux meilleures amies. Cette pensée m'a émue. C'était plus fort que moi.

— Shaw est trop super mignon, a repris Ella. (Son visage s'est adouci.) Il m'a invitée à la soirée de Noël, seulement je suis déjà prise. Je n'ai pas le choix : je dois y aller avec le premier garçon qui m'a invitée. Heureusement, il reste la Fête du Printemps…

Elle s'est livrée à une espèce de danse des sourcils qui m'a arraché un rire franc.

— Je te souhaite que ça marche.

Pour ma part, pas de Fête du Printemps à l'ordre du jour. Mes impératifs s'appelaient : bottage de fesses d'Erasers, destruction de l'École, sauvetage du monde.

On a frappé à la porte.

— Les filles, vous êtes prêtes ? a demandé la mère de mon amie en ouvrant la porte.

— Plus que jamais ! lui ai-je assuré.

29

Le Dr Martinez nous a conduits à son cabinet après les heures de consultation pour qu'on ne soit pas dérangés. Elle s'est garée à l'arrière, à proximité de la benne à ordures. Ainsi, sa voiture passerait inaperçue.

Une fois à l'intérieur, elle n'a pas allumé la lumière, mais verrouillé la porte derrière nous.

— On ne prend pas les animaux en pension, donc il n'y a personne de garde, a-t-elle expliqué tandis qu'elle nous menait à la salle d'opération.

La table chirurgicale était conçue pour accueillir des animaux de la taille de... disons un gros saint-bernard alors mes jambes pendaient dans le vide, au bout. Dans mon dos, le métal était froid. Les lumières du plafond m'éblouissaient. J'ai fermé les yeux.

Max, je t'interdis d'enlever la puce. La Voix semblait bien sévère tout à coup.

Comme si j'étais du genre à obéir, me suis-je moquée.

— Je vais commencer par t'administrer du Valium pour que tu te détendes, a annoncé la vétérinaire comme elle posait une perfusion sur mon bras sans puce. Je vais également te faire une radio de la poitrine et une prise de sang pour m'assurer que tu n'as pas de virus, ni de bactérie.

Compte tenu de mon enfance un tantinet bousillée par une bande de monstrueux scientifiques cinglés, j'ai tendance à réagir avec excès aux odeurs chimiques telles que l'alcool, les tubes en plastique, les désinfectants pour le sol, etc. Si bien qu'au moment où le Dr Martinez m'a posé la perfusion, j'ai dû m'agripper aux bords de la table pour ne pas sauter par terre et partir en courant après, de préférence, avoir distribué quelques taloches au passage.

Le cœur qui battait la chamade, le souffle court, j'ai senti l'adrénaline courir le long de mes veines.

Mais vous connaissez la nouvelle ? Le Valium, ça marche ! Le médicament a stoppé net tous mes symptômes.

— Incroyable ! ai-je articulé avec peine, déjà dans le gaz. Je me sens… si… calme.

— Tout va bien, Max, m'a rassurée Ella en tapotant mon épaule.

— Tu es sûre de vouloir le faire ? s'est inquiété Fang. Aboie une fois pour dire « oui ».

Je lui ai tiré la langue. Avec un peu de chance, quels

que soient les mutants qui remplaceraient les Erasers, ils ne pourraient vraisemblablement plus nous localiser une fois la puce extraite. Quant à la Voix, peut-être me laisserait-elle tranquille une bonne fois pour toutes… Je n'étais pas certaine qu'elle ait quelque chose à voir avec la puce, mais c'était une possibilité. Même si la Voix m'était venue en aide à plusieurs reprises, j'étais toujours décidée à faire sortir tout le monde de mon crâne, excepté… moi !

Pour finir, la mère d'Ella a allongé le bras dans lequel se trouvait ma puce et l'a attaché à la table avec des sangles.

30

Dès que le Dr Martinez m'a attachée, j'ai instinctive-ment paniqué. Après, la panique s'est évaporée comme par enchantement. La la la…

Quelqu'un a pris ma main libre dans la sienne. Fang. Je pouvais sentir ses callosités, ses os, sa force aussi.

— Je suis bien contente que tu sois près de moi.

Je mangeais de plus en plus mes mots, un sourire béat sur les lèvres, l'air groggy. J'ai remarqué l'expression d'inquiétude sur son visage mais préféré ne pas y prêter attention.

— Je sais que tout se passera bien. Parce que tu es là.

Je crois bien qu'il a rougi. Je *crois*. Je n'étais plus sûre de rien à présent. J'ai senti une aiguille piquer mon bras. Plusieurs fois de suite. Péniblement, j'ai laissé échapper un vague « Hé ».

— C'est juste un anesthésiant local, a commenté le docteur. On va attendre une minute qu'il fasse effet.

— Oooooh, les belles lumières ! me suis-je soudain extasiée d'un ton rêveur.

Je souriais à la façon dont celles-ci dansaient au-dessus de moi dans un arc-en-ciel rose, jaune et bleu. En sentant une pression s'exercer sur mon bras, je me suis dit qu'il faudrait que je jette un œil, histoire de vérifier ce qui se passait. Néanmoins, avant que j'aie le temps de m'exécuter, cette pensée a fondu comme neige au soleil.

— Fang ?

— Oui. Je suis là.

Je luttais pour faire la mise au point sur son visage.

— Je suis tellement contente que tu sois là.

— Oui, oui, j'ai compris.

— Qu'est-ce que je deviendrais sans toi ?

J'ai levé les yeux, essayant de le distinguer malgré les lumières aveuglantes.

— Tu t'en sortirais très bien.

— Non. Ce n'est pas vrai ! (Cette perspective, subitement, me stressait.) Pas du tout !

J'éprouvais une sorte de sentiment d'urgence à lui faire intégrer cette réalité. Encore une fois, j'ai perçu des petits coups au niveau de mon bras. Je me demandais bien de quoi il s'agissait. Alors, cette intervention, c'était pour aujourd'hui ou pour demain ?

— Ça va aller. Détends-toi. (Pourtant, Fang semblait tout sauf décontracté.) Si tu arrêtais de parler.

— Je ne veux plus de cette puce… En fait, je n'en ai jamais voulu.

— D'accord, d'accord. C'est bien pour ça qu'on te l'enlève.

— Tiens-moi la main, tu veux bien ?

— C'est ce que je fais !

— Oh ! Mais oui, je le savais.

Je me suis assoupie quelques minutes. Je n'avais plus conscience de rien, si ce n'est de l'étreinte de Fang.

— Est-ce que vous auriez un fauteuil inclinable sous la main ? ai-je forcé, m'étant arrachée au sommeil.

— Euh… non, ai-je entendu la voix d'Ella, quelque part, derrière ma tête.

— Dommage, j'aurais bien aimé m'y allonger. (Mes paupières se sont à nouveau closes.) Fang, tu ne pars pas, hein ?

— Non, non. Je suis là.

— Bien. J'ai besoin de toi. Ne me laisse pas.

— T'inquiète.

— Fang, Fang…, ai-je murmuré, prise d'une émotion soudaine. Je t'aime. Je t'aime tellement !

J'ai tenté d'écarter les bras pour illustrer à quel point, mais je n'ai pas pu les bouger.

— Purée ! C'est pas vrai !

On aurait dit qu'il s'étranglait.

— O.K., c'est fini, a conclu le Dr Martinez. J'ai enlevé la puce. Je vais détacher ton bras, Max. Après, je voudrais que tu remues les doigts.

— D'accord.

J'ai remué les doigts que Fang tenait toujours en main.

— Pas ceux-là ! a-t-il corrigé.

— Oh !

J'ai agité les autres.

— Vas-y, Max. Remue les doigts, a insisté la mère d'Ella.

— Je ne fais que ça !

— Oh non ! a-t-elle lâché.

31

Et voilà, les amis ! Comment j'ai battu le record du monde d'humiliation et perdu ma main gauche en l'espace d'un jour seulement. Évidemment, j'avais toujours une main au bout du bras gauche, mais elle était ballante, molle, sans énergie. À part pour décorer, elle ne m'était plus d'aucune utilité.

Même chose pour ma fierté.

Chaque fois que le souvenir embué de mon aveu niais « Je t'aime tellement » resurgissait, je me remettais à frissonner. Rien que pour cette raison, je peux vous assurer que jamais, au grand jamais, je ne serai accro au Valium ou à quoi que ce soit dans le style.

Le Dr Martinez était complètement bouleversée par l'état de ma main. Elle a pleuré en constatant les dégâts et s'est excusée une bonne centaine de fois.

— Je vous rappelle que c'est moi qui vous l'ai demandé, lui ai-je dit pour la consoler.

— Tu n'es pas responsable. Je n'aurais pas dû tenter l'opération.

Elle paraissait vraiment accablée. Peu importe. Je suis contente que ce soit terminé.

Le lendemain, libérée de ma Voix, j'entamais mon apprentissage pour tout faire de ma seule main droite. Au début, j'étais vraiment super maladroite – une vraie patate –, mais peu à peu, je me suis améliorée. Je persistais à essayer de bouger les doigts de ma main gauche. Pourtant, pas le moindre mouvement ni four-millement. Mon bras, en revanche, me faisait mal.

Je sentais le regard ténébreux de Fang peser inexo-rablement sur moi. De quoi grimper au mur ! J'ai pro-fité qu'Ella et sa mère soient sorties un instant pour le prendre entre quatre yeux.

— Hier… je me suis mal fait comprendre. Ce que je voulais dire, c'est que je vous aime tous, tous les cinq. Quoi qu'il en soit, j'étais dans le gaz avec ce satané Valium. Ça ne compte pas.

Il a pris un air suffisant, insupportable et assez sur-prenant pour quelqu'un d'aussi impassible.

— Ben voyons. On se rattrape comme on peut. Au moins, maintenant je sais ce que tu ressens vraiment pour moi !!!

J'ai voulu lui décocher un coup de poing mais il a bondi en arrière avec souplesse et je ne suis parvenue qu'à me cogner le bras gauche, ce qui a ravivé la dou-leur.

Il m'a ri au nez, puis a pointé du doigt les bois par la fenêtre :

— Choisis un arbre. J'irai graver nos initiales dessus.

Consumée par une terrible rage difficile à contenir, j'ai rejoint le couloir en courant et me suis jetée dans la salle de bains où j'ai claqué la porte avant de la verrouiller.

À travers la cloison, je l'entendais glousser grâce à mon ouïe de rapace surdéveloppée. La tête dans ma main droite, j'ai marmonné « Mon Dieu, aidez-moi » quand la Voix a refait son entrée :

C'est trop tard, Max. Il n'y a plus que toi et toi seule qui puisse t'aider.

Crotte-flûte !

La Voix n'avait aucun rapport avec la puce. Elle trônait toujours dans ma tête.

Récapitulatif de la journée :

1) Main gauche inutile.

2) Fang, persuadé d'être au cœur d'une histoire à l'eau de rose avec moi, même si ce que j'ai dit, je ne le pensais *pas*.

3) La Voix, toujours parmi nous.

Compte tenu de ces glorieuses nouvelles, il ne me restait plus qu'une chose à faire : laisser mon bras gauche et son bandage à l'extérieur, de l'autre côté du rideau de douche et m'asseoir au fond de la baignoire tandis que l'eau coulait sur mon visage déjà baigné de larmes.

— Je préférerais que tu restes jusqu'à ce que ton bras soit guéri, m'a avertie la mère d'Ella, l'air inquiet. C'est le docteur qui te parle, Max.

— Ça fait déjà trop longtemps qu'on est partis. Qui plus est, avec notre pouvoir de guérison ultrarapide, je devrais être complètement rétablie dans environ… vingt petites minutes.

Elle savait parfaitement que j'exagérais. En revanche, elle me connaissait suffisamment pour savoir que des choses aussi futiles que la convalescence ou le bon sens ne suffiraient pas à me faire changer d'avis.

— Je ne veux pas que vous partiez tous les deux, a dit Ella, toute triste.

— Je sais bien, seulement on n'a pas le choix. Il faut

qu'on retourne voir… euh… faire le point sur notre situation.

— Max, qu'est-ce qu'on peut faire pour t'aider ?

L'émotion dans les yeux du Dr Martinez me désarçonnait. Malheureusement, sauver le monde n'est pas le genre de truc qu'on peut déléguer.

— Rien, merci.

Dans mon dos, Fang attendait, debout, énervé par le fait d'être exposé, en plein jour, dans le jardinet. Toute la matinée, il s'était comporté de façon étrange. J'ignorais si c'était à cause de ma main fichue, de ce que je lui avais sorti *accidentellement* ou d'autre chose. Toujours est-il que je pressentais combien il était impatient, un sentiment que je partageais dans une certaine mesure.

Mais pas totalement.

La séquence embrassade est arrivée, bien sûr. Ces gens s'embrassaient pour un oui ou pour un non ! Ça faisait bizarre de serrer quelqu'un dans mes bras d'une seule main. Je me sentais bancale. C'est-à-dire… je pouvais bouger le bras gauche ; cependant, il était mort en dessous du coude.

Le Dr Martinez s'est approchée de Fang, les bras grands ouverts, mais lorsqu'elle a vu la tronche qu'il faisait, elle s'est ravisée. À la place, elle lui a souri chaleureusement et lui a tendu la main. À mon immense soulagement, il la lui a serrée.

— Je suis ravie d'avoir fait ta connaissance.

On aurait vraiment dit qu'elle se *retenait* de ne pas le prendre dans ses bras. Fang, raide comme un piquet, n'a pas répondu.

— Prends soin de Max.

Il a fait oui de la tête ainsi qu'une petite moue de

côté avec sa bouche. Il savait bien que je n'étais pas du genre à me faire dorloter ni même à laisser quiconque prendre soin de moi. Pire, je promettais à toute personne s'y risquant de lui faire goûter la semelle de mes baskets. Je lui ai jeté un regard mauvais. On aurait bientôt une petite conversation à ce propos.

— À plus, a-t-il lancé, toujours aussi démonstratif et affectueux, à Ella et sa mère.

Ensuite, il a traversé le jardin en petites foulées, juste assez pour bondir dans les airs et déployer ses ailes à la limite de la forêt. Les spectatrices en ont eu le souffle coupé, fascinées par les quatre mètres d'envergure de ses ailes qui le hissaient sans peine vers le ciel où, sous la caresse du soleil, elles brillaient de reflets pourpres.

J'ai fait un dernier sourire à mes amies, gagnée par une tristesse profonde, bien que moins intense que la fois précédente, en dépit de mon bras perdu. À cet instant, je me disais que si j'étais revenue une fois, rien ne m'empêchait de recommencer.

Ce dont j'étais vraiment persuadée, quand tout ceci serait fini. Si jamais ce jour arrivait.

Reprendre notre envol s'est révélé aussi merveilleux et vivifiant que d'habitude. Avec Fang, on ne s'est pas adressé la parole pendant trois quarts d'heure environ. On filait – deux éclairs zébrant le ciel – en direction de l'endroit où on avait laissé les autres. Comme j'éprouvais une certaine appréhension, je me suis mise à sérieusement envisager la possibilité, pourtant en soi improbable, qu'on s'achète tous un portable avec lequel on puisse communiquer dans des situations comme celle-là.

Pour finir, l'inéluctable s'est produit :

— Qu'est-ce qui te prend ? ai-je interrogé Fang avec brusquerie.

Comme s'il avait attendu ce moment, il s'est élevé et a ralenti son allure de manière à voler juste au-dessus de moi. En vol, c'était le seul moyen, ou du moins le plus facile, pour se passer un objet.

J'ai tendu la main droite et il a baissé le bras pour me donner un petit morceau de papier blanc.

J'ai observé ce dernier tandis que Fang virait légèrement afin de voler à ma hauteur.

Il s'agissait d'une photo que je reconnus instantanément.

C'était celle du Gasman, bébé, que Fang et moi avions trouvée dans un squat de junkies il y a un million d'années. Je pensais l'avoir laissée dans mon sac à dos que j'avais planqué dans le canyon, avec les autres.

— Pourquoi tu l'as prise ?

— Je ne l'ai pas prise.

Il parlait d'une voix aussi calme que d'ordinaire, mais je voyais bien, à son visage, qu'il était crispé.

— Je l'ai trouvée.

— Quoi ?

Ça n'avait pas de sens.

— Où ça ?

— Entre deux livres dans le cabinet au domicile du Dr Martinez, a-t-il raconté tandis qu'il me toisait, étudiant mon expression qui trahissait le choc. Le premier portait sur la théorie des espèces recombinantes et l'autre... sur les oiseaux.

34

Le moins qu'on puisse dire, c'est que si la métaphore « tomber sur le cul » était à prendre au pied de la lettre, j'aurais écorché le mien en dévalant dessus les marches des cent deux étages de l'Empire State Building.

Disons simplement que j'étais abasourdie et qu'il m'en faut beaucoup pour en arriver là. Beaucoup !

La bouche ouverte, je fixais Fang et sa mine grave. Ce n'est que la perspective de gober les mouches qui m'a convaincue de la refermer.

Si je suis le chef, ce n'est pas pour rien. D'accord, c'est moi la plus vieille, mais je suis également futée, forte, rapide et déterminée. Notamment déterminée à rester le chef. Les décisions, c'est moi qui les prends. À cet instant, perspicace comme seuls les chefs peuvent l'être, j'ai donc additionné deux et six dans ma tête et, allant droit au but, suis arrivée à une seule et unique question :

— Quoi ???

— J'ai trouvé la photo dans le bureau du Dr Martinez, dans sa maison, a répété Fang.

Je lui ai fait signe de se taire.

— Tu as fouillé dans son bureau ?

Ça ne me serait jamais venu à l'esprit. Ni la première fois, ni celle-ci.

— Je cherchais un trombone, a-t-il expliqué, impassible.

— Elle avait des bouquins sur l'ADN recombiné ?

— Et les oiseaux.

— Elle est véto. C'est son boulot.

— O.K., d'accord. Mais l'anatomie aviaire, *plus* la théorie des recombinantes, *plus* la photo du Gasman, ça fait beaucoup, non ?

— Oh ! Je n'arrive plus à penser ! ai-je grommelé en portant la main à mon crâne.

Tout est lié, Max, a commenté la Voix avec obligeance. *Tout ce que tu as à faire, c'est d'assembler les pièces du puzzle.*

Les prédictions à deux euros de ce genre me laissaient froide. C'est vrai, quoi, j'aurais pu entendre ça n'importe où sans avoir cette satanée Voix dans la tête !

— Oh, vraiment ? ai-je lancé sur un ton hargneux. Plus qu'à assembler les pièces du puzzle, hein ? Génial ! Merci du précieux conseil. Tu aurais pu me le dire plus tôt et...

M'apercevant que je parlais toute seule, tout haut, je me suis tue aussitôt.

Je ne savais plus quoi croire. Et il n'y avait qu'à Fang que je pouvais l'avouer. Avec Iggy, Angel, Nudge ou Gazzy, j'aurais embelli la vérité.

J'ai secoué la tête.

— Je ne comprends pas ce que ça signifie. Tout ce que je sais, c'est qu'elle m'a aidée. Et pas une fois. Deux !

Fang s'est abstenu de tout commentaire, comme à son habitude. Ce qu'il a le chic pour m'exaspérer, quand il s'y met ! Nous approchions du canyon où nous avions laissé les autres. En examinant le périmètre, je n'ai remarqué aucun signe de fumée qui aurait indiqué qu'ils avaient fait du feu. Pour une fois, ils m'avaient écoutée et s'étaient faits discrets en...

Fang et moi nous sommes engouffrés dans le canyon, mais au fond de nous, on savait déjà. On avait compris soixante mètres plus haut. Il était inutile que je touche les cendres ou que je balaie les environs des yeux pour savoir, bien que j'aie procédé à toutes ces vérifications malgré tout.

C'était clair, très clair, horriblement clair : les autres étaient partis depuis plusieurs jours. Les traces de lutte, au sol, indiquaient qu'on les avait enlevés de force.

Pendant que je me bourrais la panse de biscuits au chocolat, on avait kidnappé ma famille. Sans parler de tout ce que ça impliquait d'autre et d'atroce.

J'ai laissé tomber ma tête dans ma main et levé mon bras gauche qui ne servait plus à rien.

— Et merde !!!

Euphémisme du siècle...

Lorsque Nudge finit par rouvrir les paupières, le camion s'était remis en route. Elle ne se souvenait plus de ce qu'il s'était passé au cours des dernières heures et conclut donc qu'elle s'était endormie.

Elle se contorsionna pour regarder autour d'elle et aperçut Gazzy et Iggy, les yeux clos, vraisemblablement endormis. Total aussi, couché sans même battre du flanc, paraissait crevé.

Angel avait disparu. Max et Fang ignoraient tout de ce qui s'était passé et où ils étaient. Quant à Iggy, il avait visiblement capitulé.

Le Gasman, enfin, n'osait pas l'avouer, mais Nudge savait bien qu'il était terrorisé. Des zébrures, là où des larmes avaient coulé et séché, marquaient sa figure sale. Jamais il n'avait paru plus jeune, plus désespéré.

En bougeant tout doucement, Nudge repéra cinq Flyboys assis près de l'avant du semi-remorque, dos au mur. Vus d'ici, on aurait pu les prendre pour des Erasers classiques. Pourtant, quelque chose était différent. En résumé, il s'agissait de robots en métal qu'on avait recouvert d'une couche de peau imitant un Eraser. Leur fourrure semblait moins épaisse. De plus, ils ne prenaient jamais d'apparence semi-humaine en se métamorphosant, gardant au contraire leurs traits de loup tout le temps.

Nudge referma les yeux, cassée de partout, trop fatiguée pour penser. Il leur fallait un plan. Seulement, tous semblaient si effrayés, dépassés par les événements.

Le semi s'arrêta dans un grand bruit de frein. Plus tard, il redémarra en cahotant beaucoup, comme s'il avait quitté la route pour un chemin de terre.

— Aïe, aïe, gémissait Nudge dans sa tête tout en se mordant la lèvre pour ne pas pleurer.

Gazzy et Iggy ouvrirent les paupières, l'air encore à moitié endormi, et Total, qui venait de remuer, commenta entre ses dents :

— J'espère que c'est l'arrêt-pipi !

Dehors, on entendait des éclats de voix. Les trois enfants, les mains toujours attachées dans le dos, luttèrent pour se redresser.

Dans un bruit de ferraille retentissant, quelqu'un ouvrit en grand les portes arrière du camion. Une lumière aveuglante pénétra violemment à l'intérieur et les amis détournèrent les yeux pour se protéger. Les Flyboys qui avaient voyagé avec eux sortirent du semi à grandes enjambées.

De nouveaux éclats de voix leur parvinrent de

l'avant du véhicule. À l'extérieur, Nudge ne remarqua rien de particulier, si ce n'est un long chemin de terre désert, bordé de broussailles. Aucun bâtiment en vue, ni câbles électriques. Personne qui aurait pu leur venir en aide et nulle part où s'enfuir et se cacher. On avait attaché leurs ailes, plaquées dans le dos.

— Que se passe-t-il ?

Le murmure d'Iggy était à peine audible. Pourtant, un Flyboy le frappa du pied.

— La ferme ! gronda-t-il avec une voix synthétique.

Nudge entendit des bruits de pas précipités s'approcher de l'arrière du véhicule. Elle essaya de rassembler son courage en anticipant ce qui allait arriver. Quoi que ce soit.

À ce moment-là, ce qui leur pendait au nez était absolument im-pré-vi-si-ble.

Un flot de Flyboys, le visage poilu figé dans une même grimace méprisante, se rassembla autour des portes ouvertes. Nudge déglutit et fit son possible pour feindre un courage qu'elle n'avait pas.

La foule ennemie s'agita brusquement et Nudge comprit que c'était pour laisser passer quelqu'un. *Max ?* Son cœur tressaillit de joie rien que d'y penser. Même si on leur avait jeté une Max ligotée et en piteux état, ç'aurait été merveilleux. Quel réconfort !

Mais… c'est Jeb qui fit son entrée.

Nudge éprouva un terrible pincement au cœur en reconnaissant le visage si familier qui avait marqué son enfance. Jeb les avait délivrés. Puis il était mort. Du moins, c'est ce qu'ils avaient cru, tous les six. Ensuite, il avait ressuscité… sous la forme d'un des leurs. Nudge savait que Max le haïssait maintenant. Alors elle en faisait autant.

Elle plissa les yeux.

Un Eraser – un vrai – s'approcha de Jeb. C'était Ari ! Lui aussi était mort et ressuscité. C'était également le seul Eraser qu'ils aient vu depuis des jours et des jours.

Nudge afficha une mine blasée, la même qu'elle avait vue Max et Fang prendre un bon millier de fois. *Encore eux, toujours eux*, songea-t-elle. *Il faudrait changer de disque, les gars.*

Une autre personne émergea de la foule.

Elle resta sans voix, le souffle coupé.

Ses lèvres, toutefois, formèrent un mot en silence : Angel.

Nudge sonda les yeux bleus de la fillette sans les reconnaître. On aurait dit qu'elle était face à une étrangère.

— Angel !

Une expression de bonheur mêlé d'inquiétude s'était emparée de Gazzy.

— Angel ? finit par articuler Nudge tandis que des frissons de terreur lui parcouraient le cou.

— C'est l'heure de mourir, annonça-t-elle de sa petite voix fluette.

36

C'est trop simple, a déclaré Fang qui scrutait le paysage, six cent mètres plus bas, l'air perplexe.

— C'est exactement ce que je pensais. Ils ont tout fait dans les règles, hormis laisser d'énormes flèches jaunes indiquant « Par ici ».

Au bout d'une heure de vol en gigantesques cercles concentriques, on avait repéré des traces de pneus et décidé de les suivre. Il s'agissait vraisemblablement d'un gros camion avec plein de roues qui avait parsemé l'autoroute de grains de sable du désert sur un kilomètre environ. On ne trouvait pas d'autre explication au fait qu'un camion soit resté caché sur le bas-côté, puis ramené sur la route. À moins qu'il n'ait appartenu à des braconniers, des collectionneurs de cactus ou de sable ou encore l'équipe de tournage d'un film.

Là, à Pétaouchnock, U.S.A., cette route s'étendait à perte de vue. Une seule et unique route, avec des traces de pneus qui se voyaient comme le nez au milieu de la figure et se dirigeaient dans une seule et même direction ? Élémentaire, mon cher Watson ! Seulement…

— Tu ne trouves pas ça un peu gros ?

— Est-ce qu'on a le choix ? a rétorqué Fang, la mine sévère.

— Si tu le dis !

Trois heures de vol plus tard, on l'a enfin repéré : un semi-remorque de dix-huit roues garé sur le bord de la route dans ce qui devait être la région la plus désolée de tout l'Arizona. Dans ce trou, on ne peut appeler ni les urgences, ni « au secours ». Et pas la peine de lancer des fusées de détresse toutes les trente minutes pendant des jours. Ça ne servirait à rien : personne ne les verrait.

— Sympa comme endroit ! ai-je annoncé dans un soupir. Regarde un peu ce troupeau. Moi qui croyais que tous les Erasers avaient été exterminés.

— La Voix t'aurait raconté un pipeau ?

— Non, ai-je pris mon temps pour répondre tandis que nous nous laissions porter par un courant. Quand j'y pense, la Voix ne m'a jamais menti. Ce qui signifie que si ces trucs ne sont pas des Erasers, alors ce sont leurs remplaçants. Super !!!

— Je te parie cinq dollars qu'ils sont encore pires. En plus, je suis certain qu'ils ont des flingues.

— C'est clair.

— Et tu peux être sûre qu'ils nous attendent.

— Il faut dire qu'à part renvoyer le coupon-réponse, on a fait tout ce qu'il fallait…

— Je n'aime pas ça !

Fang a balayé du regard les alentours en prenant soin d'éviter de poser les yeux sur la main gauche qui ne me servait plus à rien.

— Ça, c'est parce qu'il te reste une once de bon sens.

J'essayais de me préparer à ce combat perdu d'avance, tournoyant dans les airs au-dessus de cette foule. Plusieurs centaines contre deux. Sans compter que ces machins étaient vraisemblablement plus coriaces que les Erasers. Il ne fallait pas rêver ! En outre, comment savoir si les autres seraient en mesure de se battre à nos côtés ?

En résumé, c'était « mission suicide ».

Pour changer !

— Il y a quand même un point positif, a lancé Fang.

— Ah oui ? Quoi donc ? La probabilité que les nouveaux Erasers nous mutilent avant de nous tuer ?

Il m'a souri de manière si inattendue que j'ai oublié un instant de battre des ailes, le temps de tomber en chute libre sur quelques mètres.

— Tu m'aimmmmmeuh !!! a-t-il chanté avec suffisance, puis, ouvrant grand les bras, il a ajouté : Tu m'aimes telllllllllllllement !

L'écho de mon cri de dégoût a dû porter jusqu'en Californie, voire jusqu'à Hawaï. L'armée de petits soldats, en bas, l'avait forcément entendu et je m'en fichais. J'ai replié mes ailes le long de mon corps et me suis dirigée vers la terre avec la ferme intention de m'éloigner de Fang autant que possible. Maintenant qu'il avait provoqué en moi cette terrible soif de sang, je me sentais prête à dégommer quelques milliers d'Erasers de remplacement.

Ce qui, ai-je fini par me dire, était peut-être justement son intention.

En dépit de notre atterrissage sans douceur sur le toit du semi, on ne nous a pas troué la peau de balles non aérodynamiques. Bizarre !

Des têtes se sont tournées pour nous toiser – des têtes d'Erasers, mais pas complètement. Je ne réussissais pas à mettre un nom sur cette différence.

— Iggy !? ai-je hurlé.

— Max ! a-t-il crié d'une voix étranglée qui provenait de l'arrière du camion.

J'ai bondi jusque-là.

— Ça va ? ai-je commencé lorsque j'ai vu Jeb, Ari et Angel, debout, sur le sol. Angel ! Tu vas bien ? Je vais réduire ces enfoirés en pu…

Le regard glacial d'Angel m'a empêchée de finir ma phrase.

— Je t'avais dit que c'est moi qui devrais commander, Max, a-t-elle débité sur un ton monotone qui m'a filé des frissons. Les derniers recombinants sont en train d'être exterminés et maintenant, c'est ton tour. (Elle s'est tournée vers Jeb.) Pas vrai ?

Ce dernier a hoché la tête d'un air solennel et alors, en un battement de paupières, le monde autour de moi s'est effondré.

2ème Partie

L'École : le retour (pour de bon)

37

Ma tête me faisait atrocement souffrir, comme si quelqu'un s'en était servi en guise de boule de bowling contre des quilles en marbre.

Mon cœur s'était emballé. Ma respiration était superficielle, saccadée, tous mes muscles endoloris. J'ignorais ce qui se passait, mais cela n'augurait rien de bon.

J'ai ouvert les yeux.

Alors, l'expression « rien de bon » a pris tout son sens… et s'est révélée *bien* en dessous de la réalité.

Des sangles me maintenaient attachée à un lit d'hôpital. Mes poignets et mes chevilles étaient figés dans de solides attaches en Velcro.

Et je n'étais pas la seule.

Avec peine, j'ai relevé la tête, luttant contre la nausée qui montait rapidement en moi, avec son flot de hauts-le-cœur et de déglutitions nerveuses.

À ma gauche, le Gasman gisait attaché lui aussi à un lit en métal. Endormi, parcouru de mouvements convulsifs, il respirait irrégulièrement.

À ses côtés, Nudge commençait à bouger et à geindre légèrement.

En me tournant vers la droite, j'ai aperçu Iggy. Étendu, immobile, il fixait un plafond qu'il ne pouvait voir au-dessus de sa tête.

Près de lui, Fang, le visage pâle, se débattait sans bruit et avec détermination contre ses attaches en Velcro. Sentant mon regard, je l'ai vu qui se détendait, soulagé, l'espace d'une fraction de seconde.

— Ça va ? ai-je mimé avec ma bouche.

Il m'a répondu d'un hochement de tête fugace et discret. Ensuite, il a incliné la tête vers les autres. Avec lassitude, j'ai résumé la situation au moyen d'une grimace universelle qui voulait dire « C'est la merde ». À nouveau, il a penché la tête, cette fois pour me signifier la présence de Total qui reposait, ligoté comme nous, sur un lit, tel un mort, à l'exception, de temps en temps, de ses spasmes nerveux. Autour de sa truffe, certains endroits avaient perdu leur fourrure. On aurait dit un chien galeux.

Lentement, pour ne pas vomir, j'ai bougé la tête afin d'étudier la pièce. Peinte en blanc, elle était dépourvue de fenêtres. Je croyais avoir vu une porte dans le prolongement du lit de Nudge mais n'en étais pas certaine.

Iggy, Fang, Gazzy, Nudge, Total et moi. Seule Angel manquait à l'appel.

J'ai pris une grande inspiration, prête à m'attaquer aux sangles quand, soudain, je l'ai sentie. Cette odeur chimique, d'antiseptique à base d'alcool, de nettoyant pour le sol, de tubes en plastique. La même qui m'avait saturé les narines quotidiennement les dix premières années de ma vie.

Horrifiée, j'ai jeté un œil à Fang qui m'a renvoyé une image en forme de point d'interrogation.

Portée par l'énergie du désespoir, je priais pour m'être trompée tout en sachant pertinemment qu'aussi horrible que soit cette conclusion, j'avais raison. J'ai articulé la réponse en silence : L'École.

Quand Fang a écarquillé les yeux, j'y ai lu la confirmation. Notre cauchemar continuait : nous étions de retour à l'École.

L'École – cette abominable prison que nous avions
fuie quatre ans plus tôt et qui nous poursuivait en rêve
depuis. On nous y avait fait subir d'horribles expériences, on nous avait soumis à des tests, et puis à d'autres,
avant de nous dresser comme des bêtes. À cause de cet
endroit, jamais je ne serais capable de faire confiance à
des gens en blouse blanche ni de m'inscrire à des cours
de chimie. Pour la même raison, quand je tombais sur
une cage pour animaux dans un magasin, j'étais subitement secouée de violents frissons.

— Max ?

Gazzy parlait d'une voix enrouée.

— Hé mon p'tit lou, ai-je répliqué avec un maximum de calme.

— Où est-ce qu'on est ? Qu'est-ce qui se passe ?

Je n'avais aucune envie de lui répondre. Cependant, alors que je cherchais un mensonge qui tienne la route, il a compris tout seul et m'a subitement fixée, écœuré. Sur ses lèvres, lisant « l'École », j'ai été contrainte d'acquiescer. Il a laissé retomber sa tête sur son oreiller en un coup. À cet instant, je me suis rendu compte que sa chevelure blonde et duveteuse d'autrefois avait pris l'apparence d'un sac de nœuds gris et poussiéreux.

— Héééé !!! a sorti Total sur un faible ton d'indignation. J'exige un avocat.

Son humeur d'ordinaire belliqueuse, pourtant, était trahie par l'écho triste de sa voix.

— Est-ce qu'on a un plan B ? Ou C ? Ou même Z ? a voulu savoir Iggy qui s'exprimait sur un ton dénué de vie, d'énergie.

Cela m'a donné l'impression qu'il avait rendu les armes et se contentait de poser cette question machinalement. Je me suis éclairci la voix.

— Évidemment, ai-je fait en convoquant la moindre parcelle, même infinitésimale, d'autorité qui me restait. Il y a toujours un plan. D'abord, on se débarrasse de ces sangles.

J'ai senti Nudge se réveiller et dirigé mon attention vers elle. Ses grands yeux noisette étaient graves et elle pinçait les lèvres pour les empêcher de trembler. Un bleu tirant sur le violet marbrait sa joue. Sur les bras, elle en avait d'autres. Je l'avais toujours considérée comme une enfant, membre du clan des « petits », aux côtés de Gazzy et d'Angel. Toutefois, à cet instant précis, elle m'a paru avoir vieilli de dix ans.

Elle savait. Et ça se lisait dans ses yeux.

Elle avait compris que nous étions dans une impasse, compris que je n'avais pas le moindre plan.

Nous n'avions plus aucun espoir : je crois que c'est un bon résumé de la situation.

J'ai oublié combien de temps au juste, après que mes bras se sont complètement engourdis, mais avant que mes chevilles se mettent à me brûler de picotements, la porte s'est ouverte.

Une femme de petite taille – blouse blanche et cheveux gris –, genre grand-mère diabolique, est entrée, un plateau dans les mains.

Une nouvelle odeur a empli la pièce.

J'ai essayé de me boucher les narines pour ne pas la sentir, seulement c'était carrément impossible.

La femme s'est aussitôt dirigée vers moi, un sourire aimable aux lèvres.

Ressaisis-toi, Max ! Je me parlais à moi-même, la Voix ne s'étant pas manifestée depuis notre mêlée dans le désert.

Je me suis efforcée de paraître aussi peu inquiète qu'on peut l'être quand on a quatorze ans, qu'on est un mutant et qu'on est cloué de force à un lit d'hôpital, en enfer.

— C'est du jamais vu ! Le supplice du cookie aux pépites de chocolat. C'est une idée de vous ?

La femme, bien qu'elle eût l'air déconcertée, a tenté de chasser son trouble.

— Nous avons pensé que vous auriez faim. Ils sortent tout juste du four.

Elle a légèrement agité le plateau pour s'assurer que les arômes de vanille et de chocolat à tomber par terre nous chatouillent les narines à tous.

— Mais bien sûr ! Vous voudriez nous faire croire que vous et vos petits copains les scientifiques sadiques jouez les pâtissiers à vos heures perdues ? Allez… Arrêtez de nous prendre pour des cons !

L'autre a paru surprise. Je sentais la colère monter en moi, me tourner les sangs.

— O.K., dix points pour la cellule de prison, ai-je repris en indiquant la chambre de la tête. Pour ce qui est des sangles en Velcro, rien à dire. Jusque-là tout va bien. Mais le coup des cookies, franchement, ça coince. Vous, vous avez séché les cours, le jour du TD sur la prise d'otages !

Deux taches rouges ont enflammé ses joues et elle a reculé d'un pas.

— Gardez vos cookies pourris !

Les paupières plissées, j'ai laissé la rage gagner le timbre de ma voix.

— Je ne sais pas quel sort vous autres cinglés nous réservez, seulement il serait temps d'arrêter de tourner autour du pot ! On n'a pas que ça à faire d'attendre que vous vous décidiez.

Son visage s'était figé dans une sorte de masque. Finalement, elle a pris la direction de la porte.

Voilà un plan, ai-je songé. Lorsqu'ils se pointeraient pour nous emmener Dieu sait où, on saisirait notre chance. Ce serait le moment ou jamais.

La femme avait presque atteint la porte quand Total a péniblement relevé la tête.

— Pas si vite, a-t-il maugréé. Moi, je veux bien un cookie. Ce n'est pas la fierté qui m'étouffe.

Avec Fang, on a échangé un regard et levé les yeux au ciel.

La femme a tout à coup semblé saisie en entendant la voix de Total. Apparemment, elle ne savait pas quoi faire de la requête de l'animal. Aussi, elle s'est précipitée dehors en claquant violemment la porte derrière elle.

— Vous avez bien compris ? Dès qu'ils nous auront détachés, on se débat et on fout le bordel, ai-je rappelé aux autres quand, le lendemain matin, ils furent tous réveillés.

Du moins, je supposais que c'était le matin, étant donné que quelqu'un avait rallumé la lumière. Tous ont hoché la tête. Malheureusement, la terrible soif de vengeance dont ils allaient avoir besoin pour qu'on s'échappe faisait défaut.

— Écoutez… ce n'est pas la première fois qu'on se retrouve au pied du mur. Seulement, ces crétins se plantent toujours. Leur plan, c'est du vent. À chaque coup, on les a eus et, cette fois, il n'y a pas de raison que ça se passe autrement.

Bilan des réactions : nul.

— Allons !!! Du nerf ! Montrez-moi un peu ce que vous avez dans le bide.

Nudge a esquissé un sourire, mais les autres sont restés perdus dans leurs pensées, occupés à tirer en vain sur leurs sangles. Fang m'a lancé un regard entendu tandis que, folle de rage de ne pouvoir bouger, frustrée, je n'avais qu'une envie : hurler à pleins poumons.

La porte s'est ouverte dans un bruit de courant d'air. En vitesse, j'ai jeté un œil à mes troupes. C'était le moment ! Maintenant !

Jeb a pénétré dans la pièce, suivi d'Anne Walker que nous n'avions pas revue depuis qu'on l'avait plantée dans sa fermette proprette de Virginie. Une fillette aux boucles blondes, qui mangeait un biscuit au chocolat en me fixant calmement avec ses grands yeux bleus, complétait le trio infernal.

— Angel ! s'est brisé la voix de Gazzy en comprenant que sa sœur était passée dans le camp adverse. Comment as-tu pu ?

— Bonjour Max, a dit Anne Walker, sans sourire, sans la moindre trace de son passé de soi-disant mère adoptive.

J'ai poussé un gros soupir, les yeux fixés au plafond. *Non et non, je ne pleurerai pas. Pas une larme !*

Jeb s'est approché de moi, si près que je pouvais sentir sa lotion après-rasage. Avec elle se sont réveillés un tas de souvenirs d'enfance, entre mes dix et mes douze ans – l'époque la plus heureuse de ma courte existence.

— Bonjour Max, a-t-il fait d'une voix posée, en cherchant mon regard. Comment tu te sens ?

Question qui, sur une échelle de débilité de un à dix, atteignait dix, haut la main.

— Mais impeccable, Jeb. Impeccable ! Et toi ?

— Nausée ? Maux de tête ?

— Eh bien, maintenant que tu me le dis, oui. En ce moment même, j'ai un gros mal de tête. Il s'appelle Jeb.

Ses doigts ont effleuré les couvertures, en haut de mes jambes. Je me suis retenue de toutes mes forces de ne pas frissonner.

— Tu as le sentiment d'en avoir bavé, de revenir de loin ?

Je l'ai fixé droit dans les yeux.

— On peut dire ça. Et dommage pour moi, ça n'est pas fini.

Jeb s'est tourné vers Anne Walker et lui a adressé un hochement de tête qu'elle n'a considéré qu'avec un regard évasif.

J'ai commencé à sentir qu'il se passait quelque chose de spécial, sans pouvoir mettre le doigt dessus.

Une chance que j'aie l'habitude !

— Max, je dois t'avouer une chose et je sais que tu auras du mal à y croire, a annoncé Jeb.

— Tu n'es pas un monstre. C'est ça ? Tu n'es pas le pire menteur, le pire traître que j'aie jamais rencontré ?

Il a souri avec tristesse.

— La vérité, Max, c'est que la réalité n'a rien à voir avec les apparences.

— Je vois… C'est ce que les extraterrestres t'ont sorti quand tu as cessé de porter ton chapeau pointu en alu ?

Anne a fait un pas en avant. Jeb a esquissé un geste vague, l'air de dire « Laissez-moi régler ça », mais elle l'a remis à sa place d'un signe de la main.

— Pour tout te dire, Max, tu es à l'École.

— C'est pas vrai !!!??? Et euh… laissez-moi deviner, je suis une espèce de mutant, mi-enfant, mi-oiseau. Et vous m'avez capturée. Et… et… et je suis attachée à un lit d'hôpital. Je parie que j'ai même des ailes. J'ai bon ? Dites. J'ai bon ?

— Tu ne comprends pas, a-t-elle poursuivi. Tu es à l'École parce que, en fait, tu n'en es *jamais* sortie. Tout ce qui, d'après toi, s'est passé au cours des cinq derniers mois n'était qu'un rêve.

41

J'ai toisé Anne avec admiration.

— La vache ! Voilà une tactique inédite ! Si je m'attendais à *ça* ! (Après un regard aux autres, j'ai ajouté :) Et vous, vous l'aviez senti venir ?

Tous ont fait non de la tête tandis que je hochais la mienne à l'intention d'Anne.

— Vous m'avez bien eue. Elle était bonne !

— C'est la stricte vérité, Max. Tu sais parfaitement qu'en tant qu'espèce recombinante, on t'a créée dans un laboratoire et soumise à des tests depuis ta naissance. Parmi ces tests, nous avons évalué tes capacités d'imagination, de même que notre aptitude à manipuler et même façonner tes souvenirs. Nous avons obtenu l'autorisation de recourir à un certain nombre de substances chimiques expérimentales, notamment certaines qui nous ont permis de te conférer des souvenirs d'enfance en rapport avec des situations que tu n'as, en réalité, jamais rencontrées.

À quoi jouait-elle ? Pourquoi se donnait-elle autant de mal pour inventer une histoire pareille ?

— Tu crois vraiment que tu as vécu dans le Colorado avec Jeb ? Qu'Angel a été kidnappée et que tu l'as délivrée ? Que tu es allée à New York et que tu as tué Ari ? Que nous avons habité ensemble en Virginie ?

Elle a ouvert grand les yeux pour appuyer sa question. De mon côté, je me suis abstenue de répondre, mais j'ai remarqué que les autres buvaient ses paroles.

— Max, tous ces souvenirs, c'est nous qui te les avons donnés. Tandis que tu t'imaginais en train de mener de violents combats, nous contrôlions ton rythme cardiaque, ton activité pulmonaire. New York, la Floride, l'Arizona, c'était *notre* décision. Tu te souviens du Dr Martinez et d'Ella ? Ces modèles nous ont permis d'évaluer tes réponses psychologiques et physiques aux stimuli d'un environnement chaleureux, accueillant.

Mon sang s'est glacé dans mes veines. Ils étaient au courant pour Ella et sa mère ? Comment ? Leur avaient-ils fait du mal ? Ou pire ?

Le visage impassible, je luttais pour garder une respiration normale malgré ces nouvelles troublantes. Il était hors de question qu'ils voient que leurs propos m'atteignaient. Jusqu'ici, cependant, ils n'étaient jamais allés aussi loin.

— Et qu'est-ce que le souvenir d'avoir vécu avec vous était censé provoquer ? ai-je rétorqué. Vous vouliez étudier ma réaction à une cinglée hypocrite qui ne

164

sait même pas ce que l'expression « fibre maternelle » signifie ?

Anne s'est mit à rougir. Un point pour moi !

— Alors, tu ne nous crois toujours pas, ma chérie ? est intervenu Jeb.

— Pas franchement, non. Normal, vu que je ne suis pas complètement tarée, *moi* !

Ma voix, brusquement, s'est un peu étranglée.

Délicatement, Jeb a saisi mon poignet gauche. Par réflexe, j'ai tenté en vain de me dégager. Avec précaution, il a tourné ma main à l'intérieur de la menotte de Velcro de sorte que le dessous de mon bras soit face en haut.

— Regarde, Max, m'a-t-il demandé, tout gentil. Tu vois ce que je veux dire : rien de tout cela n'est réel. Crois-moi. Ça n'était qu'un rêve. Tu n'as jamais quitté les murs de l'École.

Vous vous souvenez de cette cicatrice rouge, fripée, sur mon bras, à l'endroit où j'avais cherché à enlever ma puce par moi-même ? Et mon opération, quelques jours plus tôt ? J'en avais gardé une cicatrice sous la forme de petites lignes bien droites de deux centimètres environ.

Jeb a retroussé ma manche pour que je puisse examiner mon bras.

Pas de cicatrice. Aucune. Nulle part. La peau, sur mon bras, était douce, dépourvue de marques. J'ai essayé de remuer les doigts et ça a marché. Ma main gauche fonctionnait parfaitement.

Près de moi, Gazzy a eu le souffle coupé de surprise.

Moi, je n'ai pas inspiré du tout, pas dégluti, ne voulant rien laisser transparaître de mon choc. Alors, une soudaine pensée m'est venue : nous avions trouvé Total à New York.

— Et Total ? ai-je demandé triomphalement. C'est un rêve, lui aussi ?

Jeb m'a souri avec gentillesse.

— Oui, trésor. C'était un autre rêve. Il n'y a pas de « Total le chien parlant ».

Il s'est décalé pour nous dégager la vue du lit, de l'autre côté. Il était vide, les draps lisses, bien tendus, d'un blanc immaculé. Total n'avait jamais mis les pattes ici, si ?

Traitez-moi de cinglée si vous voulez, mais je ne voyais que deux solutions. Soit, ils jouaient avec mes pieds en me prenant pour une conne, soit, ils jouaient avec le feu à force de se payer ma tête comme ça. Quoi qu'il en soit, le résultat serait le même.

En vitesse, j'ai réfléchi aux scénarios possibles :

1) Ils baratinaient (ça allait de soi !) quand ils disaient qu'on était restés à l'École tout ce temps.

2) Cette scène, cet instant précis, n'était rien d'autre qu'une nouvelle hallucination.

3) Tout ce qui s'était produit jusqu'ici n'avait consisté qu'en des cauchemars et rêves hallucinés sous l'effet de drogues (une possibilité fort peu probable à mon avis).

4) Qu'ils disent la vérité ou pas, qu'il s'agisse

d'un rêve ou non, je ferais mieux de me libérer, de leur botter le cul et d'en finir une bonne fois pour toutes.

J'ai reposé la tête sur mon mince oreiller puis considéré un moment les autres. Je les avais regardés vieillir, grandir. J'avais vu, de mes yeux, leurs cheveux pousser. Comment aurions-nous pu rester enfermés pendant des années ? À moins que nous ayons toujours eu cet âge, cette taille, depuis le début ?

J'ai lancé un coup d'œil à Angel dans l'espoir qu'elle me communique une pensée rassurante. Mais rien n'émanait d'elle. Je n'y comprenais plus rien.

Je n'arrivais même pas à penser. J'avais faim. J'avais mal. Et je faisais tout pour refouler le flot de panique qui me submergeait. Les paupières closes, je me suis concentrée sur ma respiration pour tenter de la ramener à un rythme régulier.

— Il y a moyen de bouffer quelque chose dans cette baraque ? ai-je fini par interroger.

— On va t'apporter à manger tout de suite, a promis Jeb.

— Le repas du condamné…, a commenté Angel de sa petite voix.

— Désolée, Max, a expliqué Anne Walker. Comme tu l'auras compris : nous mettons fin à toutes nos expériences de recombinants. Chaque hybride homo-lupin a été retiré de la circulation et maintenant, c'est votre tour.

Ce qui confirmait l'hypothèse selon laquelle nous n'avions pas croisé de véritables Erasers ces derniers temps. Gazzy m'avait raconté cette histoire de robots Flyboy.

— Par « retirés de la circulation », vous entendez « zigouillés » ? ai-je interrogé avec impassibilité. Vous vous en sortez bien avec vos euphémismes à la noix. Je suppose qu'eux, au moins, ne vous empêchent pas de dormir. (J'ai pris une voix de présentateur télé.) *Aujourd'hui, sept personnes ont été retirées de la circulation lors d'un redoutable accident sur l'autoroute dix-sept.* (J'ai pris une autre voix.) *Jimmy, ne retire pas cet oiseau de la circulation avec ton flingue !* (Et une autre.) *Je vous en supplie, Monsieur, ne me retirez pas de la circulation ! Tenez, voici mon portefeuille. C'est tout ce que j'ai.*

J'ai fixé Jeb, puis Anne. Une rage froide crispait peu à peu mon visage dans une terrible grimace.

— Vous arrivez à vous regarder dans le miroir ? À dormir la nuit ?

— On va vous chercher à manger, a répété Anne avant de sortir précipitamment de la pièce.

— Max…, a commencé Jeb.

— Toi, ne t'avise même pas de m'adresser la parole, lui ai-je aussitôt craché. Prends ta petite traîtresse avec toi et fous le camp de notre *couloir de la mort* !

L'expression d'Angel est restée inchangée tandis qu'elle promenait ses yeux de moi à Jeb. Celui-ci l'a prise par la main et a laissé échapper un soupir. Ensemble, ils ont pris congé. Sous le coup de toutes ces nouvelles, j'ai essayé, dans un ultime élan et grâce à ma force surhumaine, de me libérer des bandes de Velcro en m'acharnant dessus.

Sans succès.

Je me suis affalée à nouveau sur le lit, les larmes aux yeux, furibonde à l'idée que les autres me voient dans cet état-là. J'ai remué les doigts de ma main gauche, cherché mes cicatrices. Rien.

Tout avait disparu.

— On peut dire que notre plan a fonctionné à merveille, a raillé Fang.

43

Imaginez que vous êtes séquestré par des savants fous dans un laboratoire secret et que vous vous endormez. Là, vous vous mettez à rêver. Question à un million : Êtes-vous vraiment en train de rêver ou s'agit-il simplement d'une hallucination ?

Où est le rêve ?

Où est l'hallucination ?

Comment le savez-vous ?

Je m'étais pris la tête avec ces devinettes sans fin toute la journée. Ce qui appelle une autre question : si je me torture le cerveau à essayer de démêler cet imbroglio, est-ce que ça compte comme une de leurs tortures supplémentaires, rapport au fait que toute cette prise de tête, c'est encore leur faute ?

Quoi qu'il en soit, j'ai dû finir par m'endormir à un

moment donné puisque je me suis réveillée en sursaut en sentant une main posée sur mon épaule et qui me secouait.

Comme d'habitude quand je me réveille, tous mes capteurs de danger se sont automatiquement mis en alerte et j'ai tenté d'adopter une position défensive. Ce qui, lorsqu'on est ligoté de partout, relève de l'impossible.

Je vois dans le noir comme un chat. Ainsi, il ne m'a pas fallu plus d'une fraction de seconde pour accuser le coup de la super mauvaise nouvelle qui se penchait au-dessus de mon lit… J'ai nommé Ari.

— Salut Max ! a-t-il dit en m'entendant chuchoter son nom.

Pour la première fois depuis très longtemps, il ne m'a pas paru trop déjanté. Il faut dire que chaque fois que j'avais vu ce pauvre manche au cours des mois précédents, il m'avait donné l'impression d'être au bord du stade de l'enfermement.

Tandis que là, il semblait… bon, certes pas du tout normal, mais au moins il n'avait plus d'écume au bord des lèvres.

J'ai attendu qu'il me crache sa première dose de venin.

Pourtant, Ari ne m'a réservé aucune remarque narquoise, aucun sarcasme, aucune menace. Au contraire, il a détaché un de mes bras et l'a attaché à l'accoudoir d'un fauteuil roulant.

Humm. Pourrais-je encore voler, le derrière cloué dans une chaise roulante ? D'après moi, oui, mais l'avenir le dirait. En fait, si je poussais ce truc à fond les ballons, ça me permettrait peut-être d'effectuer un décollage digne d'entrer dans les annales.

J'ai pris place dans le fauteuil et Ari a fermé la sangle de ma cheville autour d'un barreau, près d'une des roues de devant. Tandis que je me raidissais, prête à prendre la fuite, Ari m'a murmuré :

— Les barreaux sont en plomb. Ce truc pèse environ quatre-vingt kilos.

La poisse ! J'avais beau être vraiment très grande pour mon âge, j'atteignais péniblement les quarante-cinq kilos à cause des modifications aviaires que j'avais subies au niveau des os et tout et tout. Sans parler du fait que, la plupart du temps, je ne mangeais jamais à ma faim. Alors même si j'étais très costaude, je pouvais oublier mon idée de faire décoller du sol un machin pareil.

J'ai jeté un regard plein d'aversion à Ari.

— Dis-moi mon grand, où est-ce qu'on va maintenant ? Rendre une petite visite à ton patron ?

Il n'a pas mordu à l'hameçon.

— J'ai pensé que je te ferais visiter les lieux, c'est tout.

44

— Une visite guidée avec toi ? Wahouuuu !!! Maintenant c'est sûr, je suis en train de rêver !

Aussitôt, une autre pensée m'est venue à l'esprit.

— Je croyais que tous les Erasers avaient été retirés de la circulation… Si je n'étais pas ligotée, je mettrais des guillemets avec mes mains à « retirés de la circulation ».

Ari a affiché une mine triste.

— Je suis le dernier. Les autres ont tous été… tués.

Sans savoir pourquoi, qu'il me confirme une réalité aussi horrible avec tristesse mais calme m'a glacé le sang. Ari avait beau être défiguré, par moments, je le voyais encore comme le petit garçon qu'il avait été autrefois. Ils l'avaient « modifié » alors qu'il avait déjà trois ans, et ses résultats n'avaient pas franchement été brillants, le pauvre.

Mais oui... pauvre petit qui a essayé de me faire la peau... dix fois, vingt fois, cent fois ? J'ai plissé les yeux.

— Nous aussi, on est censés être liquidés. C'est moi d'abord, alors ? C'est pour ça que tu es ici ?

Il a secoué la tête pour signifier que non.

— On m'a simplement donné la permission de te faire faire un tour. Je sais qu'on doit en effet vous retirer de la circulation ; seulement, j'ignore quand.

Ça m'a donné une idée.

— Écoute, Ari, ai-je dit sur un ton cajoleur, pas certaine du tout que cela fonctionnerait car je suis naturellement plus douée pour grogner et menacer. Pourquoi on ne se ferait pas la malle tous ensemble ? Je ne sais pas ce que Jeb t'a raconté, mais il se pourrait que tu sois toi aussi sur la liste des espèces en danger.

Alors que j'allais poursuivre, Ari m'a interrompue, toujours avec calme cependant.

— Je sais tout ça.

Il a poussé mon fauteuil roulant par la porte et l'on s'est retrouvés dans un long couloir éclairé par des lampes fluorescentes et recouvert, au sol, de l'incontournable linoléum. Soudain, il s'est agenouillé et a dégagé de son cou le col de sa chemise.

J'ai eu un mouvement de recul, mais il a insisté :

— Regarde... J'ai une date d'expiration. On en a tous une.

Partagée entre la répulsion d'une part et une curiosité morbide de l'autre, j'ai fini par me pencher en avant. La nuque d'Ari était tatouée d'une suite de chiffres. En fait, il s'agissait d'une date dont l'année était celle en cours. On aurait également dit que le mois était le mois courant. Impossible, pour autant, d'en être sûre à cent pour cent. C'est marrant comme les minutes paraissent s'allonger à l'infini quand on est prisonnier.

D'abord, je me suis dit « Beurk », puis « Pauvre Ari ». Ensuite, j'ai pensé « Et si c'était un nouveau piège, une autre de leurs stratégies pour me mener en bateau. »

— Comment ça « On en a tous une » ? ai-je interrogé, suspicieuse.

J'ai croisé son regard, celui du petit garçon que j'avais autrefois connu.

— En tant que produits expérimentaux, on est tous programmés pour expirer à une certaine date. Lorsque l'heure de quelqu'un approche, elle apparaît sur sa nuque. Pour moi, ça remonte à deux ou trois jours. C'est la fin…

Je l'ai dévisagé avec effroi.

— Et qu'est-ce qui se passe quand la date arrive ?

Il a haussé les épaules et s'est remis debout pour me pousser à nouveau.

— Je meurs. Ils auraient dû m'exterminer avec les autres mais comme ma date d'expiration approche, de toute façon… Et puis vu que je suis le fils de Jeb, ils m'ont accordé un sursis.

Sa voix s'est brisée sur ces mots. Moi, je regardais droit devant moi, tout au bout du couloir.

Les nouvelles n'avaient jamais été aussi mauvaises, même pour les savants fous sataniques.

45

Je ne sais pas si ça vous est déjà arrivé de visiter un labo top secret plein de scientifiques tarés, dans le cadre d'un voyage scolaire par exemple, mais pour ma part, j'ai eu droit, ce jour-là, à une visite mémorable. Si je devais rédiger une dissertation dessus, je l'intitulerais « Plus flippant que le pire de vos cauchemars les plus affreux (*même si vous avez une imagination tordue*) ».

C'est vrai qu'on avait grandi ici (*du moins, c'est ce que je croyais*). En plus, on avait vu des trucs monstrueux à l'Institut, à New York (*voir ma remarque précédente*). Alors ce n'était pas comme si les monstres les plus affreux étaient nouveaux pour moi. Pour autant, lorsque Ari m'a emmenée dans des couloirs, à différents étages, j'ai découvert des parties de l'École que je ne soupçonnais pas ou n'avais jamais entrevues auparavant. Et laissez-moi vous dire quelque chose : avec les autres, on ressemblait au personnel de Disneyland comparés à certains des trucs que j'ai vus.

Tous n'étaient pas des recombinants. Certains avaient été « modifiés » sans être croisés avec une autre espèce.

J'ai vu un nourrisson qui ne marchait même pas encore, assis par terre à mâchonner une grenouille en plastique tandis qu'une blouse blanche écrivait, sur un tableau blanc qui couvrait toute la surface du mur, un problème de maths super long et archicompliqué ou, en tous les cas, incompréhensible.

Une autre des blouses blanches a demandé :

— Combien de temps ça a pris à Feynman pour résoudre ce problème-là ?

— Quatre mois, a répondu l'autre.

Le bébé a laissé tomber la grenouille et s'est dirigé à quatre pattes vers le tableau. Un des scientifiques lui a tendu un marqueur et le nourrisson s'est mis à rédiger une réponse tout aussi compliquée et incompréhensible, avec plein de gribouillis grecs dedans.

Ensuite, il s'est rassis sans cesser de regarder le tableau et s'est décidé à mordiller le bout du marqueur. Une des blouses blanches a vérifié la réponse et approuvé d'un signe de tête. Son collègue a félicité le bébé d'un « bravo » et lui a donné un biscuit.

Plus loin, j'ai découvert un genre de boîtes en Plexiglas où poussaient des bouts de cervelle bizarres qui flottaient dans des liquides de différentes couleurs. Des câbles, reliés à des ordinateurs, sortaient des boîtes. Un chercheur entrait des commandes dans un ordinateur que, visiblement, les morceaux de cervelle traitaient.

J'ai jeté un œil à Ari.

— Le moins qu'on puisse dire, c'est qu'ils voyagent léger, ceux-là.

— Je crois qu'ils veulent voir si les humains peuvent se passer de corps. Un truc dans le style, m'a-t-il confié.

Plus loin, on est tombés sur une salle pleine de ces machins-choses volants qui remplaçaient les Erasers. Ils pendaient en rangs à des crochets métalliques, tels de vieux vêtements au fond d'un placard.

Leurs yeux d'ordinaire rouges, brillants, étaient clos. Chacun d'entre eux était équipé d'un câble qui partait de sa jambe. Une peau d'Eraser poilue et fine était tirée au maximum sur leur armature en métal. À certains endroits, elle était déchirée et laissait apparaître une articulation ou l'autre, ou encore quelque engrenage ou même une poulie. Le tableau d'ensemble était assez répugnant.

— On est en train de les recharger, a commenté Ari d'une voix neutre.

Toutes ces visions d'horreur commençaient à m'atteindre. Encore plus que d'habitude, je veux dire.

— Celui-là, ils l'ont surnommé « le cerveau sur broche », a-t-il poursuivi en pointant du doigt l'expérience dont il parlait.

Une colonne vertébrale métallique reliée à deux jambes, en métal elles aussi, faisait le tour de la pièce en marchant avec la fluidité et la souplesse d'un être humain. Perchée au sommet de la colonne vertébrale,

181

une boîte en Plexi renfermait, non pas un hamster, mais un gros morceau de cervelle tel que j'en avais vu avant.

La machine nous est passée à côté. S'en échappaient de drôles de bruits, comme si elle s'était parlée à elle-même.

Derrière la cloison, un gamin âgé de deux ans environ, cent pour cent humain, présentait une corpulence massive et des muscles de body-builder. Le gosse soulevait des poids de plus de cent kilos, à savoir au moins huit fois plus lourds que lui.

J'avais eu mon compte :

— Qu'est-ce qu'on fait maintenant ?

— Je te raccompagne.

Tandis qu'il avançait dans ce labyrinthe cauchemardesque, nous n'avons pas échangé un mot. Je me demandais – dans la mesure où sa date d'expiration était réelle – ce que ça lui faisait de savoir que sa fin approchait, de pouvoir faire le décompte des minutes, des secondes. Avec les autres, on avait frôlé la mort un bon millier de fois, mais on avait toujours eu le sentiment qu'on en réchapperait.

Avoir une date tatouée dans le cou, c'était comme lever la tête au moment où un train, fonçant vers vous à toute allure, vous plantait ses feux avant dans les yeux sans que vous puissiez décoller vos pieds des rails. J'avais bien l'intention de me pencher sérieusement sur chacune de nos nuques à la première occasion.

— Max, je…

Ari a marqué un temps d'arrêt, juste devant la porte de la chambre que je partageais avec les autres. J'ai attendu patiemment qu'il finisse sa phrase.

— J'aurais bien aimé…

Sa voix s'est étranglée. J'ignorais ce qu'il avait voulu dire exactement, mais je m'en doutais. Je lui ai tapoté la main, figée en une lourde patte poilue d'Eraser.

— Nous aussi, Ari. Nous aussi…

Le lendemain, on nous a détachés.

— Est-ce qu'on va mourir ? s'est inquiétée Nudge alors qu'elle se blottissait contre moi.

J'ai passé un bras autour d'elle.

— Je n'en sais rien, ma puce. Seulement, si c'est le cas, je ne pars pas sans en emporter quelques-uns avec moi.

— Pareil pour moi, a ajouté Gazzy plein de courage.

Je l'ai serré contre moi, de l'autre côté de Nudge. Fang, adossé à un mur, me fixait. Depuis notre arrivée ici, on n'avait pas eu l'occasion de discuter en tête à tête, mais quand j'ai senti son regard sur moi, je lui en ai décoché un dans lequel j'ai tenté de résumer tout ce que j'avais à lui dire. C'était un grand garçon. Il pouvait tout entendre.

La porte de notre chambre s'est ouverte et, comme d'hab', un courant d'air a pénétré à l'intérieur. Un petit homme, blond-roux, est entré à grands pas comme s'il était le *King* de l'univers. Sur ses talons, Anne Walker et une autre blouse blanche inconnue au bataillon.

— Ce sont eux ? a-t-il interrogé avec les intonations d'Arnold dans le film *Terminator*.

Déjà, il m'énervait.

— Foui !!! ai-je aussitôt réagi.

Le type m'a foudroyée du regard. Ses yeux étaient bleu pâle.

— C'est celle-là qui s'appelle Max ? a-t-il fait à son assistante, comme si je ne pouvais pas entendre.

— Je ne m'appelle pas seulement Max, ai-je coupé la parole à cette dernière. Je suis Max. Depuis toujours et pour les siècles des siècles.

Il m'a regardée noir. J'en ai fait autant.

— Je comprends pourquoi on a décidé de *fous* exterminer ! a-t-il lancé sur un ton décontracté tandis que son assistante prenait des notes sur un calepin.

— Et moi je comprends pourquoi personne ne vous aimait dans votre classe, ai-je rétorqué. Un point partout.

Il a fait semblant d'ignorer ma pique, mais le petit muscle de ses mâchoires qui se crispait l'a trahi.

Après, il a considéré Nudge.

— Celle-là ne sait pas contrôler sa langue ni, apparemment, son cerveau. Il y a quelque chose qui ne tourne pas rond chez elle, c'est évident.

186

J'ai senti Nudge se raidir près de moi.

— Allez vous faire voir !

Bien parlé ma puce !

— Quant à celui-ci, a-t-il poursuivi en pointant du doigt Gazzy, son système digestif est un vrai désastre. (Il a secoué la tête.) Peut-être un déséquilibre enzymatique.

Anne Walker l'écoutait, le visage dénué d'expression.

— Celui-là se passe de commentaire.

Le type a esquissé un vague geste de la main vers Iggy.

— Déficience multiple. Un *frai* fiasco.

— Vous avez raison, Dr ter Borcht, a murmuré l'assistante comme elle rédigeait frénétiquement des notes.

Fang et moi nous sommes instantanément regardés. Ter Borcht. Ce nom était apparu dans les fichiers que nous avions volés à l'Institut.

Iggy, qui avait compris que ter Borcht parlait de lui, a pris une mine renfrognée.

— Parlez pour vous ! lui a-t-il lancé alors.

— Le grand brun n'a fraiment rien de spécial.

Ter Borcht parlait de Fang sur un ton dédaigneux. Ce dernier n'avait pas bougé depuis l'arrivée du premier.

— Vous oubliez qu'il est toujours bien sapé ! ai-je commenté.

La bouche de Fang s'est déformée dans un petit tic nerveux.

— Et *fous*, a fait le cinglé en se tournant vers moi, fotre puce ne fonctionne pas, fos maux de tête sont handicapants et fos compétences de leader sont bien en dessous de ce que nous espérions.

— Toujours est-il que je peux encore botter *fot'*cul terreux d'Européen bouseux. Faudrait pas l'oublier !

Il a battu des paupières de manière fébrile si bien que j'en ai conclu qu'il avait du mal à se contrôler.

Que voulez-vous que je vous dise ? Dans le genre « tape-sur-les-nerfs », je suis championne.

47

Ter Borcht a lancé un coup d'œil à son assistante.

— Continuons les questions !

Il s'est tourné vers moi.

— Nous defons réunir certaines données finales. Ensuite, nous fous exterminerons.

— Ouuuuuuh, je suis morte de peur !!!

J'ai fait semblant de trembler comme une feuille. Les pupilles de l'autre se sont enflammées de colère.

— C'est vrai, c'est vrai ! ai-je insisté pleine d'une fausse sincérité. Vous faites trop peur !

— Commençons par *fous* ! a soudain aboyé ter Borcht à Gazzy, le faisant légèrement sursauter.

J'ai essayé de le rassurer avec les yeux puis je lui ai fait un clin d'œil. Il s'est un peu redressé.

— Quelles sont fos autres capacités ?

L'assistante de ter Borcht attendait, crayon en main.

Gazzy a réfléchi un moment.

— Je vois à travers. Rayons X, mon vieux !!!

Le Gasman a fixé la poitrine de ter Borcht et, après quelques battements de cil, a paru alarmé.

L'autre a semblé surpris un instant, puis il a froncé les sourcils.

— N'écrifez pas ça ! a-t-il ordonné, irrité, à son assistante qui s'est figée à mi-phrase.

Ter Borcht a reporté son attention sur Gazzy.

— Fous n'en afez plus pour longtemps, paufre raté. Ce sont fos dernières paroles, alors réfléchissez !

Le Gasman a battu des paupières.

— Allez vous faire foutre, voilà mes dernières...

— Ça suffit ! a crié ter Borcht en se tournant vers Nudge. Fous, afez-fous des qualités que n'ont pas les autres ?

Nudge se rongeait un ongle.

— Vous voulez dire en plus des ailes ?

Elle a secoué un peu ses épaules, déployant légèrement ses belles ailes couleur fauve.

L'autre a piqué un fard. De mon côté, je me retenais d'applaudir.

— Foui, a-t-il répondu avec raideur. En plus des ailes.

— Hummm...

Nudge tapait un doigt contre son menton quand son visage s'est subitement éclairé.

— Une fois, j'ai mangé neuf Snickers d'un coup et sans vomir. Ce jour-là, j'ai battu un record !

— Ce n'est pas ce que j'appelle un talent.

— Ah ouais ? Ben essayez et on verra !

— Je fais maintenant manger neuf Snickers sans fomir ! a imité Gazzy à la perfection.

Ter Borcht a fait volte-face pour le dévisager. Je me suis retenue de pouffer. Lorsque Gazzy m'imitait, cela ne me faisait pas rire. En revanche, j'adorais ses imitations des autres.

— Écrifez : imitation, a lancé ter Borcht à son assistante.

Après, il s'est dirigé vers Iggy auquel il a donné un coup de pied.

— Et fous, y a-t-il quelque chose qui marche chez fous ?

Iggy s'est frotté le front d'une main.

— Je suis particulièrement doué pour l'ironie.

— Fous êtes le boulet du groupe. Je suppose que fous defez toujours fous agripper à quelqu'un, suifre fos copains à la trace ?

— Seulement quand j'essaie de leur faucher leur dessert, a répondu Iggy avec honnêteté.

— Écrivez ! ai-je commandé à l'assistante. Voleur de dessert notoire !

L'homme s'est approché de Fang et l'a examiné comme un animal de zoo. Fang lui a retourné son regard. Moi seule pouvais lire la tension sur son corps, décrypter la rage qui croissait en lui.

— Fous n'êtes pas très bafard, a constaté le savant fou tout en lui tournant lentement autour.

Comme il fallait s'y attendre, Fang n'a rien dit.

— Pourquoi laissez-fous une fille fous diriger ?

— Parce que c'est la plus coriace d'entre nous.

Tout à fait exact, ai-je pensé pleine de fierté.

— Qu'afez-fous de spécial qui faudrait la peine d'être saufé ?

Fang a fait semblant de réfléchir, le nez en l'air.

— Hormis mon sens de la mode ? Je joue super bien de l'harmonica.

Ter Borcht m'a soudain regardée.

— Fous ne leur afez donc appris qu'à jouer au plus malin ?

Ce n'était pas des petits malins, mais des survivants, ai-je pensé.

— Et vous, pourquoi est-ce que vous laissez encore votre mère vous habiller ?

L'assistante, qui s'était mise à griffonner quelque chose avec zèle, s'est interrompue sur-le-champ en sentant le regard de son patron sur elle.

L'autre taré s'est approché de moi et m'a toisée d'un air menaçant.

— C'est moi qui fous ai créée, a-t-il dit à voix basse, et comme on dit, de même que je fous ai mise au monde, je fais fous en retirer.

— Je fais maintenant détruire tous ces Snickers !!! a plaisanté Gazzy en continuant d'imiter la voix de ter Borcht.

Dans une explosion de rire collective, nous avons fait un véritable pied de nez à la mort.

— Oups, ai-je lâché une fois que nous étions à nouveau seuls. Je suppose que le respect de l'autorité était en option quand ils nous ont programmés.

— Bande de crétins ! a lâché Gazzy en traînant ses pieds au sol.

On avait beau avoir l'impression d'avoir eu le dernier mot, la réalité n'en était pas moins ce qu'elle était : nous étions prisonniers et, pour l'instant, toutes les cartes étaient entre leurs mains.

— Total me manque, a déclaré Nudge.

J'ai soupiré.

— À supposer qu'il ait jamais existé.

— Les buses… ou les chauves-souris, on n'a pas pu les inventer, a-t-elle soutenu.

— C'est clair, a acquiescé Iggy. Pas plus que ces tunnels de métro crasseux à New York !

— Ou le dirlo de l'école, a ajouté Gazzy.

— Je sais, je sais, ai-je menti, pas convaincue du tout.

Cet après-midi-là, Ari est revenu m'emmener faire un tour et, cette fois, j'ai pu marcher. Hourra !

— Je ne lui fais pas confiance. Garde les yeux ouverts, m'a susurré Fang avant que je parte.

— Tu crois ça ?

Plus tard, j'ai interrogé Ari tandis que nous dépassions des blouses blanches qui nous lançaient de drôles de regards.

— Alors, dis-moi, à quoi ça rime tout ce cinéma, ces petites balades ?

Puisque je n'étais plus clouée à un fauteuil roulant en plomb, j'en profitais pour mémoriser chaque couloir, chaque porte, chaque fenêtre devant laquelle nous passions. Ari a paru mal à l'aise mais a contenu ses émotions du mieux qu'il a pu.

— Je n'en suis pas certain, a-t-il marmonné. On m'a juste dit de te promener.

— Ah ! J'en déduis donc qu'ils veulent que je découvre quelque chose en particulier, en plus des cerveaux sur broche et des superbébés.

Ari a haussé les épaules.

— Je t'ai dit que je ne sais pas. Ce n'est pas comme s'ils me racontaient des trucs.

Alors que nous passions devant de larges portes battantes, l'une d'entre elles s'est ouverte sur une blouse blanche qui quittait la pièce. J'ai eu le temps de jeter un œil à l'intérieur. Sur un grand écran vidéo, de la taille du mur tout entier, était projetée une carte du monde. Grâce à ma vue de rapace, j'ai réussi à enregistrer un millier de détails à la seconde, détails que je traitai par la suite pendant qu'Ari et moi continuions à marcher. Le contour de chaque pays était bien marqué et, dans chacun d'entre eux, on avait surligné une ville.

Au-dessus de la carte figurait un titre : Opération « Réduction de moitié » que j'avais déjà entendu auparavant. Au cas où la question me mènerait quelque part, je me suis lancée :

— Au fait, c'est quoi la Réduction de moitié ?

Ari a d'abord eu un haussement d'épaules.

— Ils envisagent de réduire la population mondiale de moitié, a-t-il ensuite expliqué sur un ton morose.

J'ai failli m'arrêter net mais me suis souvenue de prendre un air détaché tout en continuant à marcher.

— La vache ! De moitié ! Ça veut dire... trois milliards ? On ne manque pas d'ambition, ici !

J'éprouvais une sorte de vertige à l'idée d'un tel génocide. En comparaison, Staline et Hitler faisaient office d'enfants de chœur. Bon, d'accord, des enfants de chœur diaboliques qui cachaient bien leur jeu, mais quand même.

Une fois de plus, Ari a haussé les épaules et j'ai compris que ça devait vraiment être difficile pour lui de s'enflammer pour quoi que ce soit, sachant qu'il était sur le point de mourir.

Je repensais à ce que j'avais vu d'autre quand j'ai tout à coup eu une révélation : je connaissais certains de ces trucs, comme si je les avais vus en rêve, dans un film ou... dans ces flashs qui assaillaient mon cerveau autrefois. Pendant une période, j'avais souffert de migraines terribles au cours desquelles j'avais la sensation que ma cervelle implosait. À ces moments-là, des tonnes d'images, de mots, de bruits, etc., me défilaient dans la tête. Maintenant, je m'apercevais que j'avais déjà vus ou entendus certains des trucs que je voyais, disais ou faisais à présent.

Réfléchis ! Réfléchis !

J'étais toujours occupée à chercher des explications lorsque nous avons tourné à un coin et sommes rentrés dans quelqu'un. Enfin, *deux* personnes en fait : Jeb et Angel.

49

— Max, ma chérie ! a lâché Jeb. Je suis ravi de voir qu'on te laisse faire un peu d'exercice.

— Comme ça je serai en pleine forme le jour où vous me tuerez, ai-je répliqué en le fixant droit dans les yeux.

Il a eu une petite grimace et s'est raclé la gorge.

— Salut Max, est intervenue Angel.

Je l'ai regardée sans rien dire.

— Tu devrais vraiment goûter ces cookies !

Elle m'a tendu un morceau du cookie de la trahison.

— Merci pour ton offre. J'en prends note, espèce de sale traîtresse.

— Max... il fallait que je fasse pour le mieux puisque tu ne prenais plus les bonnes décisions.

— Tu penses à la fois où j'ai rappliqué pour te sauver tes petites fesses d'ingrate ?

Ses frêles épaules se sont affaissées tandis qu'elle affichait une mine triste. *Sois forte, Maximum*, me suis-je ordonnée. *Tu sais ce qu'il te reste à faire.*

— J'ai plein de pouvoirs très spéciaux. C'est normal que je sois le chef. Pour ça aussi, je mérite qu'on m'épargne. Je suis bien plus spéciale que toi ou Fang.

— Continue à te bercer de douces illusions. Ça n'engage que toi, lui ai-je froidement sorti.

Son visage en forme de cœur s'est teinté d'une expression rebelle.

— Ça m'est égal que tu ne me croies pas, Max.

Dans sa voix perçait une pointe d'acier. C'est moi qui lui avais appris ça. Que lui avais-je enseigné d'autre ?

— De toute façon, tu n'en as plus pour longtemps.

Elle a croqué à pleines dents son biscuit.

— Peut-être bien, mais tu peux compter sur moi pour revenir te hanter tous les jours de ta misérable petite vie de traîtresse.

Elle a écarquillé les yeux et fait un pas en arrière.

— O.K., ça suffit toutes les deux, nous a interrompues Jeb comme il en avait l'habitude dans le temps, quand certains d'entre nous se bagarraient.

— Bref, ai-je conclu sur ce ton blasé inimitable.

Je les ai contournés, évitant scrupuleusement de les toucher comme s'ils avaient été venimeux, reprenant ma marche dans le couloir. Mon cœur s'était emballé. Mes joues enflammées.

Ari m'a rattrapée. On a d'abord continué à avancer en silence, puis il a annoncé, comme pour me consoler :

— Ils sont en train de mettre sur pied une armée, tu sais.

Ce n'est pas un scoop, me suis-je dit, brusquement déprimée.

— Comment tu le sais ?

— Je les ai vus. Il y a un hangar plein de robots pendus au plafond pendant qu'on leur recharge les batteries. Ils se comptent par milliers et je sais qu'ils continuent d'en fabriquer. Dans les labos, ils cultivent de la peau d'Eraser in vitro.

— Pourquoi tu me racontes tout ça ?

— Je n'en sais rien. C'est l'habitude de te voir te battre tout le temps, peut-être. Même si cette fois tu ne t'en sortiras pas, j'ai toujours le réflexe de te mettre au courant de ce qui t'attend.

— C'est un coup monté, c'est ça ? Un piège ? C'est gros comme une maison, ton truc.

Il a secoué la tête.

— Non. Je sais que je vais mourir quoi qu'il arrive. Alors peut-être qu'au fond, moi, j'ai encore un peu d'espoir pour *toi*.

C'était triste, pathétique, mais ça se tenait.

— Je te rassure : je vais foutre le camp d'ici !

Et peut-être, peut-être… que je t'emmènerai avec nous.

50

Dans la série « La torture des enfants-oiseaux, deuxième partie », une blouse blanche est venue nous livrer une boîte en carton ce soir-là.

On l'a ouverte avec précaution, nous attendant à ce qu'elle nous explose en pleine figure.

À l'intérieur se trouvait un cadre emballé dans du papier. Il avait le format d'un livre, mais l'épaisseur d'un crayon seulement. Bien entendu, Gazzy fut le premier à presser le bouton rouge sur le côté.

Le cadre, tout à coup, s'est animé et la photo que Fang et moi avions découverte – à Washington, dans le squat, puis chez le Dr Martinez – est apparue. J'ai dégluti avec peine en pensant soudain à elle. Je ne pouvais pas m'empêcher de me demander si elle était réelle. J'espérais qu'elle allait bien. Je me demandais aussi dans quel camp elle était.

La photo du Gasman bébé, avec son signe bien distinctif – des cheveux en épi – le représentait dans les bras d'une femme à la mine éreintée. Lui, semblait heureux. Un beau bébé potelé, âgé de quelques mois.

La photo s'est mise à bouger. Pas comme s'il s'était agi d'un film, mais bel et bien comme si la photo pouvait bouger toute seule. Elle grossissait et pivotait. On avait l'impression d'être en train de faire le tour de la femme, sans quitter des yeux Gazzy. Le champ s'est élargi et le plan a effectué une sorte de rotation. Alors, on a aperçu une pièce affreusement glauque, aux murs fissurés, aux fenêtres crasseuses. S'agissait-il de la maison où nous étions allés à Washington avant qu'elle ne devienne un squat ?

Le champ s'est rétréci autour d'une table en bois et l'image a zoomé sur un morceau de papier. Nouveau zoom. Nouvelle mise au point. Jusqu'à ce qu'on puisse déchiffrer le papier.

C'était un chèque d'Itex libellé à un nom que quelqu'un avait effacé. Le montant s'élevait à dix mille dollars.

Gazzy a légèrement toussé. Une toux nerveuse qui trahissait ses efforts pour se contenir.

Sa mère, sa propre mère, l'avait vendu dix mille dollars aux blouses blanches de l'École.

51

J'ignorais pour quelle raison seule la vie de Gazzy nous était donnée à voir au travers de cette photo, ni pourquoi nous n'avions de notre côté aucun cliché. Une chose était certaine, néanmoins, ces blouses blanches aimaient vraiment jouer aux devinettes !

On s'est tous examinés à tour de rôle à la recherche d'une date d'expiration mais on n'en a trouvé aucune. Pas encore du moins. Entre vous et moi, quand on a frôlé la mort autant de fois que nous, toutes ces histoires commencent un peu à faire « réchauffé ». Notre chambre était dépourvue de fenêtres. De ce fait, nous avions perdu la notion du temps. On combattait l'ennui en échafaudant des plans d'évasion. Je dressais pour les autres toutes sortes de scénarios et l'on essayait de retourner chacun d'entre eux à notre avantage.

C'est ce que font les chefs.

— Bon, imaginons qu'ils viennent nous chercher, ai-je répété pour la centième fois.

— Et là, tous les couloirs sont pleins de zèbres ! a grommelé Iggy avec sarcasme.

— Et il y a des tonnes de bulles partout en l'air, en a remis une couche le Gasman.

— Et tout le monde mange du saucisson ! a même ajouté Nudge.

— Ouais !!! s'est enthousiasmé Iggy en se frottant les mains. Moi, j'enfourche un zèbre. Toi, Gaz, tu t'occupes de remplir les bulles de prouts pour empoisonner l'ennemi et tous ensemble, on leur balourde des tranches de saucisson dans les yeux ! Ça c'est du plan !

Tous ont éclaté de rire. Même Fang a souri en me voyant lancer des regards aigres aux autres.

— Je veux juste qu'on soit prêts, c'est tout, me suis-je justifiée.

— Tu parles ! Prêts à mourir ! a commenté Iggy.

— On ne va PAS mourir ! ai-je brusquement rectifié. Pas aujourd'hui. Ni demain.

— Et nos dates d'expiration alors ? a rappelé Gazzy. Elles pourraient apparaître n'importe quand. Très bientôt si ça se trouve. Et qu'est-ce qu'on fait de Judas, autrefois connue sous le nom d'Angel ?

J'avais beaucoup de choses à lui dire à ce propos, mais ce n'était pas le moment.

Juste comme j'ouvrais la bouche pour proférer quelques mensonges censés le rassurer, quelqu'un a ouvert la porte.

On s'est tous raidis sur le coup et, en se tournant,

on a vu un type en blouse blanche qui entrait dans la chambre, armé d'un bloc-notes. Il a vérifié ses notes et rajusté ses lunettes sur son nez.

— Bon, il me faut l'aveugle et celui qui sait faire les imitations, a-t-il annoncé sans aucune délicatesse.

Il a levé le nez, assuré de voir sa requête satisfaite.

— Vous carburez aux extas, vous ? lui ai- je lancé, incrédule.

— Moi ? Non !

Il avait l'air confus tout d'un coup. Il tapait son crayon contre son bloc-notes.

— On a encore besoin d'effectuer quelques tests.

J'ai croisé les bras et, avec Fang, je me suis instinctivement mise en travers du chemin du mec pour protéger les petits.

— J'aimerais bien voir ça !

Le type a paru étonné que je ne coopère pas. Il n'avait vraisemblablement pas lu tous les rapports rédigés sur nous.

— Je n'ai pas de temps à perdre. Allons-y ! a-t-il décidé avec une autorité forcée.

— Vous vous foutez de moi, là ? Écoutez, minus, à moins que vous planquiez une mitraillette chargée à bloc dans votre dos, ce n'est pas votre jour de chance. *Comprende* ? Faudra repasser !

— S'ils me suivent gentiment, je vous garantis qu'ils n'auront pas d'ennuis.

— La réponse est… voyons… NON !!!

— De quels ennuis il parle ? a interrogé Gazzy derrière moi. Un peu d'action pour tuer le temps, je ne dirais pas non.

Le scientifique a affiché une mine sévère.

— Écoutez-moi. Nous sommes en train de chercher des alternatives à votre mise hors circuit. Il se pourrait que vous nous soyez utiles d'une autre façon. Seules les personnes ayant une quelconque utilité survivront à l'opération « Réduction de moitié ». En vérité, on devrait plutôt dire le plan « un-sur-mille ». Dans la nouvelle ère qui approche – la R-Évolution –, il n'y aura pas de place pour les gens inutiles, sans compétences spéciales. C'est dans votre intérêt de nous laisser envisager dans quelle mesure vous pourriez nous être utiles, vivants.

— C'est sûr que morts, on ne servira plus à grand-chose, a sorti Nudge, pensive.

— C'est sûr ! ai-je appuyé. Quoique… pour caler les portes.

Le mec en blouse blanche a arboré une expression dégoûtée.

— Ou comme balises pour emplacements de parking ? a continué Iggy sur ma lancée.

Il a fermé les yeux et s'est immobilisé, droit comme un I, pour illustrer son propos.

— C'est une possibilité, ai-je renchéri tandis que l'autre paraissait maintenant horrifié.

— La Chine s'intéresse à vous en tant qu'armes, a-t-il raconté en luttant pour ne pas perdre sa contenance.

Hum, voilà qui était intéressant…

— Eh bien, dites à la Chine d'aller se faire cuire un œuf ! Maintenant, je vous conseille de décamper avant qu'on *vous* réduise en cale-porte.

— En route pour les tests ! Tout de suite !

— Vous êtes dur de la feuille ou quoi ?

Alors, il a tourné les talons vers la porte. Gazzy m'a

jeté un regard qui signifiait « Est-ce qu'on lui saute dessus ? Qu'on le bouscule pour s'échapper ? », mais j'ai décliné d'un signe de tête. C'était trop tôt.

— Ça va vous coûter cher ! a menacé la blouse blanche en présentant son badge électronique pour ouvrir la porte automatique.

— Si j'avais gagné un dollar chaque fois que j'ai entendu ça, je serais milliardaire !

52

— Prenons le cas d'un scientifique diabolique accompli, subventionné et complètement siphonné. Vous imaginerez sans peine que celui-ci puisse avoir *et* les moyens *et* l'envie de gazer, du jour au lendemain, une chambre pleine d'enfants-oiseaux pris en otage.

Opération qui se solderait, à coup sûr, par la perte de connaissance desdits enfants puis leur réveil dans une cage métallique en plein milieu d'un champ.

Et au beau milieu de la nuit.

Certains d'entre vous auront déjà fait le rapprochement et compris que le conditionnel ci-dessus s'avère en fait être un indicatif. Félicitations aux petits génies ! Nous nous sommes bel et bien retrouvés enfermés dans une cage, dans ce champ.

— Hummm, a gémi Gazzy qui commençait à s'agiter.

J'ai eu toutes les peines à me relever. L'endroit était privé de lumière. Même la lune et les étoiles étaient masquées par de gros nuages, épais et bas.

— Fous êtes réfeillés, ça y est ? a fait la voix à l'horrible accent que j'identifiai sur-le-champ.

— On est réveillés ! ai-je grommelé en me frottant le front. Et fous, fous êtes le trou du cul qu'on connaît ?

— Il est grand temps qu'on fous élimine. (Ter Borcht jubilait.) Fous refusez de fous soumettre aux tests. Fous ne nous êtes plus d'aucune utilité.

J'ai aidé Nudge à s'asseoir puis je lui ai frotté le dos tandis qu'elle s'éclaircissait la voix.

— Je le crois pas ! a marmonné Fang en faisant des roulements d'épaules.

Il étudiait notre cage. Elle était suffisamment vaste pour nous contenir tous, du moins tant que nous restions tranquilles, sans risquer des choses aussi délirantes que nous mettre debout ou bouger.

— Fous afez tort ! a dit le scientifique en frappant des mains. Ce soir, nous allons mettre en action notre opération R-Éfolution. Quand nous aurons fini, il restera moins d'un milliard d'habitants sur la planète. Chaque pays sera sous notre contrôle. Les maladies, les imperfections n'existeront plus. Cette noufelle population d'esprits forts saufera le monde et nous conduira avec gloire fers le fingt-deuxième siècle.

— Ben voyons ! Et si vous ouvrez le dictionnaire à la page « mégalo en délire », vous verrez qu'on y a mis votre photo.

— Rien de ce que fous poufez dire ne m'atteint, a

prévenu ter Borcht, soudain plus calme. Maintenant, nous allons fous éliminer. Fous ne nous serfez plus à rien.

— Peut-être pas, mais on est quand même vachement mignons, non ? ai-je lancé pour gagner du temps et trouver une solution.

Ce faisant, je scrutais le ciel et le champ tant bien que mal au travers des barreaux, sans pour autant rien voir à l'horizon.

— Max ? m'a chuchoté Nudge.

Elle s'est glissée plus près de moi et m'a pris la main. J'ai serré la sienne pour la rassurer même si, au fond de moi, je pensais que notre heure était peut-être bel et bien arrivée. Tous les cinq, nous étions assis dos à dos, les épaules rentrées, le regard tourné vers l'extérieur.

À ce moment-là, une tache de plus en plus grosse s'est avancée dans notre direction. En moins d'une seconde, j'avais compris qu'il s'agissait d'un groupe de gens qui traversaient le champ. Je suppose qu'ils se pressaient pour être aux premières loges. Parmi eux, quelques blouses blanches mais pas exclusivement. J'ai reconnu Jeb et Anne Walker.

— Comment on fait pour se tailler d'ici ? a interrogé tout bas Gazzy.

— Il doit y avoir un moyen, ai-je dit. Il y en a toujours un.

Au moins, ça sonnait bien.

— Les enfants, nous a interpellés Jeb dès qu'il a été assez près. Les choses doivent pouvoir se passer autrement.

— Très bien, alors fais-nous sortir de cette cage.

Il a pincé les lèvres et secoué très légèrement la tête.

Plus tard, ce fut au tour d'Anne. Tous les cinq, au fond de notre prison, tremblions presque sous l'effet de la tension.

— Vous savez ce qu'il y a de plus triste ? a-t-elle commenté.

— Votre tailleur-pantalon rayé ! À moins que ce ne soit vos chaussures ?

— Vous avez eu votre chance. À de nombreuses reprises !

— Si je puis me permettre, nous donner notre chance, ce serait d'ouvrir cette cage immonde et de nous laisser partir, ai-je rectifié, au bord de l'implosion.

— Assez ! a aboyé ter Borcht. Tout ça ne mène nulle part. Nous attendons fos bourreaux. Alors faites fos adieux maintenant !

— Bye-bye, s'est élevée une voix de fillette.

Au même moment, une barre de fer brillante a tournoyé dans les airs et heurté la tête de ter Borcht dans un grand bruit qui rappelait celui d'une pastèque qu'on éclate.

53

C'est ce qu'on appelle un revirement de situation. Grâce à lui, tout est devenu drôlement excitant tout à coup.

— Angel ! s'est exclamée Nudge, suivie de Gazzy.

Avec Fang, on s'est jetés contre les barreaux de notre cage, les secouant violemment à la recherche d'une faille, d'un endroit où elles seraient susceptibles de céder.

Angel virevoltait avec agilité, slalomant au-dessus de nos têtes avec des battements d'aile aussi rapides que ceux de mon cœur. Elle a fondu sur le groupe de scientifiques qui se sont dispersés et ont appelé les Flyboys à la rescousse en hurlant.

— Ça ne marche pas. Elle ne cédera pas ! a pesté Fang comme il criblait de coups l'armature en métal.

— Je m'en charge !

En entendant la voix râpeuse derrière nous, nous avons tourné la tête vers Ari qui accomplissait une de ses bonnes vieilles métamorphoses en Eraser. J'avais oublié à quel point il prenait vraiment l'apparence d'un loup. De si près, son visage, troué d'un énorme museau aux dents jaunies et aux babines dégoulinantes, n'était pas du tout beau à voir.

— Reculez ! ai-je averti les autres dans un cri.

Deux pattes aux griffes cassées ont agrippé les barreaux métalliques et Ari s'est jeté sur nous, crocs en avant.

Ces derniers m'ont coupé le souffle tandis qu'ils enserraient les barreaux puis les mâchaient dans un sinistre bruit de métal tordu.

De son côté, Angel papillonnait des ailes tel un colibri démoniaque et faisait tournoyer sa barre pour maintenir toute menace à distance de nous.

— Elle va laisser Ari nous dévorer ! a hurlé Nudge qui se crispait, prête à l'attaque, les poings serrés. Mais s'il croit qu'il va s'en tirer aussi facilement...

Temps mort ! Avouez : À quand remonte la dernière fois où vous avez dû mettre des bâtons dans les roues à quelqu'un qui essayait de vous bouffer tout cru ? C'est ça, le quotidien loufoque, avec ses hauts et ses bas, d'un rat de laboratoire en cavale.

Il était temps que je crache le morceau.

— Angel ne nous a pas trahis ! Elle et moi, on s'est mises d'accord qu'elle suivrait ce plan pour infiltrer l'ennemi et nous délivrer, s'il arrivait quoi que ce soit. Depuis le début, elle a joué les espions pour moi.

Le temps s'est arrêté et quatre petits mutants – muets

de stupeur – se sont tournés vers moi, la mâchoire ballante.

— On a échafaudé ce plan au cas où le pire se produirait. Ce qui est arrivé, pas la peine de vous le rappeler. Angel n'est pas une traîtresse. Elle ne l'a jamais été.

Vlan ! Le temps a repris son cours rapide alors qu'Ari finissait de ronger un barreau. Le spectacle était saisissant : le métal fendu avait taillladé sa bouche et du sang, mêlé à de la bave fétide d'Eraser, volait en gouttelettes partout.

Crac ! Oh-oooooooh, Angel venait d'asséner un grand coup à une autre blouse blanche. À l'instar de ter Borcht, l'autre est tombé comme une pierre. Dans son coin, le scientifique à l'accent gisait toujours au sol, se tortillant et poussant des gémissements plaintifs.

Ari a fait sauter un nouveau barreau et il a passé ses bras anormalement forts et musclés autour des barreaux d'à côté pour les écarter violemment. Son visage ensanglanté et déformé par l'effort était passablement répugnant.

— Je vais lui régler son compte, m'a murmuré Fang d'une voie tendue. Toi, tu t'occupes des petits et vous foutez le camp d'ici.

En vitesse, j'ai tapé la main des autres deux fois chacun et ils m'ont lancé un regard entendu en hochant la tête. On était tous dans les starting-blocks, à l'affût du moment où Fang passerait à l'attaque. Dans un ultime bruit strident de torsion, Ari est venu à bout des barreaux, faisant un trou de la taille d'un Eraser.

— Prêts !

Le calme blanc de la voix de Fang tranchait avec le chaos retentissant qui régnait alentour.

Ensemble, nous avons contracté encore un peu plus nos muscles pour bondir dès que Fang aurait assailli Ari, mais au lieu de se jeter sur nous, ce dernier s'est écarté précipitamment.

— Venez ! a-t-il crié. Sortez de là pendant qu'on retient les autres.

Quoi ?

— Il est avec nous, a hurlé Angel, au-dessus de nos têtes. On est du même côté ! Ari ! Qu'est-ce que tu attends ? Libère notre arme secrète !

L'improbable allié a fouillé dans son blouson dont a émergé une petite silhouette couleur charbon qui s'est élancée dans une course folle, ponctuée de grognements et de claquements de dents.

Est-ce que… ? Était-ce possible ?

— Déguerpissez ! a vociféré Total. Vite ! Vite !

54

Fang a bondi hors de la cage et saisi Total au passage. En moins de trois secondes, ils volaient tous les deux dans les airs. À ma grande surprise, Ari l'a laissé passer sans opposer la moindre résistance.

Ensuite, j'ai poussé Nudge par l'ouverture. Elle a pris son élan, chancelé un court instant et battu frénétiquement des ailes pour s'élever dans le ciel.

Là encore, Ari ne s'est pas interposé, restant au contraire en retrait.

Sans le perdre des yeux, j'ai poussé Iggy pour qu'il sorte à son tour.

— Quatre pas et tu t'envoles à dix heures, ai-je sifflé.

Après un signe de tête, il a suivi mes instructions.

— À toi maintenant, Gazzy, ai-je poursuivi, le jetant presque hors de notre prison.

Il a grimacé alors qu'il s'écorchait sur un morceau de métal tordu, mais on n'avait vraiment pas le temps pour ce genre de détail.

Ari l'a regardé s'enfuir.

Angel maintenait les scientifiques à distance. Mon tour était venu. Ari et moi avions une histoire compliquée – d'accord, en règle générale, on avait envie de s'étriper et, une fois, j'étais même allée jusqu'à le tuer – seulement, je n'avais pas le loisir, à cet instant précis, de méditer là-dessus. Bondissant entre les barreaux, j'ai poussé sur ma jambe d'appel et déployé mes ailes, lesquelles m'ont hissée dans les airs en moins de temps qu'il ne faut pour le dire.

Quel bonheur de voler à nouveau, loin de ce monde où régnait la douleur, et où la mort nous attendait à chaque tournant.

— Bien content de vous avoir retrouvés, les amis ! a aussitôt dit Total, ému. J'ai bien cru que vous étiez morts. Qu'est-ce que j'aurais fait sans vous ?

— Contente de te voir aussi, Total, lui ai-je répondu, me surprenant moi-même à dire ce que j'avais vraiment sur le cœur.

En dessous, Angel a lâché son arme et nous a rejoints en un éclair, toute belle, plus sereine que jamais. Je lui ai envoyé quelques baisers volants, fière de ma fidèle complice et espionne, et son visage a rayonné instantanément.

Au même moment, nos « bourreaux » sont finalement arrivés et ont ouvert le feu sur nous. J'ai aperçu Jeb qui saisissait l'un d'eux par le bras pour lui faire rater son coup, mais l'autre l'a fait tomber à terre en le frappant avec son revolver et s'est remis à tirer.

Heureusement, nous étions déjà hors d'atteinte. Il leur faudrait désormais un lance-missiles pour nous abattre.

— Na-nana-nanère ! me suis-je moquée doucement en les toisant tous, en bas.

Je me délectais de pleines bouffées de l'air du soir, comptant mes troupes et songeant à la direction à prendre en fonction du nord et de mon intuition.

Là, j'ai vu Ari, resté au sol et poursuivi par des types armés.

Soudain, j'ai hurlé son nom sans même réfléchir.

— Reste pas là ! Décolle ! On t'attend !

— Quoi ? s'est exclamé Fang. Ça va pas ? Qu'est-ce qui te prend ?

Ari n'avait probablement pas entendu ce que je lui avais dit, mais voyant qu'il me regardait tandis que j'agitais les bras vers lui, j'étais sûre qu'il avait compris. Il courait avec maladresse – normal pour un gosse de sept ans bâti tel un joueur professionnel de football américain – et s'est élevé par miracle dans les airs. Une balle a éraflé l'une de ses lourdes ailes toutes rapiécées. Néanmoins, elle n'a pas réussi à interrompre son envol, aussi maladroit et lent soit-il.

— Max, t'as complètement perdu la boule, a lâché Fang, furieux.

Il a jeté Total à Gazzy qui, surpris, a rattrapé le chien avec un petit cri.

— C'est hors de question qu'il vienne avec nous !

— Il nous a sauvé la vie et maintenant, ils vont le tuer !

— Eh bien tant mieux ! Parce que lui, il a essayé de nous tuer cent fois, si pas plus !

Je n'avais jamais vu Fang se mettre dans un état pareil.

— Max, c'est vrai qu'Ari est très méchant, a renchéri Nudge. Il a cherché à te faire du mal, il nous a pourchassés… Je ne veux pas de lui avec nous.

— Moi non plus, est intervenu le Gasman. Il est avec *eux* !

— Je crois qu'il a changé, ai-je avoué tandis que l'intéressé se rapprochait de nous en volant.

— Il vous a aidés à vous échapper, leur a rappelé Angel. Et il a retrouvé Total pour moi.

Fang m'a lancé un regard à la fois dégoûté et enragé, puis il s'est éloigné avant qu'Ari nous rejoigne. L'air suspicieux, Nudge et Gazzy l'ont suivi, ainsi qu'Iggy, guidé par son ouïe, nous plantant tous les trois, Angel, Ari et moi.

— Merci, Max, a fait Ari une fois qu'il était à portée de voix. Tu ne le regretteras pas, je te le promets. Je vais veiller sur vous.

J'ai froncé les sourcils et essayé d'ignorer son visage défoncé, ensanglanté.

— On va tous veiller les uns sur les autres.

Alors, j'ai effectué un virage serré sur la droite. Dans mon champ de vision, Gazzy et les autres s'abattaient en piqué sur le grand parking de l'École. Une entrée conduisait à un parking souterrain.

— Où est Iggy ? ai-je fait avec autorité.

Le Gasman a pointé du doigt le capot ouvert d'une voiture sous lequel Iggy était penché.

— Oh non !

Iggy a flanqué le capot et poussé la voiture jusqu'en haut de la pente qui menait au parking souterrain.

— Non ! Non ! ai-je continué tandis que la voiture glissait en douceur, en silence, vers l'entrée du parking où elle a disparu.

Aussitôt, Iggy a bondi dans les airs, heureux comme il ne l'avait plus été depuis des semaines.

— À la une, à la deux, à la tr...

Boum !!! La gigantesque explosion a pulvérisé une partie du toit du parking souterrain. On s'est dépêchés de se mettre à l'abri, loin des débris d'asphalte incandescent, de verre et de béton qui montaient en flèche dans le ciel nocturne. Plusieurs alarmes se sont déclenchées et les signaux lumineux indiquant les sorties de secours se sont mis à clignoter.

— Bravo ! a crié le Gasman en frappant dans la main d'Iggy.

— C'est ça, les ai-je interrompus. Félicitations : maintenant tout le monde sait où on est et ce qu'on fait.

— Tape-m'en quatre ! C'était trop cool ! s'est réjoui Total.

Le regard furieux de Fang me pressait. J'évitais donc de le croiser. Ari, quant à lui, restait à l'écart.

J'avais besoin d'un peu de temps pour reprendre mes esprits. Pourquoi avais-je demandé à Ari de venir avec nous ? À présent, j'avais tout le monde à dos. Pourtant, ça m'avait semblé aller de soi. En revanche, j'allais me mordre les doigts de cette confiance aveugle si jamais Ari retournait sa veste une nouvelle fois. La confiance aveugle, souvent, ça ne me réussit pas.

Quoi qu'il en soit, le pauvre n'en avait plus pour longtemps, alors…

J'ai fait demi-tour pour faire face aux autres dont les silhouettes se détachaient faiblement sur fond de la boule de feu qui se consumait en dessous.

Une nouvelle explosion, plus importante encore que la précédente, s'est produite. Elle a emporté avec elle une autre partie du garage. J'ai jeté un coup d'œil à Iggy et, comme s'il l'avait senti, il a haussé les épaules.

— Un grand garage rempli de grosses voitures aux réservoirs pleins…

Bref. Passons.

— O.K. tout le monde, direction : nord, ai-je brusquement commandé.

J'ignorais pourquoi, j'ignorais où, pourtant il me semblait que c'était la bonne décision.

Il y a des fois où ces pressentiments, ces instincts sont plus forts que tout. Dans ces cas-là, mieux vaut les écouter.

J'ai failli grogner tout haut. *Mais qui voilà ? Une revenante ! Salut, la Voix.*

Bonjour Maximum. Je suis content de voir que tu vas bien.

Ce n'est pas grâce à toi, ai-je constaté tandis que je me stabilisais pour prendre la direction du nord.

Ça m'a manqué de discuter avec toi.

J'aimerais pouvoir en dire autant, même si, en vérité…

Eh bien me voici de retour.

Tu l'as dit !

Et vous savez ce qui était revenu aussi ? Les cicatrices sur mon bras.

3ème Partie

Pas faciles, les «au revoir»

Comme quoi, on n'est jamais sûr de rien !

Finalement, on n'avait pas du tout rêvé. En prime, ma main fonctionnait à nouveau. Ne me demandez pas pourquoi ni comment.

D'abord, on a fait demi-tour pour aller chercher les affaires que Fang et moi avions planquées avant de nous faire prendre dans le désert. Après, on a continué à voler plein nord, puis direction nord-est. Je ne sais pas comment je fais pour toujours savoir où aller. C'est comme si j'avais une boussole interne. À l'École, quand on était petits, ils avaient procédé à quantité de tests pour localiser nos capteurs magnétiques nous permettant de déterminer le nord.

Ils n'avaient jamais rien trouvé.

Plus nous avancions, plus les montagnes s'élevaient

et plus la neige s'amassait. Étions-nous encore en décembre ? Ou bien en janvier ? Noël était-il passé ? Il faudrait que je vérifie la date sur un journal, la prochaine fois que nous entrerions en contact avec la civilisation.

De Fang irradiaient toujours des ondes très négatives et il continuait à m'ignorer, volant en tête, loin devant et n'adressant la parole à personne. Nudge, Gazzy et Iggy nous évitaient, Angel, Ari et moi, avec le même soin.

Les longs vols sont l'occasion rêvée pour penser. J'imagine qu'il en va de même pour les passagers dans les avions. J'ai enclenché le « pilotage automatique », laissant mes ailes accomplir de grands battements puissants, malgré le froid ambiant, et mes poumons se gonfler et se dégonfler à leur guise. De temps à autre, nous croisions un courant et nous laissions porter un moment.

J'étais faite pour voler. Oui, oui, je sais, il y a des tonnes de gens qui ont déjà dit ça, ou qui l'ont pensé avant moi.

Mais quand je dis « faite pour voler », je parle au sens littéral. C'est pour ça, comme ça qu'on m'a créée, me dotant de la capacité à me propulser dans les airs avec autant de facilité qu'un oiseau.

Et laissez-moi vous dire une chose : en vol, je déchire !

— Max ?

Nudge, descendue à ma hauteur, ne me regardait pas pour autant. En outre, elle restait à distance maximale d'Ari.

— Oui ?

— J'ai faim et je ne suis pas la seule. On a mangé tout ce qu'il y avait dans les sacs à dos. Même Total se plaint… Tu le connais...

— Han-han !

— Alors… est-ce que tu as prévu qu'on s'arrête quelque part pour trouver à manger ?

Je l'ai fixée droit dans les yeux.

— Tu sais bien que je pare à toutes les situations.

Et là, juste comme je disais cela, j'ai eu une idée.

57

Quelque temps plus tôt (bien qu'on eût dit que ça faisait des siècles), Fang, Nudge et moi avions découvert un chalet de vacances dans le Colorado. À l'époque, il était inoccupé, mais maintenant, la saison des sports d'hiver était entamée et une épaisse couche de neige recouvrait tout, partout. Quand même, je pensais qu'il valait mieux aller jeter un œil au cas où.

J'ai accéléré pour dépasser les autres qui avaient volé devant jusqu'à présent. Alors, j'ai dévié légèrement notre trajectoire, visualisant parfaitement dans ma tête le chemin pour parvenir jusqu'au chalet.

J'ai tenté ma chance et lancé un regard à Fang.

— Où tu vas ? Dans une petite cachette qu'Ari connaît ?

Son ton était glacial.

— Au chalet qu'on avait découvert. Peut-être qu'il est encore vide. On pourrait s'y reposer.

Il a fait non de la tête.

— Hors de question ! Tu connais la règle : jamais deux fois au même endroit. Si quelqu'un est passé après nous, il se sera aperçu qu'on est entrés par effraction et tu peux être sûre qu'il aura renforcé le dispositif de sécurité. Et, dans le cas contraire, on a déjà dévalisé tous les placards de toute manière.

Qu'est-ce que je pouvais le détester quand il était raisonnable et logique à ce point !!!

— J'y avais pensé, figure-toi, lui ai-je dit sans m'énerver. Mais on a besoin de faire une pause et je ne vois pas de meilleure option.

— Pas d'accord ! Il faut trouver un canyon ou une grotte et crécher…

— J'en ai ras-le-bol des grottes et des canyons !

J'étais aussi surprise que Fang par le ton de ma réaction.

— Au diable les rats du désert à moitié crus ! Je veux dormir sous un toit, dans un vrai lit et manger des aliments que je ne dois pas chasser et dépecer !

Sous le poids de son regard, je me suis immédiatement sentie mal à l'aise, comme prise en flagrant délit de faiblesse.

Tant pis. Au moins, j'avais dit ce que j'avais sur le cœur.

J'ai passé la vitesse supérieure, plantant Fang derrière moi, et repris la direction du chalet dans les montagnes.

Imaginez une résidence secondaire à moitié abandonnée. Quand on ne possède même pas de résidence
principale (comme nous), cette perspective a de quoi
réjouir.

À l'instar de la première fois que nous étions venus
ici, nous avons atterri au milieu des bois, à distance raisonnable du chalet, et nous nous sommes faufilés sans
bruit jusqu'à lui. Une fois tout près, nous avons entendu
des voix ainsi que le ronronnement d'un moteur. Fang
m'a jeté un regard plein de défi qui signifiait clairement
« Je te l'avais bien dit. »

— Tu as bien tout fermé ? a retenti une première
voix.

— Oui, oui. Et j'ai éteint le feu.

— Parfait. Vivement qu'on revienne !

— J'suis bien d'accord. Samedi peut-être ?

Et voilà ! Les portes de la voiture ont claqué, étouffant les voix. Le dos plaqué à des troncs d'arbre, on faisait notre possible pour dissimuler les nuages de fumée blanche qui sortaient de nos bouches chaque fois que l'on expirait.

J'ai rendu son regard à Fang, les sourcils en accents circonflexes en signe de triomphe. Ils partaient. C'était parfait ! Après le départ de la voiture, on a patienté encore une dizaine de minutes avant de pénétrer à l'intérieur du chalet comme les petits bandits sans complexes que nous étions.

Toutefois, je me suis efforcée de faire le moins de dégât possible. Un vestige de la sensibilité féminine qu'ils m'ont greffée en même temps que mon ADN d'oiseau, assurément.

— Humm… il fait bon ici, a constaté Angel avec bonheur.

— Allons voir ce qu'il y a dans la cuisine ! a décidé Nudge en s'y précipitant.

— C'est trop cool ici ! a sorti Ari.

Fang l'a gratifié de son regard qui tue puis m'a fait les yeux noirs. J'ai pris la direction de la cuisine sans lui prêter attention. À la bouffe !!!

— Ouf !!! Ils ne sont pas végétariens ! a commenté Nudge avec exagération tandis qu'elle sortait des conserves de petit salé.

— C'est quoi déjà, quand on est pires que végétariens ? a interrogé Gazzy en fronçant le nez.

— Végétaliens, ai-je répondu. Allez, faisons leur fête à ces petits plats préparés !

Déjà, je fouillais à la recherche d'un ouvre-boîte.

— Regardez ! Ils ont même de la nourriture pour chien !

Le Gasman brandissait un sac en papier.

Total l'a dévisagé.

— Tu me fais marcher, hein ?

Le frigo renfermait même quelques aliments frais : fromage, pommes, beurre et confiture.

— Merci, merci mon Dieu ! a soufflé Nudge.

Ari éprouvait des difficultés à manger du fait de ses blessures à la bouche. Pour autant, je me suis abstenue de tout commentaire. Dans la vie, il faut assumer ses choix.

Et toi, Max, tu as réfléchi à tes choix dernièrement ? m'a interrogée la Voix. *Fais-tu des choix en fonction du bien commun ou juste pour toi ?*

Rien de tel qu'une voix désincarnée dans votre tête pour vous couper l'appétit. *Ça me semble évident que je ne fais pas de choix simplement en fonction de moi,* ai-je pensé, amère. *Si c'était le cas, à l'heure qu'il est, je serais plongée dans un bon livre, confortablement installée dans un hamac au soleil.*

— Qu'est-ce qu'il voulait dire, ce type, quand il a parlé de la Chine qui envisageait de se servir de nous comme armes ? a voulu savoir Iggy pendant qu'il se versait la moitié d'un paquet de céréales dans un saladier, sans même renverser.

— Je n'en suis pas certaine. J'imagine qu'ils pensaient à nous comme espions, vu que ce n'est pas comme si on pouvait manipuler de l'artillerie lourde ou un truc dans le style. Allez savoir ce que ces malades mijotaient ! Probablement des trucs débiles, nous ligoter à une bombe pour qu'on la programme au dernier moment par exemple…

Gazzy a pouffé de rire. Moi, je les couvais du regard tous les cinq, bénissant le fait qu'on soit réunis, sains et saufs.

Enfin… je devrais dire tous les six avec Ari, l'attraction ambulante. Sans oublier le chien parlant !

— Je peux te parler une minute ?

Fang se tenait debout près de moi. De son corps émanaient des ondes à haute tension.

Manquait plus que ça !

— Ça ne peut pas attendre ???

J'ai englouti le dernier morceau de ravioli en boîte et raclé le fond avec ma fourchette.

— Non !

J'ai bien pensé défendre mon point de vue ; seulement, quand Fang était comme ça, c'était peine perdue. Dans un soupir, je suis donc sortie de table et me suis traînée, le pas lourd, dehors. Une fois sur le porche, j'ai croisé les bras.

— Allez, accouche !

— Il faut choisir, a-t-il craché, des éclairs dans les yeux. C'est lui ou moi !

— Oh Fang ! Comme c'est romantique ! Petit cacho-
tier, va !

Il a grogné d'exaspération. Je sais, ça a l'air stupide
quand on le dit, et pourtant...

— Je te ne parle pas d'amour, crétine, mais de notre
clan ! Tu te prends vraiment pour le centre du monde,
toi ! Soit il s'en va. Soit c'est moi. Mais il est hors de
question que je reste si tu comptes garder parmi nous
un malade qui a essayé de nous tuer tous les deux – et
pas qu'une fois !

— Je ne vois pas pourquoi je devrais choisir entre
toi et lui. Les gens changent, Fang. Reconnais qu'il
nous a sauvé la vie. Et il a collaboré avec Angel. En
plus, à l'École, il m'a mis au parfum de certains de
leurs projets.

— Bien sûr, et tu voudrais que je croie qu'il n'avait pas d'arrière-pensées en faisant ça. Tu penses vraiment qu'il n'a pas de micro, qu'il ne nous suit pas, qu'il ne donne pas notre position à tout le monde, là-bas ? Voyons… c'est évident. Tu as raison : dès que tu as papillonné des yeux en le regardant, ses sept années de lavage de cerveau et d'entraînement se sont volatilisées !!!

Je l'ai dévisagé, bouche bée.

— Sept ans, c'est son âge, imbécile !!! Et je te signale que je ne papillonne pas des yeux. Ni pour toi, ni pour lui. Pour personne. Si tu crois que ce genre de trucs le préoccupe.

Jamais auparavant je n'avais vu Fang si furieux. Il pinçait les lèvres si fort que la peau, tout autour de sa bouche, avait perdu toute couleur.

— Tu es en train de commettre la pire erreur de ta vie, a-t-il insisté.

À force de vivre cachés, de voler au radar, au sens propre comme au figuré, toutes ces années, nous avions pris l'habitude, même lorsque nous nous disputions aussi fort qu'à présent, de ne pas élever le ton, de faire en sorte que nos éclats de voix n'en soient pas vraiment, si ce n'est pour l'autre.

— Ari est un meurtrier ! est reparti Fang. C'est un parasite ! Ils l'ont tellement bousillé qu'il ne sait même plus penser. C'est un vrai boulet et si tu crois que ça ne pose aucun problème qu'il reste avec nous, tu te fourres le doigt dans l'œil !

J'ai eu un moment d'hésitation. Fang était mon bras droit, mon meilleur ami, celui qui bénéficiait toujours, sans exception, de mon aval. Il aurait donné sa vie pour moi et vice versa. Oui, je me serais jetée sous les roues d'un camion pour lui sans une seconde d'hésitation.

— Soit, ai-je fait lentement en me massant les tempes. Je reste persuadée qu'il a changé. De toute façon, il va bientôt mourir. Mais je vois bien que sa présence dérange tout le monde.

— T'as trouvé ça toute seule, Sherlock ?

Je l'ai fusillé du regard !

— J'essaie d'arriver à un compromis, pauv' type ! J'étais sur le point d'ajouter que j'allais y penser et qu'entre-temps, je ne le perdrais pas de vue. Au moindre signe suspect, je le fais décamper à coups de pied au cul ! On est d'accord ?

Fang m'a considérée avec incrédulité.

— Tu débloques complètement, ma pauvre fille ! Ils t'ont fait perdre la boule. Ari doit partir. Maintenant !!!

— Où veux-tu qu'il aille ? Il nous a aidés, tu te souviens ? Tu crois peut-être qu'il peut retourner à l'École et qu'ils vont l'accueillir à bras ouverts ? De plus, je te rappelle qu'il n'a que sept ans, même s'il est grand. Comment veux-tu qu'il survive ?

— Je n'en ai rien à cirer ! Mais alors RIEN à cirer qu'il ne survive pas. T'as oublié ?

Il a soulevé son tee-shirt d'un coup sec pour me montrer ses cicatrices, de fines lignes roses, là où Ari l'avait entaillé, enfonçant sa lame comme dans du beurre, et quasiment assassiné à cause de l'hémorragie.

Rien que de repenser à cet horrible souvenir, j'avais des frissons.

— Non, je n'ai pas oublié, ai-je répondu, plus posée. N'empêche que je ne peux pas le foutre à la porte par ce froid et sans aucun moyen de survie tout en sachant que les blouses blanches sont probablement après lui à l'heure qu'il est. C'est juste pour quelques jours. Jusqu'à sa date d'expiration.

Ça faisait bizarre de parler de cette façon. Date d'expiration. Retirer de la circulation. Autant de mots synonymes de mourir. Ari ne verrait jamais l'aube de ses huit ans.

Sans oublier que les sept premières années de sa vie avaient royalement craint.

Fang m'a enfoncé son poing dans la poitrine.

— Hé ! ai-je protesté.

Il s'est approché et m'a toisée de haut. Il me dépassait de plusieurs centimètres désormais. Finalement, il a placé son visage à un souffle du mien. Seulement cette fois, ce n'était pas pour m'embrasser.

— Tu fais une terrible, une énorme erreur ! Tu verras que ça va te coûter cher !

Sur ces paroles, il m'a tourné le dos et a sauté du porche sans même toucher terre avant de s'élever sans bruit, à la force de ses grandes ailes majestueuses, noires comme la nuit.

Bienvenue sur le blog de Fang !
 Date d'aujourd'hui : Déjà trop tard !
 Vous êtes le visiteur numéro : 28 772 461

APPEL À TOUT LE MONDE, OÙ QUE VOUS SOYEZ
ATTENTION
PRENEZ GARDE
DE DIABOLIQUES SCIENTIFIQUES SONT EN PASSE DE DÉTRUIRE L'HUMANITÉ TELLE QUE NOUS LA CONNAISSONS

Et même telle que nous ne la connaissons pas.

À présent, je sais comment ils appellent ça : la R-Évolution. Ou bien l'opération « Réduction de moitié ». On a réussi à s'échapper de l'École (alors si l'envie vous prend de la bombarder, ne vous gênez surtout pas). Aujourd'hui, on se cache (ah, ah !). Pendant notre captivité, on a découvert que leur plan consiste en résumé à abattre toute personne malade ou ayant de gros points faibles. Les survivants seront les gens en parfaite santé et présentant une quelconque utilité. Donc, écoutez-moi bien : rendez-vous tout de suite utiles, O.K. ? Ou bien planquez-vous ! Au choix. Et si vous avez le nez qui coule, foutez-vous sous un rocher et ne bougez plus.

Vous vous demandez comment vous rendre utiles ? J'ai fait un tableau récapitulatif.

UTILE	INUTILE
Plombier	Politicien
Menuisier	Agent publicitaire
Fabricant de bateaux	Mordu d'histoire de l'art
Agriculteur	Grand chef cuisinier
Éboueur	Décorateur d'intérieur
Éleveur de bétail	Psy pour animaux
Scientifique	Chanteur de rock/pop/ hip-hop
Militaire	Candidat à *La Nouvelle Star*
Personnel médical	Coach professionnel

Je pense qu'il est plus que temps que vous fassiez le point sur vos objectifs de carrière.

La dernière fois que j'ai consulté le nombre de visiteurs, il s'élevait à plus de vingt-huit millions. Continuez comme ça ! Sauvez votre peau ! Celle de vos frères et sœurs. Ne tombez pas entre les mains des blouses blanches.

Et si jamais vous voyez des enfants volants, fermez-la, O.K. ?

Signé Fang, quelque part en Amérique.

61

Je tremblais du fait de ma dispute avec Fang. Ce n'était évidemment pas la première. Ça nous arrivait souvent de nous prendre la tête. Mais pas autant. Et jamais il ne s'était mis à ce point en colère. Après son départ, je suis restée dehors un moment jusqu'à ce que je parvienne à afficher un sourire fabriqué. Ça ne servait à rien d'inquiéter les petits.

De retour à l'intérieur du chalet, je les ai tous trouvés, y compris Ari et Total, vautrés sur les canapés ou par terre. Ils arboraient cet air repus, le regard vitreux. Il faut dire que ce n'est pas souvent que ça leur arrivait de manger à leur faim. J'ai étudié Ari. À l'écart, clairement fui par les autres, il était assis sur une chaise, les vêtements encore couverts de sang.

J'ai dévalisé un placard et je lui ai lancé une chemise en flanelle. Surpris, il a levé la tête vers moi et m'a remerciée.

— Bon, qui monte la garde en premier ? ai-je demandé.

— Il est passé où, Fang ? a questionné Gazzy.

— Il est allé faire un tour. Il va revenir.

Naturellement, il reviendrait.

— Moi, je veux bien, s'est proposé Ari.

Je lui ai coupé l'herbe sous le pied.

— Pas la peine. Je m'en charge. Vous, reposez-vous.

Volontairement, j'ai évité de croiser les yeux d'Ari.

Pendant que les autres dormaient, j'ai passé en revue le frigo et le garde-manger et rassemblé tous les aliments non périssables qui n'étaient pas trop lourds. J'en ai rerempli nos sacs à dos que j'ai placés près de la porte. Sans bruit, j'ai fait le tour de la maison et éteint toutes les lumières, puis je suis sortie pour aller me poser sur le toit enneigé.

Je me suis installée auprès de la cheminée en briques encore chaude.

Tout était calme.

Une éternité plus tard, Fang est revenu. J'ai retenu un soupir de soulagement. Je n'avais pas été si inquiète que ça, finalement. En m'apercevant, il a atterri sur le toit, agitant ses ailes pour trouver son équilibre.

Ni l'un ni l'autre ne sommes très doués pour les excuses et les embrassades. Je me suis donc remise à monter la garde en effectuant des tours sur moi-même pour balayer l'horizon, à l'affût du moindre bruit, du moindre signe.

— Déjà vingt-huit millions de visiteurs sur mon blog, a annoncé Fang.

La vache !

— Ah bon.

— J'y mets tout ce que je sais, sur l'École et tout. Peut-être qu'en alertant suffisamment de gens, ils pourront faire quelque chose.

Faire quelque chose, c'est ton job, Max.

— Je croyais que cette responsabilité *nous* revenait.

— Avec une main attachée dans le dos ? s'est moqué Fang. Ce n'est pas à *toi* de sauver le monde, Max. Quoi qu'ils disent !

Sa remarque, d'une certaine façon, m'a blessée. Comme si, à ses yeux, j'étais incapable de sauver le monde. Moi qui avais toujours cru qu'il serait partant, quoi que je décide ou que j'aie à faire.

— Donc, maintenant, c'est toi et ton blog qui vous chargez de tout, c'est ça ? Et moi je peux dormir sur mes deux oreilles ?

Je m'exprimais sur un ton plus caustique que je ne l'aurais voulu.

Fang m'a lancé un regard de côté que je n'ai pas eu le temps d'interpréter. Ensuite, il a haussé les épaules et détourné la tête.

Et voilà, j'étais de nouveau énervée ! D'accord, je détestais me disputer avec Fang, mais ce qui m'exaspérait encore plus, c'était qu'il me croie incapable de sauver la planète.

Je suis sûre que vous autres, les filles qui me lisez, voyez exactement de quoi je veux parler, pas vrai ?

— Et maintenant quoi ? Tu vas me dire que toi aussi,

tu entends une Voix ? l'ai-je provoqué avec sarcasme alors que je me levais.

Grâce à mes ailes déployées, je me tenais en équilibre sur le toit, pareille, à la taille près, à un écureuil se balançant avec sa queue.

— Peut-être bien…, a-t-il rétorqué froidement sans croiser mes yeux.

Je suis restée sans voix, ce qui, dans mon cas, veut dire beaucoup.

— Puisque c'est comme ça, tu prends le deuxième tour de garde, ai-je grommelé avant de sauter du toit.

La poudreuse a amorti mon atterrissage. J'ai contourné le porche jusqu'à l'entrée du chalet.

À l'intérieur, Ari n'avait égorgé personne pendant leur sommeil. Il m'est venu à l'idée qu'Angel, grâce au fait qu'elle pouvait lire dans les pensées, aurait dû déceler les mauvaises intentions d'Ari s'il en avait eues.

J'en étais pratiquement persuadée.

J'ai fait ma ronde, vérifié que tout le monde se reposait, puis je me suis assise dans un fauteuil juste à côté de l'endroit où Ari dormait profondément par terre. Ainsi, il ne pourrait bouger sans me réveiller.

J'en voulais à mort à Fang. Je n'en revenais pas qu'il soit si prétentieux. Lui et son blog ! Très bien ! Qu'il sauve le monde alors. Moi, j'avais toujours ma mission.

Vous avez tous les deux d'importantes décisions à prendre, Max. Des décisions qui affecteront le monde entier et votre avenir. L'avenir de l'humanité.

Super ! Voilà qui ne me met pas du tout la pression !

me suis-je dit en moi-même. J'ai flanqué un coup de poing dans le coussin du fauteuil pour lui redonner sa forme et j'ai fermé les paupières.

Même si je ne comptais pas fermer l'œil de la nuit.

Le lendemain matin, Fang et moi nous sommes séparés.

Et je tiens à dire, pour la postérité, que c'est *moi* qui
l'ai quitté... Une fraction de seconde après qu'il m'a
quittée.

Il m'a dit qu'il voulait faire les choses comme il
l'entendait, de son côté, suivre sa propre mission
comme il l'a appelée. Il comptait travailler à partir des
pistes que des gens lui avaient envoyées sur son blog.

— Donc, ton plan pour le salut de l'humanité est
fondé sur des e-mails !?

— Et le tien sur une Voix dans ta tête qui n'est pas
celle de ta conscience !

Évidemment, dit de cette façon...

J'avais du mal à suivre tout ce qui se passait.

En plus, après, il a fallu le dire aux petits. Dans ma tête, j'imaginais mille et une façons de leur apprendre la nouvelle. Comment allaient-ils réagir ? Qu'allions-nous leur dire ?

— J'ai décidé de faire bande à part, leur a lancé Fang sans délicatesse aucune.

Il a foudroyé Ari du regard avant de poursuivre.

— Mais s'il y en a qui veulent venir avec moi, vous êtes les bienvenus, à une exception près.

Allez-y, ne vous gênez pas ! Moi, il faudrait me passer sur le corps !

— Je suis d'avis qu'on reste ensemble jusqu'au retour de Fang, ai-je annoncé calmement.

Parce que s'il y en a un d'entre vous qui choisit son camp à lui, je le tue !

Quatre paires d'yeux de mutants, plus un chien, plus Ari sont passés de Fang à moi, et de moi à lui.

— Nom d'un os ! a lâché Total.

— Vous ne devriez pas faire ça, s'est inquiétée Nudge.

J'ai haussé les épaules, les joues en feu. Tout ça, c'était la faute de Fang.

— Sales gosses ! a recommencé Total dans sa moustache.

Il faisait les cent pas. Pour finir, il est allé s'asseoir sur les pieds d'Angel. L'air absent, elle s'est penchée en avant pour lui caresser la tête.

— On doit choisir entre vous deux ? a fait Gazzy dans un petit cri avant de nous dévisager, dans l'ordre, Fang, moi et Ari.

— Moi, je pars avec Fang.

Iggy était resté impassible mais ses mots venaient de

me briser le cœur. Sous le choc, je m'estimais heureuse qu'il ne puisse pas voir l'expression sur mon visage. J'ai dégluti péniblement, sans voix.

— Je reste avec Max, a choisi Nudge sur un ton malheureux tandis qu'elle glissait sa main dans la mienne.

Je l'ai serrée, sans pour autant rater le regard en coin qu'elle venait de lancer à Ari.

Elle ne lui faisait clairement pas confiance et n'en voulait pas plus avec nous que Fang.

— Eh bien, s'il le faut, j'irai où Angel ira, a déclaré son chien.

Cette dernière et le Gasman gardaient le silence. Angel avait dû communiquer avec lui par télépathie parce qu'il remuait la tête et donnait l'impression d'être en pleine concentration.

Notre benjamine a fini par hocher la tête d'un air décidé. D'un petit coup de pied, elle a fait partir Total pour pouvoir venir se mettre debout, près de moi.

— Je reste avec Max.

— Ça m'est complètement égal, a ronchonné Total comme il se laissait retomber sur les pieds de sa petite maîtresse.

— Moi, je vais avec Fang, a choisi le frère de celle-ci.

Quoi ?

Il ne restait plus qu'Ari, le seul qui faisait tache dans ce portait de famille.

— Cela va de soi, non ? a marmonné Ari en se rangeant à mes côtés. (Son visage cicatrisait très vite, comme le nôtre lorsqu'on était blessés.) Max.

Pitié, pitié, faites que je ne m'en morde pas les doigts,

ai-je supplié. *J'veux dire pas plus que je ne le regrette déjà.*

— Parfait, a conclu Fang en enfilant son sac sur son dos.

— Très bien, l'ai-je imité en levant le menton, priant de toutes mes forces pour qu'il ne parte pas et veillant avec la même volonté à ce qu'il ne puisse pas lire dans mes pensées.

Pourtant, c'est ce qui s'est passé. Notre famille s'est retrouvée scindée en deux, sans que je sache si je reverrais Fang et les autres un jour.

Secret de chef : arborer un air calme, plein de confiance car c'est ce qu'on a trouvé de mieux pour ne pas dégobiller jusqu'à ses tripes de stress et de détresse.

J'avais perdu la moitié de ma famille, dont Fang, mon bras droit. Comment avait-il pu ? Il n'avait donc plus besoin de moi ?

J'ai redressé mes épaules. Me suis raidie. Moi non plus, je n'avais pas, plus besoin de lui.

— Bon ! ai-je fait à l'intention de Nudge, Angel et Ari. Et Total.

Je voyais bien que les filles serreraient les dents. Quant à Ari et Total, c'était possible, mais plus difficile à dire.

— Je n'arrive pas à croire qu'ils soient partis, a sorti Nudge, fidèle à son habitude de m'ôter de la bouche des mots que jamais je n'aurais osé prononcer tout haut. On n'aurait pas dû se séparer. On s'était promis que ça n'arriverait plus jamais, qu'on resterait tout le temps ensemble.

Parles-en à Fang !

— J'aurais voulu que les choses se passent autrement. Ce n'est pas pour cela qu'on ne va pas s'en sortir, ai-je proclamé avec autorité.

— Qu'est-ce qu'on va faire maintenant ? a interrogé Angel. Est-ce qu'on a un plan ?

J'ai pris un air hautain.

— Il y a *toujours* un plan. Combien de fois faudra-t-il que je vous le répète ?

Allez Max, sors un plan de ton chapeau magique ! me suis-je encouragée moi-même.

Allez en Europe.

Dieu soit loué. Déesse soit louée ! Bref ! La Voix avait enfin quelque chose de constructif à dire au lieu de son charabia de diseuse de bonne aventure à la noix.

— On part en Europe ! ai-je annoncé d'un ton ferme.

J'ai fait la distribution des sacs à dos et me suis rendu compte que seuls Ari et moi pourrions porter Total la plupart du temps car il était trop lourd pour les filles.

Super. Il ne me restait plus qu'à espérer qu'Ari ne le bouffe pas.

— En Europe !!! (Nudge était surexcitée.) J'ai toujours voulu y aller. Dans quel pays est-ce qu'on irait ? Je veux voir la courte Eiffel !

— La tour Eiffel ! ai-je rectifié. C'est une *tour*. En fait, on va aller en…

Angleterre pour commencer. Suivez la piste des Écoles.

— Angleterre.

J'ai tendu les bras à Total et il a sauté. Je l'ai glissé dans mon blouson et j'ai remonté la fermeture éclair jusqu'en haut. Seule sa petite truffe poilue ressortait. À en juger par son museau, on aurait dit qu'il avait encore un peu la gale. Vivement que ses poils repoussent complètement.

— On va chercher d'autres Écoles et rassembler un max d'infos au sujet de cette opération R-Évolution. Il faudra agir vite.

— Je suis avec vous, a confirmé Ari, l'air sincère. Je vous protègerai quoi qu'il arrive.

Il a baissé la tête et je les ai surpris, lui et sa peur de petit garçon.

— En tout cas, jusqu'à ma date d'expiration.

J'ai acquiescé d'un hochement de tête, bien décidée à ne pas m'épancher devant les autres.

— Allez ! ai-je commandé alors que, déjà, je dévalais la pente du chalet, prenant de l'élan pour pouvoir décoller. À l'est, toute !

Comme toujours, je me suis sentie bien mieux une fois dans le ciel. En dessous s'étendait un patchwork de bruns et de verts, entrelacé de fils d'argent là où coulaient les rivières et moucheté de gris à l'emplacement des villes. La froideur du vent faisait pleurer mes yeux. Pour autant, j'avais retrouvé mon calme, mon sang-froid.

Il m'est subitement venu à l'esprit que l'Angleterre, c'était drôlement loin. Tout là-bas, de l'autre côté de cet immense bassin aquatique. Il nous était déjà arrivé de voler sept ou huit heures d'affilée, mais ce n'était pas une mince affaire et on finissait tout le temps sur les rotules. Sans parler du fait qu'Ari était tout sauf un super athlète dans les airs, rapport à ses ailes bizarres, rapiécées. Humm... Ce n'est pas comme si on avait pu faire une pause, nous reposer au beau milieu de l'océan Atlantique !

Allez à Washington. Il y a un vol direct au départ de Dulles[1].

Tu veux dire qu'on prendrait l'avion ?

C'est exactement là que je voulais en venir, en effet.

Nous ? Dans un avion ? Ça ne clochait pas un peu ça ? Genre... redondant.

En outre, restait le problème d'être enfermés si longtemps. J'étais un rien claustro.

Tout se passera bien.

— On va à Washington, ai-je averti mes troupes aux effectifs réduits. On prendra l'avion de là-bas.

Tout le monde a paru surpris. Quant à moi, je me demandais bien comment nous ferions pour qu'Ari et sa tronche à faire peur passent au travers des mailles d'un aéroport bondé.

— On va prendre l'avion ? a glapi Nudge.

La mine de Total s'est renfrognée.

— Ce n'est pas un peu redondant, ça ?

J'ai répondu avec un soupir.

---

1. Nom de l'aéroport international de la capitale des États-Unis.

64

Voler vers l'ouest sans Max, c'était comme voler avec
une aile en moins, pensa Fang. Il n'arrivait pas à s'ôter
son visage de la tête. Un visage emprunt de fureur,
de confusion et, même si, elle vivante, jamais elle ne
l'admettrait, de peur aussi. Ce visage, il l'avait vu presque chaque jour sans exception depuis sa naissance.
Tantôt sali de boue séchée, meurtri par les coups, couvert de bleus et de sang, hargneux, rieur, endormi, lui
servant des mensonges compliqués avec une totale sincérité... le toisant d'en haut, avec cette lueur dans les
yeux, cette façon de communiquer qui n'appartenait
qu'à eux...

Pourtant, elle l'avait mis au pied du mur. Qu'est-ce
qu'elle espérait ? Qu'il dise « Amen » et accueille Ari
à bras ouverts ? Bien sûr !!! Il n'aurait qu'à rayer de

sa mémoire le nombre incommensurable de fois où ce dernier avait tenté de leur faire la peau et oublier qu'il était sans aucun doute sur écoute, qu'on les suivait à la trace par son intermédiaire et que c'était forcément une bombe à retardement. Comment en aurait-il pu être autrement avec ce danger public, ce fiasco ambulant, tout rafistolé de partout, au cerveau complètement bousillé par les blouses blanches ?

Voilà comment Fang voyait les choses : quand on sait qu'on n'en a plus pour longtemps quoi qu'il arrive, quelle importance ce qu'on décide de faire pendant ce temps ? Et pourquoi ne pas faire des trucs délirants, jouer les têtes brûlées, enfreindre la loi, buter quelqu'un, après tout ? Plus rien ne compte quand on va mourir dans quelques jours. Ni l'amitié, ni la loyauté. Aucune attache ne vous retient plus.

Voilà le genre de spécimen avec lequel Max avait non seulement choisi de passer son temps, mais aussi auquel elle faisait confiance pour tourner autour des petites.

Fang aurait suivi Max jusqu'au bout du monde. Si elle était tombée dans le cratère d'un volcan en éruption, il serait venu à son secours sans hésiter.

Ari, toutefois, c'était une autre histoire. C'était au-dessus de ses forces.

— Fang ?

À sa voix, on sentait que le Gasman avait perdu son entrain. Aucun d'entre eux n'aimait l'idée d'être séparés. Pour cette raison, tous avaient l'impression d'avoir été amputés d'une partie d'eux-mêmes. Fang lui jeta un coup d'œil, le sourcil levé.

— Où est-ce qu'on va ?

— Sur la côte Ouest.

— Qu'est-ce qu'il y a là-bas ? interrogea Iggy.

— Le plus grand système de diffusion de l'information du monde ; un endroit où on pourra transmettre nos infos au plus vite.

Le Gasman plissa le front.

— Tu veux parler d'une centrale informatique ? Un genre de tour ou un truc comme ça ?

— Non, je veux parler de la presse *people*.

— Et ça fait partie du plan « profil-bas-on-se-fond-dans-la-masse » ? releva judicieusement Iggy.

— Pas du tout, corrigea Fang qui venait d'incliner le bout de son aile et amorçait un virage à vingt-trois degrés. Ça fait partie du plan « crache-le-morceau-au-monde-entier-via-ton-blog ».

— Je vois.

Eh ouais ! Toujours faire semblant d'avoir un plan. Ça, il l'avait appris avec Max.

— Sale bande d'enfoirés !

Le visage d'Iggy était déformé par la colère et la frustration. Fang leva les yeux au ciel. Puis, il se souvint et commenta :

— Je lève mes yeux au ciel, Iggy.

— Et moi je hausse les épaules, intervint Gazzy avant de mordre dans son hot-dog à pleines dents. Je ne vois vraiment pas de quoi tu parles.

— Décrivez-moi les gens de cette plage ! répéta Iggy. On est à Venice Beach, bon sang ! Venice Beach, Los Angeles. La capitale des zarbis en tout genre !!! Et vous, qu'est-ce que vous faites ? Vous consultez une carte !

Fang lissa cette dernière en prenant appui sur le banc en bois devant eux, cherchant de quoi se repérer.

Jusqu'à ce qu'Iggy lui file un coup de pied.

— Aïe ! Mais c'est pas vrai !!! C'est quoi ton problème ?

Celui-ci, avec une précision infaillible, empoigna Fang par la chemise et le tira jusqu'à coller son visage au sien.

— DÉCRIS-MOI CE QUE TU VOIS !!!

— Il y au moins un million de gens ici, rétorqua Fang, irrité. Pourquoi tu veux qu'on te décrive ce qu'on voit ? Tu as rendez-vous avec quelqu'un en particulier ? Il faut que je cherche un type avec une rose entre les dents et un exemplaire du *New York Times* sous le bras ?

— Venice Beach, capitale du roller. Je sens l'huile de coco à plein nez. J'entends des gens qui rient aux larmes. Je suis sûr qu'on est entourés de « coco girls » et vous, vous regardez une carte !

— C'est quoi, une « coco girl » ? demanda le Gasman, la bouche pleine.

Fang jeta un œil tout autour.

— « Coco girls », « choco girls ». Qu'est-ce qu'on s'en fout ! Tant qu'il ne s'agit pas des Flyboys.

Iggy émit un grognement si fort que plusieurs personnes se retournèrent sur son passage. Fang lui flanqua un petit coup de pied dans le tibia pour lui signifier de se calmer.

— Qu'est-ce qu'on s'en fout ? Qu'est-ce qu'on s'en fout ? fit Iggy tout bas mais sur un ton enragé. Je vous signale que moi, je ne m'en fous pas ! C'est facile pour vous. Vous voyez tout !!! Et ce n'est pas comme si je pouvais me bercer de l'espoir de les *toucher* pour les voir. Allez, merde. Soyez sympas !

Que ferait Max à ma place ? s'interrogea Fang. Tout bien considéré, il ne pensait pas que c'était le style de requête qu'aurait eue Iggy avec Max. C'était un truc de mecs.

Dans un soupir, Fang étudia les alentours et commença :

— O.K., il y a deux filles là-bas, l'une en bikini blanc, l'autre avec un slip où il est écrit « Utopie » sur les fesses. Elles ont les cheveux longs, blonds. Je vois aussi une Asiatique qui fait du patin à roulettes avec son chien – un genre de lévrier. Il court à côté d'elle.

— Comment est-elle habillée ?

— Elle porte un deux-pièces rayé.

— Et des protège-genoux, rajouta le Gasman.

— Oh la vache ! souffla Iggy. Allez, continuez !!!

Avec Max, il n'aurait jamais osé, se dit Fang. Elle ne l'aurait pas raté, le traitant de pervers sexiste.

Mais vu qu'ils étaient entre mecs…

— Euh… il y a une fille qui vient de retrouver sa copine, poursuivit-il. Sa copine lui file une glace. Oh… ça coule ! Euh… ça coule sur sa poitrine.

Iggy retint son souffle.

— Ça va faire une tache, c'est certain, commenta Gazzy. C'est du chocolat.

— Humm…, lâcha Fang qui reluquait la fille tandis qu'elle tamponnait sa poitrine avec une serviette en papier.

— C'est quoi ce bruit ? demanda Gazzy.

— Hein ?

— Ce bruit !? T'entends pas ? Fang ?

Ce dernier cligna des paupières plusieurs fois et

baissa les yeux à l'endroit où le Gasman tirait sur sa chemise.

— Quel bruit ?

C'est alors qu'il l'entendit. Une espèce de bourdonnement, assorti d'un concert de voix métalliques.

La poisse !

— Foutons le camp ! ordonna-t-il. Ce sont les Flyboys. Ils nous ont retrouvés !

Bienvenue sur le blog de Fang !
  Date d'aujourd'hui : Déjà trop tard !
  Vous êtes le visiteur numéro : 972 361 007

Hollywood en miettes

Message à ceux d'entre vous qui habitent près de Los Angeles : le grand panneau Hollywood que tout le monde connaît est désormais une épave. Des millions de gens voient en ce symbole un signe d'espoir quant à leur carrière cinématographique et je leur dois des excuses.

Même si, tout compte fait, ce n'est pas ma faute.

Le Gasman, Iggy et moi, on s'occupait de nos affaires, quelque part dans la banlieue de Los Angeles (qui s'étend de Tijuana à Pismo Beach) quand soudain, deux ou trois centaines de Flyboys nous sont tombés dessus comme par enchantement. Comment savaient-ils qu'on était là ? Moi qui croyais qu'ils nous localisaient par l'intermédiaire de la puce de Max ou du chien d'Angel.

Lesquels, comme vous en avez probablement entendu parler, nous ont quittés tous les deux.

Du coup, je répète, comment avaient-ils fait pour nous trouver ?

À moins que l'un d'entre nous ait mouchardé…

Ce qui est absolument impossible, naturellement.

Bref. Si vous vous souvenez, je vous ai dit qu'à l'École, Max avait vu des milliers de Flyboys, pendus en rangs à des crochets pendant qu'on les rechargeait. Eh bien, visiblement, aujourd'hui, ils ont décidé d'en envoyer un bataillon faire un test de conduite. Et laissez-moi vous dire que ces trucs, ça va vite ! Et puis c'est inusable : ça vole des heures sans s'arrêter.

Intelligents avec ça ? Quand même pas. Faut pas pousser.

Avec Gaz et Iggy, on a donc décollé illico, quittant les abords de la plage (où on ne demandait rien à personne), parce qu'on s'en sort toujours mieux dans les airs. Bien entendu, au moment où on a ouvert les ailes et qu'on est montés dans le ciel, plein de gens nous ont observés, bouche bée, yeux exorbités. Il y a même des gosses qui ont pris peur et qui se sont mis à hurler. Je suppose que, même à Los Angeles, c'est pas courant.

Nous trois contre plusieurs centaines de Flyboys ? Je ne crois pas, non. S'ils avaient été soixante ou quatre-vingts à la rigueur. Mais là… Même avec Max, on ne s'en sortirait pas.

Bon d'accord, peut-être que si elle avait été là, on s'en serait tirés, seulement, la question ne se posait pas.

Gaz, Iggy et moi avons eu le réflexe de mettre en action notre bon vieux plan, maîtrisé à la perfection, le plan Delta, dont on ne compte plus les fois où il nous a sauvé les fesses.

En résumé, ce plan consiste à : se barrer au plus vite !

Ainsi, nous avons pris la fuite dans les airs, plus rapides que l'éclair. Apparemment, les Flyboys n'ont pas de problème d'altitude parce qu'ils nous ont suivis sans problème à des hauteurs connues uniquement des Bœing 747 en vitesse de croisière, là où même moi, je souffrais du manque d'oxygène. À l'instar des Erasers, ces machins sont méchamment rapides et sacrément forts.

Grâce à l'un de ses nouveaux explosifs, Iggy a réussi à en mettre HS une cinquantaine. Toutes nos excuses à ceux qui se sont retrouvés douchés d'éclats de métal de Flyboys et aspergés de lambeaux de chair pendant qu'ils assistaient à la grande fête de MTV sur la plage. Les Flyboys qui restaient nous ont collé aux basques sans qu'on parvienne à les semer.

C'est là que j'ai aperçu les collines d'Hollywood. On a volé pile poil en direction du panneau et, au tout dernier moment, on est remontés à la verticale, à un angle de quatre-vingt-dix degrés. La boucle de ma ceinture a même éraflé une des lettres. Néanmoins, on s'en est bien tirés grâce à notre ascension fulgurante.

Je ne peux pas en dire autant des Flyboys.

Les uns après les autres, ils sont allés s'écraser en

plein dans le panneau. La tension électrique les a court-circuités quand ils n'ont pas, pour la plupart, explosé comme du pop-corn métallique à poils. Vous trouvez ma description dégueulasse ? Estimez-vous heureux de ne pas avoir été sur place pour être bombardés de petits morceaux. Selon moi, six ou sept d'entre eux ont échappé au carnage, mais je n'ai aucune idée de ce qu'il est advenu d'eux.

Une fois remis de notre crise de fou rire, on a mis les voiles presto et depuis, on se cache. Encore une fois.

Points pour nous : Plus ou moins deux cents. Dur à dire avec tous ces petits bouts volants.

Points pour eux : Zéro !

Prenez ça, bande de crétins en blouse blanche ! Vous n'avez plus qu'à racheter une enseigne Hollywood à la Californie.

Signé Fang, quelque part dans l'Ouest américain

Écrivez un commentaire sur le blog de Fang
   Hollywood en miettes
   108 commentaires

   Cool Raoul 326 a écrit :
Yo, Man, trop cool le coup des Flyboys pop-corn.
J'suis mort de rire.
Bon vol, mec !
San Diego
11 h 51

   Sexygirl a écrit :
Cher Fang,
Je suis tellement heureuse que tu sois sain et sauf.
Je hais ces Flyboys. Je voudrais qu'ils s'écrasent tous

et qu'ils rôtissent en enfer. Si jamais tu as besoin d'un endroit où te poser à Roanoke, Virginie, écris-moi.

12 h 14

Heather a écrit :
On devrait unir nos forces et passer la planète au peigne fin pour trouver les Écoles et tout ça. On est des millions d'enfants dans le monde. On doit pouvoir réparer ce que les adultes ont foutu en l'air et pollué. Les décharges, les marées noires, les espèces en voie de disparition, la déforestation, l'émission de gaz d'échappement, leur je-m'en-foutisme en matière d'environnement et vis-à-vis des animaux, c'est fini tout ça !!! L'ère des Enfants verts a commencé ! Unissons-nous !

Heather Schmidt

Présidente de l'association GreenKidsforaGreener-Planet.org

12 h 57

Streetfighter a écrit :
À nous de prendre le relais ! Les adultes ont tout bousillé. Ils ont flingué la planète. Il faut prendre le contrôle du monde entier. Ils veulent qu'on la ferme ? Ouais, eh bien ça ne se passera pas comme ça !!!

Brooklyn

13 h 20

Chen Wei a écrit :
Fang, je me demandais : est-ce que t'as une copine ?

Hong Kong

P.-S. : J'ai quinze ans mais je ne les fais pas.

14 h 40

Carlos a écrit :

Moi je propose qu'on foute le feu à tous les labos. Et tant qu'on y est, on n'a qu'à réduire tous les adultes en esclavage.
Texas
15 h 07

Anonyme :

Tu exagères, Carlos. On a besoin des scientifiques. La science, en soi, n'a rien de négatif. C'est quand elle tombe entre les mains de sales types qui font des trucs horribles que ça dégénère. La science peut être utile et bénéfique. Comme pour nourrir l'humanité. Et je ne veux pas réduire tous les adultes en esclavage. Mes parents à moi, ils sont réglos.
Un futur scientifique inquiet
Louisiane
16 h 21

Adide a écrit :

J'ai peur que les adultes détruisent notre planète. Je veux qu'on les arrête. Si seulement ils utilisaient la science pour qu'on ait de meilleures récoltes et davantage de pluie. Et au lieu de faire des bombes, ils feraient mieux de fabriquer des manuels scolaires.
Uganda
16 h 26

Cobra a écrit :

Fang, je crois bien qu'j'vous ai vus voler quand j'étais à l'épicerie de mes oncles, à Lincoln Park.
Chicago
17 h 27

Dita a écrit :

Je n'en reviens pas que Max et toi, vous ne soyez plus ensemble ! Vous n'auriez pas dû vous séparer. Maintenant je me fais encore plus de souci pour vous tous. Faites super gaffe à vous, O.K. ?
Mumbai
18 h 08

Sean a écrit :

Fang, moi aussi je veux être un enfant-oiseau. Peu importe à quel prix. Je ferais n'importe quoi pour voler comme vous et faire partie de votre bande. Dis-moi où je peux vous retrouver. Sans attendre. Aujourd'hui par exemple ?
Manchester, Angleterre
18 h 35

Sue_P a écrit :

Moi aussi, je veux faire partie de votre bande ! Qu'est-ce que je donnerais pas pour avoir des ailes ! Mais je sais que c'est trop tard. Et puis ça ferait mal. N'empêche, je veux bien me battre pour vous au sol. Dis-moi seulement où et quand !
Palm Beach
18 h 38

Fang éteignit l'ordinateur après avoir lu des milliers de messages du même style. Max était d'avis que le blog ne servait à rien. Lui n'était pas d'accord. Grâce à cet outil, Fang restait persuadé qu'il pourrait lever une armée de centaines de milliers d'enfants, courageux et fidèles… jusqu'à ce qu'ils se fassent massacrer en deux trois coups de cuillère à pot car ils ne savaient pas se battre.

Dans un soupir, il se rassit au fond de sa chaise et laissa tomber sa tête sur son bras. Être chef, ça craignait !

68

Ma petite famille et moi, on s'en était plutôt bien sortis, grâce à Angel. Pour votre info, voici quelques pistes à suivre si vous êtes une anomalie génétique de six ans dotée de la capacité de contrôler les pensées d'autrui :

1) Procurez-vous, pour vous-même, ainsi que les trois autres anomalies génétiques et le chien qui vous accompagnent, des billets en première classe sur un vol British Airways.

2) Persuadez le personnel de sécurité de l'aéroport que votre Scottish est un chien en service, par conséquent autorisé à aller n'importe où, y compris aux toilettes pour dames – idée qui, franchement, était loin de m'emballer.

3) Faites en sorte que les gens autour de vous ne remarquent pas vraiment l'Eraser moche comme un

pou et tout cabossé de partout qui marche en faisant des bonds à vos côtés.

4) Une fois à bord de l'avion, arrangez-vous pour que les passagers trouvent parfaitement normal le fait qu'un chien ait son propre siège ainsi que tous les repas qui vont avec.

5) Faites en sorte que vos amis et vous receviez trois repas à la fois. Des repas de première classe, évidemment, pas cette merde qu'on sert aux ploucs en classe économique.

— Total ! ai-je susurré. Les gens n'ont pas d'autre choix que de passer devant toi pour aller aux toilettes, alors *arrête* de leur grogner dessus.

— Désolé. Mais il faut tout le temps qu'ils s'approchent un peu trop de mon steak, on dirait qu'ils le font exprès. À propos, tu pourrais me le couper en petits morceaux ?

Je me suis penchée sur son plateau pour satisfaire sa requête en vitesse. Angel avait un sourire jusqu'aux oreilles que je n'ai pas pu m'empêcher de lui retourner. C'est vrai que ma famille était éclatée : la moitié avait disparu je ne sais où. Et, pour changer, nous étions redevenus des SDF en cavale. De plus, nous étions en vol vers une destination inconnue. Une fois sur place, on ne saurait même pas quoi faire. Enfin, nous étions pris au piège dans une gigantesque boîte à sardines où, espérai-je, ne nous accompagnaient ni Erasers ni blouses blanches.

Pourtant…

— Sympas, les sièges, a constaté Ari en tapant sur les accoudoirs avec ses pattes pleines de griffes et démesurées.

— Ouais, c'est drôlement chouette ici, a commenté Angel.

Elle a rebondi sur son siège et s'est mise à zapper sur sa petite télé.

— Max ? m'a murmuré Nudge depuis l'autre côté du couloir. Tu crois que les autres passagers sont... normaux ?

Elle a fait un signe de tête en direction des personnes en question.

— J'espère... Évidemment, je ne peux pas en être sûre. Ça se pourrait que ce soit un coup monté et qu'on soit entourés de blouses blanches qui vont nous sauter à la gorge tout à coup. Cependant, Angel n'a rien remarqué de spécial. Pas de pensées malignes en provenance d'un passager en particulier. Alors il y a de l'espoir.

— Je n'avais jamais pris l'avion, a-t-elle poursuivi.

— Nous non plus. Ça fait bizarre, hein ?

— Ouais ! C'est vachement confortable. T'as vu, les petites télés individuelles, les magazines gratuits, les plateaux-repas !? Les hôtesses sont vraiment aux petits soins. Et tu savais que nos sièges se transforment en couchettes ?

J'ai acquiescé d'un signe de tête. On se faisait dorloter, en effet. Surtout en comparaison avec notre quotidien glamour et son lot de nuits dans le métro et de repas dégotés au fond de poubelles.

— C'est quand même space d'être dans les airs, mais pas... dehors. Enfin tu vois, quoi ! Et les autres me man...

Elle s'est arrêtée net et s'est mordu la lèvre.

— Moi aussi, ai-je répondu doucement. Pourtant, je suis sûre qu'ils vont bien et qu'on les reverra bientôt.

Parce que je comptais bien leur mettre le grappin dessus à la seconde où ma mission prendrait fin. Fang allait en entendre parler jusqu'à la fin de ses jours. Il ne se débarrasserait pas de moi aussi facilement.

— Pourvu qu'on ne s'écrase pas, a prié Nudge, tout bas. Ça ne semble pas très naturel qu'un engin pareil vole si haut, dans le ciel. Je ne pige pas comment il fait pour rester en l'air.

— Il a de sacrés gros moteurs, tu sais, lui ai-je expliqué sans hésitation, en prenant ma voix de chef pleine d'assurance. Et puis n'oublie pas que s'il arrive quoi que ce soit à notre avion, les quatre qui s'en sortiront ici, c'est nous.

Le visage de Nudge s'est éclairé.

— Évidemment ! Je n'y avais pas pensé.

— Allez, maintenant repose-toi un peu avant le grand débarquement en Angleterre.

69

Sept heures pépères plus tard (enfin un peu de répit !), à Heathrow, l'aéroport international de Londres, il était temps que les affaires reprennent. Compte tenu du fait que l'intégralité du vol s'était déroulée sans accro – à savoir ni attaque d'Erasers ni crash – on pouvait raisonnablement dire que ça démarrait bien.

Peu de temps après notre sortie de l'avion, j'ai marqué une pause dans l'espoir que peut-être la Voix me faciliterait la vie, pour une fois, en me donnant des instructions claires et nettes que je n'aurais aucun mal à suivre.

Mais non. La Voix était aux abonnés absents. Nous étions livrés à nous-mêmes.

Ce qui, en soi, n'était pas un problème. Si on en était arrivés là, c'était grâce à moi. La Voix était entrée dans nos vies il n'y avait pas si longtemps et, en ce qui me concernait, elle pouvait rester où elle était, je m'en fichais.

— Bon, ai-je dit en frappant dans mes mains pour rassembler ma petite troupe autour de moi. D'abord, il faut qu'on trouve un cybercafé et qu'on tape Itex sur Google Angleterre. Même si on n'obtient pas de réponse directe, il y aura sûrement des liens qui pourront nous aider.

— Holà, holà, deux minutes ! est intervenu Total. On est à Londres !!! Tu ne vas quand même pas me dire qu'on n'ira pas voir les joyaux de la Couronne ?!

— Et la Tour de Londres !? a complété Angel.

— Hé ! Regardez ! Le musée de Madame Tussauds ! s'est écriée Nudge qui pointait du doigt une affiche placardée sur un kiosque. Il faut absolument y aller !!!

Une fois de plus, j'étais déroutée par la capacité qu'avaient les autres à faire totalement abstraction du fait qu'on était en fuite pour sauver notre peau, et, accessoirement, celle du monde entier.

— Il y a de fortes chances pour que les locaux d'Itex soient situés en banlieue et pas en plein centre-ville, ai-je insisté malgré tout.

— Buckingham Palace !!! (*Ari s'y mettait aussi, ce qui me surprenait.*) C'est là qu'il y a les drôles de types avec leur chapeau en fourrure.

— Ouais, chouette ! Buckingham Palace !!! s'est réjouie à son tour Nudge, sans pour autant regarder Ari.

J'ai gonflé mes poumons, prête à donner des ordres.

Figure-toi qu'avoir raison n'apporte pas grand-chose si ce n'est le fait d'avoir raison, a sorti la Voix.

— Et c'est supposé vouloir dire quoi ?

— Buckingham Palace, a commenté Nudge, prenant ça pour elle. Tu sais bien, c'est là qu'habite la reine. Et son mari.

— Je ne disais pas ça pour toi, ai-je grommelé.

Je me suis adossée à un mur et j'ai fermé les yeux une ou deux secondes. *Est-ce que tu vas m'expliquer ? Ou bien est-ce encore un de ces espèces de haïkus japonais, censé être médité au sommet d'une montagne ? Ommmm...*

— Max ? Tu as la migraine ?

Angel semblait soucieuse.

— Non, non, ça va. Donnez-moi une minute et en attendant, gardez l'œil ouvert.

Tous les trois, ils ont attendu patiemment, contrairement à moi, sur le point de grimper aux murs.

D'accord, il faut poursuivre ta mission, a repris la Voix qui – miracle ! – me répondait pour une fois. *Mais tu dois aussi apprendre à doser ton tempérament de chef. Diriger, c'est une chose. Savoir écouter, c'en est une autre.*

Et leur laisser faire tout ce qu'ils veulent ? ai-je rétorqué en silence.

Max, ce sont des enfants. Tout ce qu'ils veulent, c'est s'amuser. Même les chefs les plus forts peuvent se plier aux volontés de leurs troupes de temps à autre.

J'ai rouvert les yeux.

— Entendu. On va visiter un peu, aller aux endroits les plus touristiques. Angel, trouve-nous une excursion en bus dans la ville.

— O.K. ! a-t-elle consenti, ravie, alors que Nudge brandissait son poing.

On s'est dirigés vers la gare routière.

— Je veux aller tout en haut du bus, sur le toit, a décidé Total qui trottait aux pieds d'Angel. En revanche, je veux que ce soit dans le blouson de Max. Parce qu'on caille dans ces machins-là.

— Ben voyons, ai-je fait suffisamment bas pour que personne ne m'entende.

Tu te trompes, la Voix, ai-je pensé. *Ce ne sont peut-être que des enfants, mais ils ne sont pas là que pour s'amuser. Je dois pouvoir compter sur eux sans exception pour réussir.*

70

— Ce ne sont pas les vrais.

J'en étais certaine. Comme s'ils allaient mettre les vrais joyaux de la couronne d'Angleterre dans une vitrine en verre que tout le monde pouvait braquer !

— Ils sont trop beaux ! a soufflé Nudge, le nez collé contre la paroi en verre. La couronne de l'Empire royal. Mince alors ! Je donnerais cher pour avoir la même.

Son rêve serait forcément exaucé. Les mutants zarbis sont souvent couronnés chefs d'État, c'est connu !

— Vise un peu ce sceptre ! a fait Total tout bas. Qu'est-ce que t'en penses ?

— Ça dit que les bijoux sont des vrais, a répondu Angel, le doigt pointé vers une plaque. Il s'agit du diamant Cullinan. Le vrai ! J'aime bien sa forme en poire.

— Et ils vont nous faire croire que la reine rapplique ici pour les chercher chaque fois qu'elle va au Parlement ! me suis-je moquée.

Je me suis tournée vers Ari et j'ai montré du doigt une autre plaque.

— Et là, ça dit quoi ?

Ari m'a regardée et, l'espace d'une seconde, il a presque retrouvé l'apparence du petit garçon qui ne me lâchait pas d'une semelle autrefois.

Soudain, il est devenu tout rouge, ce qui a fait ressortir les cicatrices sur son visage aux endroits où ses blessures s'étaient résorbées.

— J'en sais rien ! (Il s'est détourné de la plaque.) J'sais pas lire !

— Allons au musée de Madame Tussauds ! a lancé notre compagnon à quatre pattes.

— Je ne connais aucune de ces personnes soi-disant célèbres, s'est rendu compte Angel, une fois sur place.

Nous marchions dans une pièce remplie de célébrités en cire et franchement, je ne voyais pas comment j'aurais pu me sentir plus mal à l'aise, à part peut-être si j'avais eu les chaussures remplies de cailloux. Pour nous qui avions grandi dans un labo, parmi des scientifiques diaboliques qui nous faisaient tout le temps subir des tests horribles, marcher entre des figurines grandeur nature, qui donnent l'impression qu'elles vont vous bondir dessus à chaque instant, avait de quoi nous foutre les jetons.

Je scrutais les statues de cire avec méfiance, guettant le moment où l'œil de l'une d'entre elles se mettrait à bouger, ou bien où des mouvements de poitrine trahiraient leur respiration. Jusqu'ici, rien à signaler. Je restais toutefois sur mes gardes.

— Moi non plus, a reconnu Nudge, déçue, en répondant au commentaire d'Angel.

— Moi non plus, a répété Ari.

Au milieu de tous ces personnages en cire, si lisses, si parfaits, ses traits grossiers et sa voix rocailleuse tranchaient encore plus.

— Je crois bien que celui-là, c'est Brad Pitt, ai-je raconté. Je n'aurais jamais cru qu'il était si grand.

— C'est qui Brad Pitt ? a voulu savoir Angel.

Total a lâché un petit « ttttt » et s'est gratté derrière l'oreille avec une de ses pattes arrière.

— Rien qu'un acteur connu dans le monde entier ! Tu devrais lire la presse une fois dans ta vie.

J'ai poussé un soupir.

— Désolée, les amis. J'essaie d'être dans le trip « touriste », mais ça me file la chair de poule d'être ici !

— C'est un terme technique, la chair de poule ? a interrogé Total.

— Oui ! Je m'attends à ce qu'un de ces machins bouge et là, je vous garantis que je vais réduire toute cette pièce en morceaux. Je dois sortir d'ici.

— Dieu merci ! s'est exclamée Nudge. Je hais cet endroit.

— Moi aussi, est intervenue Angel.

Total a secoué la tête, visiblement dégoûté.

— Vous alors, vous êtes incroyables ! Même pas capables d'apprécier l'art contemporain.

71

Prochaine étape : le groupe Itex. Le géant mondial de l'industrie qui, apparemment, se cachait derrière toutes les expériences d'ADN recombiné. Sans oublier le plan R-Évolution, également connu sous le nom d'opération « Réduction de moitié » ainsi qu'un nombre inimaginable, sûrement, d'autres plans tous aussi cinglés les uns que les autres d'éradication de la population et de destructions en tous genres.

En résumé, les locaux de cette société étaient sans aucun doute le dernier endroit où l'un d'entre nous voudrait un jour entrer de son plein gré.

Pas de chance pour nous : il s'agissait d'une étape obligée.

Les bureaux étaient situés à…

— Threadgill-on-Thames ? a lu Nudge avec soin.

— Drôle de nom ! a trouvé Angel.

— Je peux avoir une autre frite ? a demandé Total en se léchant une patte.

Je lui ai tendu un cône en papier journal plein de poisson frit tout chaud et de frites.

— Et le vinaigre aussi, s'il te plaît.

J'ai aspergé les frites et le poisson de vinaigre, et me suis replongée dans la lecture de la carte. Les cyber-cafés que nous avions repérés étaient réservés aux usagers munis de leur propre ordinateur. Et vu que Fang avait emporté l'ordi avec lui, nous avions dû aller à la bibliothèque.

Naturellement, nous avions découvert qu'Itex était présent partout sur le territoire, avec des succursales disséminées dans quatorze villes d'Angleterre. Le siège social, cependant, semblait localisé à trente minutes au sud-ouest de Londres à vol d'oiseau.

— J'aime bien les fish and chips, a fait Ari. C'est vachement bon !

— Han-han, ai-je répondu, distraite, tandis que je traçais un trait sur la carte.

J'avais encore du mal à me faire à l'idée que je devais aller trancher la tête du dragon sans Fang à mes côtés. Il nous avait abandonnées, Nudge, Angel et moi. Était-il énervé à propos d'Ari au point qu'il ne se souciait plus qu'on reste vivantes, toutes les trois ? Pensait-il vraiment que son blog était la solution à tous nos ennuis ? Comme si une horde de gosses en furie, armés de fourches et de torches, allaient sonner le glas du règne de la terreur d'Itex !

Le mot « terreur » m'a tout à coup fait repenser à la fois où Gazzy avait dit aux types du FBI qu'il s'appelait Capitaine Terreur. Instantanément, mes yeux se sont mis à me brûler, ma bouche s'est asséchée sans que je puisse avaler ma salive. Gazzy, Iggy. Ils me manquaient tous tellement. J'avais rêvé d'eux toute la nuit et m'étais réveillée persuadée qu'il allait leur arriver quelque chose de terrible et qu'alors, je ne pourrais pas les aider.

J'allais étriper Fang ! Ça venait en deuxième position sur ma liste, juste après « sauver le monde ».

Triple imbécile ! Crétin des Alpes ! C'était affreux !!! Il faisait partie de moi. Je l'avais dans le sang. Et lui aussi : mon sang coulait littéralement dans ses veines. Comment avait-il pu faire ça ?

J'ai jeté un œil à Ari qui piochait la dernière frite, couverte d'une avalanche de ketchup. Sous ses paluches trois fois trop grandes, celle-ci avait la finesse d'un cure-dent. Je ne l'avais pas perdu de vue un seul instant et jusqu'à présent, rien – aucun signe de trahison – n'avait éveillé mes soupçons. Et si j'avais malgré tout commis la pire bêtise de ma vie ?

Je sais ce que vous vous dites : Mais non, Max ! Ce n'est pas toi qui as fait une bêtise, c'est Fang !

Et je suis bien d'accord avec vous : le nombre de fois où j'ai fait des erreurs se compte sur les doigts de la main. Une seule petite main.

Néanmoins, je continuerais à garder Ari à l'œil.

— Max ?

Nudge me fixait avec insistance.

— Allô, ici la Terre !

— Hein ? Quoi ?

— On y va en volant, c'est ça ?

Elle pointait du doigt Threadgill-on-Thames sur la carte.

— Je veux dire… c'est nous qui allons voler, pas un avion ?

— Oui, oui. (J'ai jeté un coup d'œil par la fenêtre.) On partira au coucher du soleil. Quelqu'un veut encore du thé ?

— Je veux bien, a réclamé Total.

Le contraire m'aurait étonnée.

72

— Magnifique ! ai-je lâché alors que je scrutais la haute muraille de haies. Au moins, on sait tout de suite où on met les pieds. C'est l'enfer, ce trou !

— Ça donne envie de se tirer une balle, a commenté Nudge à voix basse. Qu'est-ce que je n'aimerais pas travailler ici !!!

— Sans blague ! C'est le style d'endroit sinistre où des savants complètement tordus seraient capables de se livrer à des expériences horribles qu'on imagine même pas. Genre greffer de l'ADN d'autres espèces à des nourrissons innocents.

— Genre !

— Qu'est-ce qu'on va faire ici ? a interrogé Ari.

Comparativement à nous qui étions tout en finesse

et en agilité grâce à notre ossature d'oiseau, Ari brillait par sa maladresse, son côté balourd. Dans la pénombre ambiante, sa silhouette imposante se profilait au-dessus de nous pendant que nous prenions connaissance du siège social anglais d'Itex.

Comme par hasard, le bâtiment avait autrefois servi de prison. Si les Britanniques avaient le monopole du froid humide et du lugubre, il est indéniable que les locaux d'Itex, avec la configuration en bloc de leurs bâtiments rectangulaires massifs en brique marron caca, dégageaient un parfum de prison qui ne trompait pas.

Monsieur le P-DG d'Itex, si vous lisez ceci, je n'ai qu'un mot à vous dire : plan-ta-tions !

Ce gros bazar était entouré d'une enceinte constituée d'une clôture électrique de trois ou quatre mètres de haut. Au sommet, des barbelés tranchants, des fois que les décharges électriques de cinq mille volts à répétition ne suffisent pas à dissuader l'ennemi.

Il va de soi que nous allions voler par-dessus la clôture de toute manière.

Angel a rompu le silence de fin de nuit en déglutissant bruyamment. Comme je baissais la tête vers elle, j'ai remarqué qu'elle avait le teint anormalement pâle et les yeux écarquillés.

— Qu'est-ce qui ne va pas ?

Elle a déglutit à nouveau et saisi ma main. J'ai serré la sienne et me suis agenouillée près d'elle.

— Je sens des trucs, des pensées à l'intérieur, a-t-elle raconté d'une voix entrecoupée. Ça vient des blouses blanches et de bidules bizarres, comme des esprits mais sans corps.

Des cerveaux sur broche, ai-je pensé.

— C'est horrible, ce qu'ils ont dans la tête ! a poursuivi Angel. Diabolique ! Oui, on dirait le Diable en personne. Ils veulent accomplir leur plan à tout prix et ils se moquent pas mal de la façon dont ils parviendront à leurs fins. Ils sont prêts à tuer des humains. Des animaux aussi.

Ou toute combinaison homo-animale, me suis-je dit.

— Tu sens la présence d'autres enfants-oiseaux ? D'autres espèces recombinantes ou d'Erasers ?

Elle a fait non de la tête. Ses boucles blondes scintillaient sous les reflets de la lune.

— Ils sont tous morts. Assassinés.

73

Donc, bien évidemment, il fallait entrer là-dedans !
Logique ! Pourquoi rater l'occasion de pénétrer par
effraction dans l'antre de bouchers en délire prenant pour cible des créatures qui nous ressemblaient
trait pour trait ? Quel plaisir aurions-nous eu à éviter
pareille situation ?

— Il faut vraiment qu'on rentre là-dedans ? a
demandé Nudge. Parce que, si ça n'est pas obligé, j'aime
autant aller me les rouler quelque part, loin d'ici.

Je lui ai décoché un sourire tout en lissant tant bien
que mal sa tignasse brune et rebelle.

— Je suis parfaitement de ton avis, ma grande. Seulement, je suis lancée sur ma trajectoire pour sauver le
monde et ce n'est pas comme si j'avais le choix. Tu es
avec moi ?

Elle a hoché la tête, malgré son air mécontent. Ensuite, elle a affiché ce regard féroce.

— J'suis prête. Allons tout démolir !

— Moi aussi, j'suis prête ! a répété Angel. Ces gens sont des monstres. Il faut les empêcher de faire encore plus de mal.

— Il faut mettre fin à cet enfer une bonne fois pour toutes. Ici ! a lancé Ari.

— Bien parlé ! ai-je approuvé en brandissant mon poing comme je le faisais lors de nos signes de ralliement avant coucher. Foutons le feu ! Qu'il ne reste plus que des miettes !

Souviens-toi de l'hydre, Max !

J'ai failli sauter en l'air. M'habituerais-je un jour aux incursions intempestives de ma Voix ? À cet instant précis, j'aurais sans hésiter dit non.

L'hydre... Voyons, voyons... Ça sonne comme un nom d'arrosoir...

Pas du tout. Il s'agit de l'hydre de Lerne dans les douze travaux d'Hercule. Chaque fois que celui-ci lui coupait une tête, il lui en repoussait non pas une, mais deux.

Oh ! Tu veux parler de ça *! Ouais, j'ai vu un dessin animé là-dessus une fois. Et alors ?*

Réfléchis, Max. Tu vas comprendre.

J'ai froncé les sourcils, l'air suspicieux. *C'est une autre de tes métaphores ? Ça te tuerait de parler sans détour pour une fois ?*

Aucune réponse. Naturellement.

— Max ?

J'ai levé un doigt à l'intention d'Angel.

— Une seconde. Ma Voix m'embrouille avec son cours d'Histoire.

Total s'est laissé tomber lourdement dans l'herbe et a posé sa tête sur ses pattes de devant.

Bon… Soit, l'hydre. J'ai repensé au dessin animé. Une énorme souris déguisée en lion essayait de trancher les têtes de chat d'une sorte de gigantesque dragon.

Je ne voyais toujours pas le rapport.

Ooooooh, attendez ! Deux têtes qui repoussent à la place d'une, tranchée.

Nous avions l'intention de raser les locaux d'Itex. Cela signifiait-il que si on les détruisait, il y en aurait d'autres, deux fois plus grands, qui leur succéderaient ? Ou que deux autres sièges sociaux redoubleraient de puissance ?

C'est l'hydre tout entière qui doit être détruite, Max. Pas juste sa tête. Trouve son corps et tue-la.

J'ai réfléchi encore, repensant à cette carte du monde que j'avais entraperçue derrière une porte à l'École quand Ari m'avait fait visiter. Sur presque chaque pays figurait le logo d'Itex. De petites étoiles complétaient ce symbole dans la majorité des cas.

Étant donné que je suis plus futée que le premier ours recombiné venu, j'en ai conclu qu'il nous faudrait aller jeter un œil à d'autres succursales d'Itex dans le monde avant de pouvoir en localiser le cœur. *Merci beaucoup la Voix,* ai-je songé, sarcastique, sans obtenir de réaction. *Un indice sur l'endroit où l'on est censés aller après ?*

Pffff ! J'étais tellement fatiguée ! Le boulot d'un sauveteur du monde, ça n'en finit jamais !

Je me suis accroupie près de la haie et j'ai fait signe aux autres de s'approcher.

— Les amis, la France nous appelle.

La mine de Nudge s'est renfrognée.

— Tu veux dire que les Français ont lancé un appel aux enfants-oiseaux ?

— Exactement.

Debout, j'ai ouvert les bras pour Total et l'ai glissé dans mon blouson.

— L'un d'entre vous parle-t-il français ?

— Je sais comment commander un Chablis qui a du nerf, a annoncé le chien parlant de sa voix étouffée par mon blouson.

J'ai ouvert les ailes et les ai étirées au maximum, prête à décoller.

— Je connais deux ou trois mots d'espagnol. *Cerrado* et *abierto*, des trucs comme ça, nous a expliqué Nudge.

— On verra ça quand on sera en Espagne. Pour l'heure, on va voir si Angel peut lire dans les pensées des Français.

Celle-ci a secoué ses ailes, l'air intrigué.

— Je n'en sais rien. Mais vous savez quoi ? Je veux goûter leurs pains au chocolat.

— Et moi donc ! a ajouté son animal.

Je me suis abstenue de faire un commentaire du genre « Vous avez déjà oublié Madame Tussauds ? Vous avez la mémoire courte ? » Ensuite, j'ai décollé. La nuit était fraîche. J'avais l'impression de voler sur les traces d'Harry Potter, s'échappant de chez les Dursley. Sauf que, dans notre monde à nous, les Dursley étaient partout, bourrés de capitaux et pourvus d'aptitudes scientifiques démultipliées.

74

Los Angeles, royaume de la guerre des gangs !

— Si ce ne sont ni les Estropiés, ni les Sanguinaires, alors ce sont les Ordures, c'est ça ? demanda Iggy le plus sérieux du monde.

— Chhh ! répondit Fang. Tais-toi ! Ce n'est pas la peine de mettre de l'huile sur le feu. Surtout ce feu-là !

— D'accord, consentit-il.

Gazzy, néanmoins, ne put s'empêcher de glousser et de lui taper dans les mains.

— D'abord, ce sont les Fantômes, rectifia Fang. C'est écrit sur leurs vestes.

— Ah ! Ce détail m'aura échappé, je suppose, le provoqua Iggy avec ironie.

Fang se flanqua une tape mentale sur le front.

— Yo ! lança alors une voix.

Fang fit demi-tour sur lui-même et reconnut un type nommé Keez qui marchait vers eux. Plus tôt dans la matinée, ils s'étaient planqués dans un parking désert, dans la banlieue est de Los Angeles, quand soudain, ils s'étaient retrouvés encerclés par un grand gang, les Fantômes, qui contrôlaient toute cette partie de la ville. En les voyant, ces derniers s'étaient rapidement préparés au combat mais l'un d'entre eux – Keez – avait reconnu Fang, Gazzy et Iggy d'après les photos aux infos. En outre, il avait lu le blog de Fang et avait donc offert au trio un endroit sûr où se cacher, dans une maison.

Le mec hocha la tête à l'intention de Fang.

— Par ici, man.

— On est célèbres ! fit Iggy, si bas que ce dernier l'a à peine entendu.

— La grippe aviaire aussi, elle est célèbre, murmura Fang en retour.

Tous les trois suivirent Keez jusqu'à un bâtiment désaffecté situé au cœur d'un quartier délabré et mal famé. On les y regarda d'un mauvais œil, mais d'un banal geste de la main, Keez fit se détourner les têtes.

— Moi je veux une veste comme la leur, marquée « Fantômes » dessus, susurra le Gasman à Fang.

Celui-ci sentit la main de Gazzy sur le point de toucher sa veste. Au dernier moment, néanmoins, il se retint. Depuis qu'ils s'étaient séparés des filles, le Gasman essayait de jouer les durs au point que Fang devait faire un effort pour se souvenir que ce n'était qu'un petit garçon. Max, bien qu'elle fût la personne la plus dure que Fang ait jamais rencontrée, était incroyablement douée pour tous ces trucs de maman, par exemple mettre des pansements ou rassurer les petits quand ils faisaient des cauchemars. Lui ne s'était jamais rendu compte de la quantité de travail supplémentaire que cela représentait.

Tandis qu'ils marchaient dans les pas de Keez pour monter des escaliers en grès brun qui tombaient à moitié en ruines, Fang prit la main de Gazzy. Le garçon leva les yeux, l'air surpris, mais il serra aussitôt la main dans la sienne et Fang comprit donc qu'il avait eu raison.

Deux malabars montaient la garde devant la porte d'entrée. Au simple hochement de tête de Keez, ils dégagèrent le passage. À l'intérieur, ça ressemblait beaucoup à ce squat miteux qu'ils avaient découvert, Max et lui, à Washington. En moins douillet tout de même ! Cela dit, c'était une cachette sûre, difficile à repérer – deux des adjectifs préférés de Fang.

— Voilà, vous pouvez crécher là, déclara Keez en indiquant ce qui resterait d'une chambre si Iggy l'avait fait exploser avec une de ses plus grosses bombes.

— Cool ! Merci, mec !

Plus tard, Iggy, le Gasman et lui s'effondrèrent par terre. Il était grand temps pour Fang d'assumer son nouveau rôle de leader et de trouver un plan.

75

— C'est *ça*, ton plan ?

La voix d'Iggy trahissait son incrédulité.

— Eh ouais ! Prenez vos sacs à dos.

Le Gasman eut beau s'abstenir de tout commentaire, Fang ne put s'empêcher de se demander si, à cet instant précis, il ne regrettait pas de l'avoir suivi, lui, plutôt que Max. Le premier jour avait eu un parfum d'aventure. Maintenant, par contre, ça tournait à la mésaventure. Toutefois, il était hors de question que Fang y retourne, à moins que Max se débarrasse du boulet.

Les bureaux du magazine *People* occupaient environ quatre étages d'un immeuble colossal situé en plein cœur de la ville. Fang était persuadé que si Angel avait été là, ils n'auraient eu aucun problème à obtenir un rendez-vous avec le président du groupe et à le convaincre de publier un numéro hors série entièrement consacré à Itex et ses manipulations diaboliques.

Mais parce qu'il s'appelait Fang, il pourrait certainement faire usage de ses propres ruses. Il leva un sac plein de sandwichs pour le montrer au concierge qui remplit le registre des visiteurs pour eux.

— Les ascenseurs réservés aux livraisons sont situés à l'arrière, expliqua-t-il d'une voix lasse.

— Prenons l'escalier, décida Gazzy à mi-voix.

— On va au vingt-sixième étage…, lui rappela Fang tout bas.

En résumé, monter dans l'ascenseur leur faisait l'effet de s'être portés volontaires pour une séance de traumatisme psychique. L'appareil – tout petit espace clos – était rempli à ras bord d'autres personnes, toutes mieux habillées et un tantinet… plus propres qu'eux.

Au vingt-sixième étage, ils s'extirpèrent de leur prison en bondissant presque et atterrirent à la réception très design du journal qui grouillait de monde. Fang, agrippé à son sac de sandwichs, s'approcha de l'accueil.

Un jeune homme, la vingtaine, affublé de lunettes rectangulaires très fashion, les toisa comme s'ils avaient été des gosses de la rue, sans abri et dépenaillés.

— Je peux vous aider ?

— J'aimerais voir votre reporter en chef, répondit froidement Fang. J'ai un scoop pour lui. De portée internationale. Si vous publiez mon témoignage, je vous assure que votre magazine va entrer dans l'Histoire.

Le réceptionniste ne parut pas le moins du monde impressionné.

— Vous avez rendez-vous ?

Quelle question !? Non, évidemment. C'était le genre de choses que Fang aurait dû prévoir à l'avance, seulement, tout ça le dépassait encore trop, pour le moment. Il avait trouvé l'idée du sac à sandwichs déjà vachement géniale en soi.

— J'ai besoin de parler à quelqu'un. Tout de suite. C'est très important.

L'employé eut un sourire méprisant.

— Mais bien sûr…

— Quand on découvrira que vous ne m'avez pas laissé parler à quelqu'un, vous allez vous retrouver dans une boîte de conserve si vite que vous vous prendrez pour du thon.

À cet instant-là, le type appuya sur un bouton pour appeler un agent de la sécurité. Fang, alors, tapa deux fois sur la main d'Iggy :

— Allons-nous-en ! Tout de suite !

76

Deux agents de sécurité baraqués pressèrent le pas en apercevant Fang, Iggy et Gazzy qui couraient vers l'escalier. Fang avait bien appris sa leçon, à savoir que, lorsqu'on a quelqu'un aux trousses, on ne prend pas l'ascenseur. Vingt-sixième étage ou pas. Parce qu'alors, on pouvait vous immobiliser entre deux étages ou vous attendre à la sortie. Les escaliers ! Toujours !

Fang ouvrit la porte en grand et s'engouffra avec ses amis dans la cage d'escalier où ils dévalèrent les marches quatre à quatre. Sur leur passage, ils bousculèrent des employés médusés et manquèrent de renverser un livreur de sandwichs. Dans leur dos, ils entendirent des portes d'escalier claquer et des employés de la sécurité crier. À un étage, la porte s'ouvrit juste comme ils passaient. Fang sentit qu'on essayait d'agripper son blouson mais il continua à bondir de marche en marche sans perdre Iggy et le Gasman des yeux. Malheureusement, la cage d'escalier n'était trouée d'aucune fenêtre par laquelle ils auraient pu s'échapper.

L'escalier n'en finissait pas, au point que Fang en eut le mal de mer. *Ne lâche pas !* se dit-il. *Tu as un enfant et un aveugle sous ta responsabilité.*

— Tenez bon, on y est presque ! Encore huit marches, un virage serré à droite et on arrive en bas, prévint Fang tout à coup, après d'interminables minutes.

— Bien reçu, répondit Iggy.

Enfin, ils touchèrent le sol. Si seulement ils pouvaient arriver jusqu'aux portes de devant…

Huit types de la sécurité les attendaient au bas des marches. Fang fit volte-face pour remonter l'escalier mais la porte la plus proche s'ouvrit sur quatre nouveaux employés qui foncèrent immédiatement sur eux. Ensemble, ils se précipitèrent dans le hall de l'immeuble et tentèrent de passer à travers la rangée de gardes. Sans succès.

— On s'en va ! rugit Fang.

Manque de chance, un des malabars le tenait par l'arrière de son blouson et sa boucle de ceinture.

Il conduisit Fang jusqu'aux hautes portes en verre, les ouvrit avec force et jeta Fang au bas des marches de devant.

— T'es un vrai poids plume, toi ! s'étonna-t-il.

— Et qu'on ne vous revoie pas ici ! intervint un autre garde.

Iggy et le Gasman échouèrent sur le trottoir, juste à côté de Fang, et se remirent debout précipitamment. Après toutes les épreuves qu'ils avaient déjà traversées, se faire jeter sur le trottoir comme un ballot de linge sale ne leur parut pas si terrible que ça, même si cela signifiait que le plan de Fang venait d'échouer lamentablement. Ce dernier enleva la poussière de son pantalon, ouvrit le sac de sandwichs et distribua les vivres écrabouillés à ses complices tandis qu'ils rejoignaient leur cachette. *QFM ?* se demanda Fang. Que ferait Max ? C'est-à-dire hormis laisser un sale meurtrier se taper l'incruste dans leur bande.

— Ça a foiré ?

Keez affûtait un cran d'arrêt.

— Ouais.

— Z'auriez dû ouvrir vos ailes, mec. Je vous ai vus à la télé, une fois. Sacrée paire d'ailes ! Ça leur en aurait foutu plein la vue.

— Nan, je voulais jouer franc-jeu, marmonna Fang.

En plus, ça ne lui était pas venu à l'esprit. Keez avait raison, pourtant. Ç'aurait fonctionné à merveille. Et merde !

On passe au plan… H ?! songea-t-il. *H comme Hot-dogs.*

77

— Des hot-dogs ? C'est ton plan ? dit le Gasman, plein d'enthousiasme, comme il s'enfilait son deuxième sandwich. Moi, ça me va bien.

Fang effectua un trois cent soixante degrés, mais dans ce quartier d'El Prado, il n'avait rien remarqué d'extraordinaire ou d'inquiétant. Juste l'habituel assortiment de dealers, de sans-abri et de membres du gang.

— T'as rien compris. Ce n'est pas ça que j'ai dit, corrigea-t-il en s'essuyant les mains sur son jean. On doit juste tuer le temps en attendant que le vrai plan prenne forme.

Bien entendu, il n'avait pas de *vrai* plan. Pas pour l'instant. Cependant, en tant que chef intérimaire, il se devait de paraître confiant, même si c'était du vent. Encore une leçon apprise avec Max.

— Ça roule, man.

Keez serra la main du marchand de hot-dogs et Fang en déduisit que Keez avait promis au type qu'on le laisserait tranquille dans la rue en échange d'une dizaine de hot-dogs. Intéressant comme tactique !

Iggy avait englouti la moitié de son quatrième hot-dog quand il se figea sur place, à mi-bouchée. Fang, qui scrutait l'expression sur son visage avec méfiance, lui demanda :

— Quoi ?

— Saloperies ! (Iggy flanqua son hot-dog par terre.) Les Flyboys !

— Restez pas là ! dit Fang à Keez en vitesse. Ça va mal tourner, mais ils en ont après nous, c'est tout.

— Comment font-ils pour toujours nous retrouver ? se plaignit Gazzy avant d'enfourner le reste de son hot-dog dans sa bouche.

— On reste ! décida Keez au moment de sortir son portable.

— Attends, tu ne com…

Fang, malheureusement, n'eut pas le temps de finir sa phrase. Il avait entendu le bourdonnement caractéristique. C'était trop tard.

Ils étaient une petite centaine qui grouillaient, tel un essaim d'abeilles, au-dessus du toit d'un bâtiment situé non loin de là.

— Mais qu'est-ce que c'est que ces trucs ? lâcha Keez.

Déjà, d'autres membres du gang jaillissaient en masse de différents immeubles et remontaient la rue.

— Des robots, lui expliqua Fang, laconique, puis il déploya ses ailes. Vous ne devriez pas rester là.

Il entendit quelques hoquets de surprise. Un autre s'écria : « Bordel ! »

— On reste, j'te dis ! insista Keez.

Il sortit son cran d'arrêt et fit signe à ses troupes en agitant les bras, hurlant à pleins poumons pour être entendu par-dessus le bruit ambiant.

— Déployez-vous !

— Quatre-vingts Flyboys... à dix heures ! Fang avertit Iggy.

Le Gasman et lui ouvrirent leurs ailes d'un coup sec, ce qui provoqua davantage de hoquets de surprise et d'exclamations étouffées encore.

— Au sol, les Fantômes peuvent nous aider. Nous, on fera ce qu'on peut dans les airs.

Iggy hocha la tête pour signifier qu'il avait compris, puis Keez dit « Tiens ! » tandis qu'il pressait une pince à levier dans les mains d'Iggy. Celui-ci esquissa un large sourire et se hissa dans le ciel.

L'une de ses ailes frôla un Fantôme au passage. Le type se baissa vite fait, la mine ébahie.

Fang estimait à quatre secondes le temps qui restait avant l'impact.

— Ils sont à base de métal, recouverts d'une couche de peau, s'empressa-t-il de dire. Les couteaux feront que dalle. Ce serait mieux si on avait des barres ou des battes de base-ball.

— Des battes, on a ! (Keez en tendit une à Fang.) On a aussi ça...

Fang repéra trois autres mecs du gang qui s'approchaient, armés de ce qui ressemblait à un bazooka, d'un mètre cinquante environ. Pas le temps de demander où ils avaient déniché un engin pareil. Fang prit un peu d'élan et bondit dans les airs, espérant éloigner les Flyboys du gang qui lui était venu en aide.

Le cœur à cent à l'heure, le sang battant ses tempes, Fang se dirigea droit sur la nuée de robots.

— On va vous réduire en purée ! menacèrent les Flyboys d'une voix monotone. Vous êtes pris au piège.

C'était *de loin* la menace la plus imaginative que les blouses blanches aient programmée sur ces androïdes !

— Plutôt vaseux votre truc ! rétorqua Fang.

Les têtes mécaniques pivotèrent, fixant le laser rouge qui leur sortait des yeux sur lui, et une poignée de robots se détachèrent du noyau principal pour lui tenir tête.

Fang serra un peu plus fort sa batte de base-ball en alu quand une série de gémissements et de sifflements le poussa à faire un rapide bond en arrière. À une quinzaine de mètres de là, un missile sol-air venait de foncer en plein sur le groupe de Flyboys. Le tireur avait mal visé et le missile explosa trop tard au-dessus d'eux, touchant cependant quinze ennemis, environ, dont les pièces métalliques furent dispersées par la déflagration. Fang eut juste le temps d'espérer que le Gasman avait pleinement profité du spectacle.

Ensuite, la vitesse passa en mode accéléré avec, quelquefois, des impressions de ralenti comme on en voit dans les films. Fang se précipita sur les Flyboys pour les rouer de coups. Chaque fois, tout son corps vibrait sous le choc de l'impact avec les robots. Au bout d'une minute, il découvrit qu'en les frappant selon un certain angle à l'épaule, il parvenait à leur déboîter le bras. De même, un coup porté sur le côté de leur tête, de haut en bas, résultait la plupart du temps en son amputation, propre et nette.

En fait non… pas vraiment. On ne pouvait pas dire que l'opération était propre. Au contraire, elle était vachement dégoûtante, pleine d'étincelles et de fils électriques qui pendaient des corps sans tête tandis qu'ils entamaient leur chute.

Fang eut soudain la respiration coupée par le coup de pied à l'estomac qu'un robot venait de lui asséner. Se battre contre ces robots et se battre contre les Erasers étaient deux choses différentes. Ces derniers étaient plus maladroits mais plus souples. Les Flyboys, plus forts, plus précis dans leurs gestes, se révélaient aussi plus limités dans leurs mouvements.

D'où il était, Fang ne voyait pas le Gasman. En revanche, il repéra Iggy qui maniait la pince à levier à la façon d'une épée, taillandant les uns, cabossant les autres. Son nez saignait et il avait un œil gonflé, pourtant il se défendait plutôt bien. Fang entendit des coups de feu et des bruits de détonation en provenance du sol. *Pourvu que Gazzy ait fichu le camp*, pensa-t-il.

Bam ! Fang intercepta le coup de poing d'un Flyboy et, d'un coup de batte féroce, le frappa à l'arrière de la tête. Un bruit fracassant, à la fois sourd et mou, retentit sans pour autant que le Flyboy soit gravement blessé.

Fang se préparait à une nouvelle attaque quand un autre robot le coupa dans son élan. Touché par ce dernier d'un grand coup de pied dans les reins, le souffle coupé, il replia ses ailes sur-le-champ et se laissa tomber comme une pierre sur une hauteur de plus ou moins quatre mètres, le temps de récupérer. Alors, il remit les gaz et jaillit comme une flèche, en faisant tournoyer dans tous les sens sa batte qui mit K.O. deux ennemis. Il réusit à en amocher suffisamment un troisième pour qu'il parte de travers dans les airs, de la fumée s'échappant de son cou.

Et, aussi vite que l'offensive avait commencé, elle prit fin. La quinzaine de Flyboys qui restaient se regroupèrent pour s'envoler dans un même élan. Fang plana jusqu'à l'endroit où Iggy faisait du surplace, tendant l'oreille à l'affût du moindre bruit suspect susceptible de retentir encore.

— C'est fini. Allons-nous-en !

Ils redescendirent vers El Prado au son des sirènes des patrouilles de police qui déboulaient de toute la ville dans le quartier.

Le sol était jonché de résidus de Flyboys. Tous les deux, meurtris par les coups mais debout, ils rejoignirent le Gasman qui se trouvait avec Keez.

— La police arrive. Il ne faut pas rester ici, commanda Fang.

— Entendu, man. (Keez lui tendit une main gonflée et ensanglantée.) La vache ! C'est ce que j'appelle de l'action ! Ce gamin, là, c'est un vrai danger public.

Gazzy bomba le torse.

— Merci. Merci pour tout ! dit Fang en prenant congé.

Ensemble, ils décollèrent. D'en haut, Fang observa les Fantômes qui disparaissaient à l'intérieur d'immeubles, dans des ruelles ou dans des voitures qui partaient en faisant crisser leurs pneus. À l'arrivée des policiers, il ne restait plus que de mystérieux bouts de métal dispersés.

79

Total s'est tortillé, tel un ver de terre, à l'intérieur de mon blouson. Nous survolions la France, à une altitude très élevée, aux aguets au cas où des avions voleraient droit sur nous. Nous avions laissé tomber la piste des locaux d'Itex en Angleterre, vu qu'il ne s'agissait que d'une seule tête de l'hydre. On savait déjà que l'Allemagne comptait quatre succursales différentes, plus le siège social international. C'est là qu'on se dirigeait. Entre-temps, si ce minus à poils continuait, j'allais péter un plomb.

Il a recommencé à se tortiller. J'ai résisté à l'envie de baisser ma fermeture éclair pour lui faire goûter les joies de la chute libre. Il a inspiré et reniflé un peu.

Et voilà, il allait remettre ça…

— Tu es vraiment sans cœur.

— Total, on en a déjà parlé, ai-je répliqué, à bout de patience. On a jeté un œil à l'usine Itex de Saint-Jean-de-Sèvre.

Total a grimacé en entendant ma prononciation. Pour le même prix, je lui aurais volontiers filé une tarte.

— On est en mission. On va voir le QG d'Itex en Allemagne. Itex n'a pas d'usine à Paris, donc on n'a aucune raison d'y aller.

— Bien sûr que non. C'est juste le plus important centre culturel du monde, mais à part ça, tu as raison. Sans parler d'une des villes où l'on mange le mieux sur la planète. La mode, l'art, l'architecture…. Et Versailles ! Ah ! Versailles !

À l'entendre, on aurait cru qu'il allait fondre en larmes.

J'ai levé les yeux au ciel.

— Ce n'est pas ça qui fera avancer le casse-tête Itex ! Il n'y a pas d'usine, je te dis !!!

— Moi, j'aimerais bien visiter Paris, est intervenue Nudge. J'ai vu un guide touristique à la bibliothèque. Il y a des jardins superbes et des petits bateaux sur lesquels on peut faire des excursions. Et puis ce musée aussi, le Louvre, et des palaces et tout un tas d'autres choses.

Elle m'a lancé un regard plein d'espoir. Total avait appris aux filles comment verser des larmes de crocodile et à présent, c'était au tour d'Angel de me fixer avec son air de chien battu. Je me suis blindée parce que je sentais qu'elle allait infiltrer mon cerveau. Toutefois, elle s'est abstenue (à ce que je sache en tout cas).

— La vie est trop courte, a-t-elle sorti au lieu de cela.

(Elle parlait d'une voix triste.) Si courte, si dure. Si seulement on pouvait voir la Ville lumière, rien qu'une fois...

— Oh, non ! Pas ce coup-là ! ai-je ronchonné.

— Allez, ça donnerait un sens à tout ça, a-t-elle ajouté.

— C'est vrai qu'en comparaison avec une vie de misère abjecte et de torture, un p'tit bistro sympa sur les Champs-Élysées...

Le sarcasme, dans mon ton, atteignait son paroxysme. Total a fait une nouvelle grimace.

— Exactement ! s'est exclamée Angel. C'est là où je voulais en venir. Tout est relatif quand on est au pied du Sacré-Cœur !

C'était perdu d'avance. Si je ne cédais pas, je devrais non seulement écouter la complainte de deux gamines, d'un gros balourd et d'un chien pleurnichard tout le long du voyage jusqu'en Allemagne, mais, une fois là-bas, plus personne ne voudrait se concentrer sur la mission. En plus, je m'attendais d'un instant à l'autre à ce que la Voix mette son grain de sel avec un de ses conseils à deux balles du genre : « Vois ce que Paris a à offrir. » Ou : « Quelle leçon pourrais-tu tirer de tout cela ? » Ou encore « Peut-être trouveras-tu un indice juste à l'emplacement de l'Arc de triomphe ? »

J'ai jeté un coup d'œil en dessous. Paris, capitale de la France, brillait de mille feux tel un diamant. Un diamant hors de prix, qui allait nous faire perdre du temps et de l'énergie.

Je me suis frotté le front.

— Bon, d'accord ! On va s'arrêter quelques heures à Paris.

J'ai fait en sorte que les cris de joie ne m'atteignent pas. En regardant Ari, je me suis rendu compte qu'il n'était pas intervenu. En général, il gardait ses commentaires pour lui, comme s'il ne méritait pas de les faire partager ou même d'en avoir. Nudge et Angel continuaient à l'ignorer. Moi, je me disais qu'il aurait à Paris l'une des dernières distractions de sa vie.

— Cherchons un endroit où passer la nuit, ai-je annoncé avant d'entamer la descente.

80

Le plus drôle, c'est que depuis que nous avions quitté Fang et les autres, nous n'avions vu aucune trace d'Eraser, de blouse blanche ou de Flyboy. Personne à nos trousses. Pourtant, Angel, Total, Ari et moi étions tous des candidats potentiels au pistage. Malgré cela, les derniers jours avaient eu un parfum de grandes vacances, comme on dit en France.

Mais alors, qu'y avait-il de différent ? Fang, Gazzy et Iggy n'étaient plus là, ce qui semblait fou. Je me demandais bien ce qu'ils pouvaient fabriquer. Étaient-ils sur une plage ? Occupés à faire la fête, sans penser le moins du monde à nous ? Sans qu'on leur manque…

D'un côté, je mourrais d'envie de filer au cybercafé le plus proche pour aller lire les dernières nouvelles du blog de Fang. Peut-être y trouverais-je des indices qui me permettraient de deviner où ils étaient et ce qu'ils faisaient ? De l'autre (la part d'orgueil en moi), je m'interdisais d'assouvir ma curiosité.

— Whaou !!!

Nudge a poussé un cri perçant tandis qu'elle enroulait un foulard vaporeux, un peu bohème, autour de son cou.

— Sensas !!!

Sensationnel et parfaitement adapté pour se faire alpaguer et rompre le cou par un Eraser en cas d'attaque, me suis-je retenue d'ajouter. À la place, j'ai opté pour un hochement de tête dénué du moindre enthousiasme avec le secret espoir qu'elle lirait entre les lignes.

— Voilà de quoi je voulais parler ! a déclaré Total gaiement.

Il a avancé ses pattes de devant sur la table en marbre et tiré sa pâtisserie au chocolat vers lui.

— Je suis assis, je mange des petites gâteries et Angel n'a eu à contrôler l'esprit de personne pour qu'on en arrive là. C'est ce que j'appelle la civilisation !

Au cas où vous ne le sauriez pas, les chiens sont admis dans la plupart des restaurants parisiens. Nous étions attablés sur la terrasse d'un café. Un flot de passants s'écoulait autour de nous, sans qu'aucun d'entre eux ne se transforme en Eraser ou en un de leurs remplaçants.

— C'est vraiment chouette ! s'est exclamée Nudge en faisant une boucle avec son foulard pour qu'il ne trempe pas dans son café. Combien je peux en avoir ?

Elle en était à sa troisième pâtisserie.

— Autant que tu veux, tant que tu ne vomis pas.

D'accord, j'admets que, pour une mère, j'ai des pratiques peu conventionnelles. En particulier vu que j'ai quatorze ans et que je n'ai bien évidemment pas mis au monde ces mioches.

— Je voudrais tellement…

Angel n'a pas terminé sa phrase, préférant opter pour une gorgée de café au lait.

Je voudrais tellement que les garçons soient là, ai-je entendu dans ma tête (et, pour une fois, il ne s'agissait pas de la Voix). « Moi aussi », lui ai-je répondu en pensée.

— Qu'est-ce qu'on fait maintenant ? s'est enquise Nudge. Si on allait au Louvre !?

Ma tête grimaçante a parlé avant moi.

— Espace clos, sécurité à gogo, foule de visiteurs, mais pas assez de Valium au monde pour me traîner jusque-là.

— La tour Eiffel est en plein air et en hauteur, a commenté Angel.

— C'est une option, ai-je consenti. (J'ai jeté un coup d'œil à ma montre.) Il vous reste quatre heures. Après, on se casse.

Nudge s'est mise au garde-à-vous.

— *Jawohl* !

La plaisanterie a bien fait rire Total, qui s'est presque étranglé, tandis qu'Ari et Angel ont tous les deux souri à pleines dents.

Tout le monde sait à quoi ressemble la tour Eiffel. Pourtant, une fois qu'on est devant, elle est vachement plus grande qu'elle en a l'air. On dirait une pièce montée en dentelle d'acier qui n'en finit pas de monter. C'était archi tentant de voler directement jusqu'au sommet.

Il a toutefois fallu se retenir et faire la queue pendant une éternité pour prendre un ascenseur bondé. Inutile de revenir sur mon amour des espaces clos pleins à craquer.

Une fois tout en haut cependant, nous avons pu apprécier la vue. Absolument magnifique. En dessous coulait la Seine. Y flottaient des péniches et des bateaux pleins de touristes. À cette hauteur, on voyait tout, l'Arc de triomphe, le Louvre. La capitale s'étendait à perte de vue.

Il faut bien l'avouer : Paris est vraiment une très belle ville. Ses immeubles ont tous l'air si vieux, si raffinés, si... peu américains. J'aurais voulu que les autres soient là pour voir ça. Et je vous souhaite, à vous qui me lisez, de voir ça de vos propres yeux un jour. À condition que les blouses blanches ne rasent pas la ville en même temps que le reste du monde.

Bien entendu, il a encore fallu faire du shopping à cause de Nudge. Au moins les échoppes dans la rue étaient-elles moins propices à la claustrophobie que les magasins clos. Le long de la Seine, des marchands de livres et de fleurs avaient élu domicile dans des sortes de kiosques. J'avais l'impression d'avoir plongé dans un film sous-titré. J'ai fait preuve d'une patience exemplaire tout le temps où j'ai attendu Nudge et Angel. Elles fouillaient parmi les T-shirts, les chapeaux et les livres en français que nous ne pouvions de toute manière pas transporter et encore moins lire.

Ari a essayé une veste en cuir. Celle qu'il portait était déchirée et couverte de taches de sang. Le marchand l'observait avec méfiance jusqu'à ce qu'Angel fasse diversion en lui parlant.

— C'est tout à fait toi, ai-je lâché pendant qu'il l'ajustait d'une secousse d'épaules. Comment tu te sens dedans ?

Son visage s'est crispé dans une moue.

— Quand on est gaulé comme moi, on ne se sent bien dans rien.

Il faisait référence à son imposante musculature, aux ailes mal foutues qui, contrairement aux nôtres, ne se repliaient pas bien comme il faut, contre son dos.

Je suis passée derrière lui pour arranger son col et je l'ai vue à nouveau : la date d'expiration dans sa nuque. Son heure approchait. À grands pas.

J'étais bien contente qu'il ait au moins vu Paris une fois.

81

Ce qu'il y a de drôle, aussi, à propos de l'Europe, c'est qu'elle est riquiqui. Un battement de paupières et hop, on se retrouve en Belgique ! Toute l'Europe de l'Ouest tiendrait dans la partie de l'Amérique qui s'étend à l'est du Mississipi. Voler d'Angleterre en France avait duré à peu près trente minutes. Traverser la France nous a pris quelque chose comme six heures tandis que nous en avions mis presque huit à traverser le seul État du Texas.

Bref, si je devais résumer les Allemands en une expression, je dirais : éponges à récurer. L'Allemagne est propre comme un sou neuf. La France ? Pas franchement, non !

— Interdiction de laisser traîner ses chaussettes ! ai-je ordonné alors que nous nous laissions porter par les courants avant d'atterrir aux abords d'une ville du nom de Lendeheim. Vous seriez capables de vous retrouver en prison.

À vue de nez, j'aurais juré que les urbanistes de Lendeheim étaient les mêmes types qui avaient conçu le pavillon allemand d'Epcot Center[1]. Je m'attendais à ce que Bambi surgisse d'un buisson à tout moment. Les façades des maisons en pain d'épice abondaient tant que mon estomac gargouillait.

La route principale qui traversait la ville de part en part menait à un château médiéval incroyable, perché sur une colline. Un château qui naturellement abritait… Dans le mille ! Les locaux d'Itex, entreprise qui régnait sur ses « paysans » comme autrefois le Seigneur.

— C'est trop mignon ! s'est exclamé Total en bondissant de mes bras. Si on installait des jardinières par exemple.

— « Elle m'a dit d'aller siffler là-haut sur la colline… »

Nudge s'y mettait elle aussi, qui chantait, les bras grands ouverts.

— Écoutez-moi bien, les ai-je rappelés à l'ordre, le château est juste derrière cette rangée d'arbres. Après une rapide mission de reconnaissance, on décidera quoi faire.

Je me suis mise en route à travers les bois, écartant les bucoliques broussailles allemandes sur mon passage. Entre vous et moi, je m'attendais à ce que les sous-bois allemands soient un peu mieux entretenus !

---

1. Parc à thèmes au sein de Disneyworld.

— Attends, ne me dis rien ! a fait Total en me rattrapant au petit trot. On va rentrer cambrioler le château, le saccager, manquer de se faire choper et s'échapper de justesse dans une scène des plus dramatiques.

J'ai serré les dents et essayé d'ignorer les ricanements de Nudge.

— Qui sait ? Tu as un autre plan, toi ?

Il a gardé le silence quelques instants.

— Euh… non.

Vous n'allez peut-être pas me croire, mais la pénible traversée d'une forêt européenne en plein cœur de la nuit, aux côtés d'un ex-Eraser, un chien qui parle et deux gamines dont la vie ne tient qu'à vous ne m'a pas plus amusée que ça. M'enfin, c'est peut-être à cause de mon tempérament négatif.

Une fois de plus, je trouvais la marche lente et laborieuse comparativement au fait de voler. Cela dit, je ne voulais pas prendre le risque d'être repérée si près du château. D'après moi, ils avaient des tours de guet, des radars, des projecteurs. Peut-être les trois.

Néanmoins, nous y sommes arrivés. Debout, à la lisière des bois, on scrutait les épaisses murailles du château qui s'élevaient, immenses, par-dessus les douves. Jamais je n'avais vu un château aussi… comment dire ? … fort ! Tout en pointe, rehaussé d'une multitude de tourelles avec des meurtrières à la Robin des Bois pour attaquer l'ennemi à coups d'arcs et de flèches ainsi que des fenêtres aux minuscules et innombrables carreaux. Naturellement, les projecteurs et les barbelés tranchants au sommet de l'enceinte rompaient un peu le charme. En fermant légèrement les yeux cependant, on les voyait déjà moins.

— Là-bas, la grille, a chuchoté Nudge. On doit pouvoir regarder à travers.

Sans quitter les vastes ombres qui nous dissimulaient, on s'est approchés du château, moitié accroupis, moitié rampant, usant de mille précautions pour éviter les éventuels fils tendus ou autres pièges. À une dizaine de mètres de la grille, on s'est figés sur place, ventre à terre, en entendant le bruit de pas cadencés, semblables à ceux de troupes militaires.

Grâce à ma vue de rapace, j'ai remarqué la prochaine génération d'Erasers défilant dans la cour au pas de l'oie. Sur leurs talons avançaient des rangées d'hommes au regard féroce. Enfin, on aurait dit des hommes, mais quelque chose en eux n'était pas humain. Alors, j'ai aperçu une revenante : mon clone, cette bonne vieille Max II, qui avait essayé de prendre ma place et que Jeb avait un jour voulu que je tue.

Près de moi, j'ai senti Ari se contracter, les yeux rivés à mon clone. Au souvenir de leur association contre moi, mon estomac s'est serré. La vigilance avec laquelle je surveillais Ari venait de redoubler.

Tandis que je méditais sur cette découverte affreuse, Nudge m'a flanqué un coup de coude dans les côtes.

— Oh là là !!! a-t-elle susurré. T'as vu ?

— Eh oui ! Max II, le retour.

— De quoi tu parles ?

— Youhou ?! Tu ne te souviens pas ? Le fameux jour où j'ai voulu faire la cuisine et te peigner les cheveux ?

— Mais si ! Seulement, je ne te parle pas de ça. Regarde, quatre rangées plus loin.

J'ai jeté un œil dans cette direction et compris de quoi Nudge parlait.

Une Nudge II marchait au pas avec un air solennel pas du tout « nudgien ». Hormis ce détail, elles se ressemblaient comme deux gouttes d'eau.

— Je n'arrive pas à le croire ! ai-je soufflé.

— Oh-oh ! a commenté Angel qui pointait du doigt.

J'ai ravalé un gémissement et laissé tomber ma tête entre mes mains un instant. Super ! Il ne manquait plus que ça : une autre Angel. C'est sûr qu'une seule gamine de six ans qui vole et qui contrôle le cerveau des gens, ça n'est pas suffisant.

— Je le crois pas !!! s'est révoltée Nudge. J'ai un double !

— Moi aussi, a insisté Angel.

S'agissait-il d'une armée de clones ? Peut-être pas. Il n'empêche que j'aurais mis ma main au feu qu'ils étaient *tous* mutants.

— Et moi, alors ? Je ne suis pas assez important pour qu'on me clone ? Comme si les chiens, ça comptait pour du beurre ! s'est offusqué Total.

Je l'ai gratté derrière les oreilles, mais il s'est effondré dans l'herbe en maugréant.

— Moi non plus, je n'ai pas de double, a remarqué Ari.

Tiens, tiens, Jeb n'avait pas cloné son propre fils ? Quel constat attendrissant ! Le taré devenait donc sentimental en vieillissant ?

— Vous croyez qu'ils vont essayer de nous remplacer, comme avec toi, Max ? a interrogé Nudge.

— C'est mon avis. Mais on va découvrir le pot-auxroses à la seconde où Nudge II restera silencieuse ou qu'elle boudera et quand la nouvelle Angel se comportera comme une *véritable* gamine de six ans.

En les voyant sourire, je me suis félicitée d'arriver à leur faire garder le moral en dépit des atroces circonstances.

— D'ailleurs, je propose qu'on choisisse un mot de passe, un code pour se reconnaître entre nous quand on hésite.

— D'accord, a acquiescé Nudge.

— Moi je sais, moi je sais, a pépié Angel.

On s'est rapprochés pour qu'elle nous faisse part de sa trouvaille.

— C'est parfait ! a jugé Nudge en souriant.

J'ai ri intérieurement et lui ai tapé dans la main.

Ari a souri et hoché la tête.

Même Total et son petit museau noir et poilu ont semblé sourire.

Vous vous demandez quel est le mot de passe ?

Comme si j'allais vous le dire…

83

À cause de leurs pas lourds, de leurs regards fixes et menaçants, droit devant, aucun des Flyboys, clones ou autres mutants n'a paru nous entendre lorsque nous sommes passés de l'autre côté du mur en volant sans bruit. On a rejoint les troupes et entamé une marche militaire dans leurs rangs comme les témoins curieux de l'avènement de la R-Évolution que nous étions.

Ben voyons…

Mais passons. Fidèles à notre réputation de casse-cou sacrément gonflés, nous nous sommes engouffrés dans le bâtiment parmi la foule, imitant leur démarche de bons petits soldats et leurs mouvements de bras mécaniques. On verrait bien combien de temps il leur faudrait pour nous démasquer. Je pariais sur pas long-temps. Simple pressentiment.

En file indienne, on est passés par de grandes portes métalliques qui se sont refermées derrière nous dans un vacarme aussi assourdissant qu'inquiétant. À l'intérieur, les escadrons de mutants ont rompu leurs rangs à une vitesse déconcertante. Les Flyboys se sont enfoncés dans un couloir en pierres faiblement éclairé tandis que les autres se sont scindés en plusieurs petits groupes avant de partir dans diverses directions.

On aurait dit un labyrinthe, dédale de couloirs qui serpentaient au départ du hall d'entrée. Les signaux orange de sortie de secours ne suffisaient pas à éclairer correctement le chemin.

En silence, nous avons suivi un groupe qui passait de nouvelles portes. L'aspect complètement surréaliste de la situation m'a donné une envie de rire furieuse et malavisée que j'ai aussitôt réprimée.

Toutefois, personne ne semblait remarquer notre présence et nous nous sommes enfoncés toujours plus profond au cœur d'une des plus puissantes forteresses d'Itex sans que personne se mette en travers de notre route.

J'ai lancé un regard à Angel.

— Ça sent le piège ? lui ai-je demandé du coin de la bouche.

— Le gros piège.

84

— Tout le monde sur ses gardes, O.K. ? ai-je dit dis-crètement juste au moment où nous pénétrions dans une pièce de la taille d'un hangar à avions.

Le plafond s'élevait à une dizaine de mètres et les seules ouvertures que comptait la pièce consistaient en d'étroites fentes horizontales situées à une cinquan-taine de centimètres de ce dernier. Aux murs en pierres pendaient maints écrans géants. Le reste de la pièce était encombré de lits en métal gris. Sur chacun d'eux on avait posé une couverture en grosse toile rêche d'un brun olive terne. Le clou de la « collection Armée » de cette année, sans nul doute.

Il fallait leur rendre justice : ces mecs avaient le sens de la fête.

Les mutants se sont faufilés entre les rangées de lits, nous laissant seuls, sur la touche, à l'entrée du dortoir.

D'instinct, nous avons formé un cercle, dos à dos, et examiné la pièce.

— Quelle élégance ! Quel style ! a raillé Total. Je veux la même chambre à la maison. Si jamais on a une maison un jour…

— Chhh… Gardez l'œil ouvert et repérez bien l'issue de secours la plus proche, ai-je ordonné sur un ton modéré. Maintenant, voyons ce qu'il va se passer.

Autour de nous, tout le monde s'affairait avec un air résolu à des tâches que je supposais assignées telles que le balayage du sol, l'époussetage des armatures métalliques des lits et le polissage des chaussures. Ainsi allait le train-train quotidien des produits de l'imagination des plus grands scientifiques du monde. Pas très impressionnant.

Nudge et moi avons échangé un regard entendu et Angel a lu dans nos pensées. L'instant d'après, nous avons réussi à mettre la main sur des bottes à notre taille qui traînaient sous divers lits. Ari, qui s'imaginait peut-être trouver une paire en cinquante-deux, nous a imités. En deux temps trois mouvements, nous avons enfilé les chaussures et planqué nos baskets crasseuses et trouées dans un coin.

— Et voilà, a lâché Total. Maintenant, on se fond dans la masse.

Je lui ai fait la grimace puis j'ai reporté mon attention sur les écrans géants. Chaque mur en comptait trois. Si encore ils avaient passé un match de foot, je me serais crue au paradis.

Malheureusement, seul le visage sévère d'une blonde

qui s'exprimait dans diverses langues remplissait les écrans. On s'est farci l'allemand, l'anglais, l'espagnol, l'italien et le japonais pendant que nos camarades de chambre manifestaient leur adhésion et leur admiration à grand renfort de cris effrayants.

— Elle me rappelle quelqu'un, mais qui ? a dit Nudge, les sourcils froncés.

— Je ne vois pas, ai-je conclu après un temps de réflexion.

Enfin, la blouse blanche est passée au français !

— L'heure de la R-Évolution est venue, a-t-elle annoncé avec beaucoup de vigueur.

Des hourras se sont élevés.

— La première phase de l'Opération « Réduction de moitié » a commencé. À l'heure où je vous parle, nous éliminons déjà les faibles, les rebuts de la société, ceux qui pompent nos ressources.

De nouvelles acclamations ont retenti juste à temps pour que nous nous joignions aux autres en poussant des hourras et dissimulions ainsi nos expressions médusées.

Sur l'écran, la femme nous lançait des regards pleins de l'ardeur de base du savant fou.

— Un monde nouveau est en train de naître grâce à nous. Un monde qui ne connaîtra ni faim, ni maladie, ni défaillance.

— Évidemment, vu qu'ils auront tué tout le monde..., ai-je commenté dans ma barbe.

— Il n'y aura plus de raisons de faire la guerre, a-t-elle poursuivi, toujours aussi sérieuse. La nourriture abondera. Tout le monde mangera à sa faim. Il y aura de la place pour tout le monde et les luttes pour se procurer nourriture, logement, argent, ressources énergétiques n'auront plus lieu d'être.

Les hourras ont redoublé.

— Et voilà, plus de raison de se battre, ai-je commenté tout bas, à moins, bien sûr, que vous soyez à cheval sur la religion. Je parie que tous les survivants seront tellement contents et en bonne santé que ça n'aura plus d'importance de toute façon. La religion, qui prend encore ça au sérieux après tout ?

J'ai levé les yeux au plafond et secoué la tête.

De temps en temps, quelqu'un passait à côté de nous, sans pour autant se retourner. En chœur, nous acclamions l'oratrice avec les autres mutants tout en prenant un air affairé comme on retapait les lits, alignait les chaussures, enlevait les peluches de sur les couvertures.

— N'oubliez pas : la mise en place du plan R-Évolution est impossible sans vous, nos élus, a repris la scientifique. La nouvelle ère qui commence sera placée sous le signe de la pureté. Toutes les races sont égales. Tous les sexes aussi. Toutefois, il n'y aura plus ni maladie, ni déficience, ni défaillance.

— Tous les sexes ? Je croyais qu'il n'y en avait que deux ? s'est inquiétée Nudge.

— Qu'est-ce que j'en sais ? lui ai-je répondu. Ils en ont peut-être créé d'autres.

L'idée, passablement répugnante, nous a tiré des moues de dégoût.

— Par conséquent, si vous connaissez des gens condamnés à un destin glorieux de martyr qui permettra à d'autres de vivre au paradis, avisez votre supérieur immédiatement, a commandé la femme. Cet acte ne pourra que vous servir, vous apporter plus de louanges encore.

Consternée, j'ai jeté un œil aux autres.

— Mais c'est terrible ! Ils poussent à la délation des gens qui ne sont pas parfaits. Or, personne n'est parfait ! Ça veut dire qu'on est tous concernés.

Tu m'ôtes les mots de la bouche, Max. Je n'aurais pas dit mieux, a brusquement sorti la Voix.

Et alors, qu'est-ce qu'on fait maintenant ?

Vous êtes à votre place, ici. Vous faites ce que vous avez à faire.

Recueillir l'approbation de la Voix était tellement rare que ça m'a déconcertée.

Pourtant, crois-tu vraiment que tu vas t'en sortir toute seule ?

Je ne suis pas toute seule. Nudge, Angel, Total et Ari sont avec moi.

Ça ne fait jamais qu'une moitié de famille. Il te manque l'autre. Qui est aussi la moitié de ton armée, a rappelé la Voix.

Pas ma faute, ai-je songé, irritée. *C'était pas mon idée.*

Ça signifie que ce n'est pas ton problème et que tu considères que tu n'as pas à le régler ?

J'ai plissé le front, une expression de suspicion sur le visage. À l'écran, la femme avait recommencé à s'exprimer en allemand.

Où veux-tu en venir ???

Tu as besoin des autres, de ta famille au complet. Il te faut des renforts. Va les chercher !

J'ai grogné en moi-même. *Crotte de caniche volant !*

86

— On ferait de super espions, hein ? m'a chuchoté Nudge à l'oreille.

Tous les cinq, nous rampions sans bruit dans un conduit d'aération à la recherche d'un ordinateur. Jusque-là, nous avions croisé en chemin une autre « caserne », une cafétéria et des toilettes – je suppose que même les gens parfaits doivent « y » aller parfois – ainsi que quelques bureaux où travaillaient des gens.

Il nous fallait une salle vide, équipée d'un ordinateur. Juste après, sur notre liste, venait un bon repas chaud ! Ensuite, un lit douillet. Au terme d'une randonnée qui nous a paru s'étendre sur des kilomètres, à quatre pattes sur un sol métallique et dur, nous sommes tombés sur une pièce qui, vue d'en haut, semblait combler nos attentes – à savoir qu'elle était faiblement éclairée par l'économiseur d'écran d'un ordinateur.

Aussi subrepticement que possible, on a dévissé la grille et, un par un, on s'est glissés à l'intérieur de la pièce, guettant le moment où les détecteurs de mouvement se mettraient à hurler. Mais tout était calme.

— Dépêche-toi ! ai-je ordonné à Nudge. Il se peut qu'il y ait des alarmes silencieuses, des caméras infra-rouges planquées je ne sais où. Selon moi, on a une minute devant nous, pas plus.

Nudge a acquiescé et s'est assise en face d'un ordinateur. Elle a placé ses mains sur le clavier et fermé les paupières. Les secondes s'écoulaient, interminables, tandis que ma fièvre nerveuse montait.

Soudain, elle a rouvert les yeux et, après avoir observé le clavier, elle s'est mise à taper.

En quelques secondes seulement, elle avait réussi à passer la barrière du code secret d'utilisateur.

— Je me demande bien comment elle fait, ai-je susurré à Total qui s'est rallié à mon avis d'un hoche-ment de tête.

— Ça y est, je suis connectée, a-t-elle déclaré.

— Bravo !

Mon cœur battait la chamade et pas simplement parce que je m'attendais à ce qu'on se fasse pincer d'une seconde à l'autre.

— Dis à Fang de venir à Lendeheim tout de suite et d'amener tout le monde avec lui. Dis-lui que les nou-velles sont très, très mauvaises.

Nudge s'est exécutée rapidement.

— Dis-lui que leur plan machiavélique est en marche

et qu'on n'a plus que quelques jours, quelques heures peut-être, pour l'enrayer.

— « Enrayer », ça s'écrit avec un « y », est intervenu Total qui lisait par-dessus son épaule.

— On s'en fout ! ai-je sifflé. Dis-lui de ramener ses fesses. Fissa ! C'est tout ce qui compte.

Nudge a acquiescé une nouvelle fois, tapé une poignée de lignes supplémentaires et cliqué sur le bouton « envoi ». Notre message est parti et j'ai croisé les doigts pour qu'il arrive à bon port, dans la boîte aux lettres électronique de Fang.

D'accord, il recevait un milliard de millions de messages par jour, mais j'espérais que l'objet du message tout en majuscules et qui disait DE LA PART DE MAX. À LIRE D'URGENCE !!! attirerait son attention.

— Eh bien, c'est tout ce qu'on peut faire. Prions pour qu'il ait le message, maintenant.

L'écran de l'ordinateur a subitement vacillé et la femme qu'on avait vue plus tôt sur les écrans géants est apparue, nous fixant droit dans les yeux.

— Bien joué, Max. (*Sa voix me filait des frissons dans le dos.*) Je ne pensais pas que tu arriverais jusqu'ici. Je t'ai sous-estimée.

Discrètement, j'ai fait signe aux autres de décoller sur-le-champ.

— Ça ne sert à rien, Max, m'a interrompue la femme. Regarde en l'air.

J'ai découvert un plafond couvert de bout en bout de Flyboys qui, dans un silence inquiétant, se cramponnaient tels des insectes poilus, en nous toisant avec leurs billes rouges et brillantes.

— Merde ! ai-je lâché.

— En voilà des manières ! a-t-elle dit avant d'ajouter : Attaquez-les !

87

Ce n'était pas joli à voir. On est arrivés à descendre six ou sept Flyboys mais, une fois tous les ressorts métalliques et les bouts de fourrure retombés, on s'est fait capturer, menotter et enchaîner les pieds.

Mon nez saignait. Une entaille me piquait l'intérieur de la joue. Ils n'avaient pas raté Ari non plus. Son visage, tout juste cicatrisé, était à nouveau couvert de blessures, en plus d'afficher deux yeux au beurre noir. Angel et Nudge, qui comptaient plusieurs méchantes ecchymoses, ne semblaient toutefois rien avoir de cassé. Total avait fait de son mieux pour résister et mordre quelques mollets ennemis, seulement, les résultats étaient loin d'être mirobolants.

Les Flyboys nous ont traînés dans une série de tunnels dont j'ai essayé de mémoriser l'itinéraire. Nous avons monté puis descendu des escaliers, traversé une tour ronde pour finalement nous retrouver face à une dalle en pierre pivotante qui s'est révélée être un passage secret. De l'autre côté trônait un bureau à l'aspect complètement décalé. Alors qu'on se serait attendus à découvrir un instrument de torture médiéval, l'endroit était éclairé au moyen de néons fluorescents et meublé d'un bureau en bois de style moderne.

Les Flyboys nous ont violemment laissés tomber sur le sol en pierre, agrémenté ici et là de tapis d'Orient. Aucun de nous n'a émis le moindre son au moment où nos genoux heurtaient la pierre sans que nos mains, immobilisées, nous permettent d'amortir la chute. En un éclair, nous nous sommes remis debout, dos à dos, cherchant les issues possibles, comptant les gardes, tentant de repérer des armes potentielles. Un vieux réflexe chez nous.

Sur le grand bureau, quelque chose a soudain attiré mon attention. Une petite plaque disait « directeur ».

Ooooh ! Môsieur le directeur. Enfin !!! Nous allions rencontrer le Big Boss. Celui qui tirait toutes les ficelles. Le psychopathe de première qui projetait d'éliminer la plupart des habitants de la planète. J'allais le mettre en pièces avec mes seules dents s'il le fallait.

J'ai donné un coup de coude aux autres et leur ai signalé le bureau d'un mouvement de tête.

— Tu sais quoi faire, ai-je soufflé à Angel.

Le spectacle de marionnette pouvait commencer.

La lourde porte en pierre a pivoté à nouveau et la blonde de la télé est entrée, suivie de plusieurs autres blouses blanches munies des traditionnels stéthoscopes, tensiomètres et tout le toutim. Ça promettait d'être amusant. Dans le genre « à mourir de rire ».

— Bonjour Max.

La femme faisait à peu près ma taille, mais sa carrure était menue.

— Angel, Nudge, Ari. Le chien, a-t-elle dit aux autres.

Total n'avait sûrement pas apprécié. Pourtant, il s'est abstenu de tout commentaire.

— Il me tardait de te rencontrer. C'est très important qu'on parle face à face, tu ne crois pas ?

— Ce qui est important, c'est que *vous* le croyez, ai-je rétorqué.

Elle a cligné des yeux, interloquée.

— Je m'appelle Marian Janssen. Je suis la directrice d'Itex et de ses filiales en recherche et développement.

Je suis restée impassible. Elle ? La directrice ? Une femme ? Bizarrement, cette nouvelle me décevait. Je n'aurais jamais cru que derrière toute cette opération de destruction se cacherait une femme. Ce genre de comportement maniaco-schizo semblait plus adapté à un homme. Selon moi, en tout cas.

— En plus de ça, a-t-elle repris sans me quitter des yeux. Je suis aussi ta mère, Max.

4ème Partie

Pardon ?
J'ai dû mal
comprendre !

En général, il faut se lever tôt pour me surprendre. Je dirais même qu'il ne faut pas se coucher du tout. Là, n'empêche, j'avoue : je ne m'attendais pas à ça. Alors pas du tout.

— Elle est bien bonne, celle-là, ai-je réagi, fière de ma voix solide (ou presque) comme un roc.

La directrice s'est approchée de son bureau et y a déposé plusieurs CD-ROM.

— Je sais que c'est difficile à croire. Pourtant, regarde-moi bien, Max : je suis une version plus âgée de toi.

Tandis que j'observais ses cheveux blonds et ses grands yeux marron, je me suis souvenue que Nudge avait dit qu'elle lui rappelait quelqu'un.

— Ah oui ? Je serais curieuse de voir vos ailes !

Elle a souri à ma remarque.

— Je n'ai pas d'ADN aviaire. Mais toi… Toi, Max, tu es notre plus grande réussite.

Toujours pas remise du choc, j'ai enclenché la touche « réplique-acerbe-automatique ».

— Alors expliquez-moi pourquoi ter Borcht, vous et tous vos autres petits copains essayez de nous tuer.

— Vous faites partie des premières générations, a-t-elle expliqué. Nous ignorons combien de temps encore vous allez vivre, et il n'y a pas de place pour l'erreur dans le nouveau monde que nous sommes en train d'ériger.

— Vous voulez que je vous dise quelque chose ? Votre instinct maternel, c'est de la merde !

— J'ai beau être ta mère, Max, je n'en suis pas moins une scientifique. Crois-moi si je te dis que te voir grandir loin de moi, concevoir tout ce jeu, tous ces tests n'a pas toujours été facile. Il y a des jours où je me disais que je n'y arriverais jamais.

— C'est drôle. Je pourrais en dire autant. Mais pas pour les mêmes raisons. Vous au moins, vous aviez le choix !

— La création de ce nouveau monde est mon dernier sacrifice. *Tu* es mon dernier sacrifice à cette grande cause.

— Votre dernier sacrifice ??? Le dernier, ce serait que *vous* vous sacrifiiez ! Me sacrifier moi, c'est comme… l'avant-dernier sacrifice. Vous saisissez la nuance ?

Elle a esquissé une sorte de sourire triste.

— Tu es tellement intelligente, Max. Comme je suis fière de toi !

— Ce n'est pas réciproque ! Imaginons que je doive parler du boulot de mes parents à l'école. Je vois d'ici le tableau : « Ma mère est une scientifique diabolique à la tête d'un plan d'holocauste censé éradiquer la moitié de la population terrienne. » C'est le genre de truc qu'on n'oublie pas !

Elle m'a tourné le dos pour aller s'asseoir à son bureau.

— C'est la faute de Jeb si tu es devenue une petite insolente.

Je l'ai fixée, incrédule.

— C'est *votre* faute si mon ADN est bousillé ! Je vous rappelle que j'ai des ailes, m'dame ! Vous êtes vraiment cinglée ! À quoi vous pensiez ?

— Je pensais que la population mondiale était en train de s'autodétruire, a-t-elle raconté avec une voix d'acier que je ne connaissais que trop. (*J'ai la même.*) Alors j'ai décidé que quelqu'un devait agir et employer des mesures drastiques avant qu'on ne puisse plus garantir la survie de l'espèce humaine. Soit, tu es ma fille. Il n'en reste pas moins que tu es seulement une pièce du puzzle. Et j'aurais fait n'importe quoi pour que la race humaine survive. Même s'il est vrai qu'à court terme, ça peut paraître horrible. Un jour, dans les livres d'histoire, on parlera de moi comme du sauveur de l'humanité.

Génial ! Après quatorze longues années, je rencontrais enfin ma mère. Tout ça pour quoi ? Pour m'apercevoir que c'était une folle furieuse. On ne pouvait rêver mieux comme journée.

— La mégalomanie, ça se soigne, vous savez.

Elle a adressé un signe aux Flyboys qui arpentaient la pièce.

— Emmenez-les à l'endroit prévu. Ensuite, vous savez ce qu'il vous reste à faire.

— Je ne veux pas en remettre une couche, Max, m'a lancé Total, mais ta mère, je ne peux vraiment pas l'encadrer.

Je lui ai fait les gros yeux. Dans le « dictionnaire savant fou-français / français-savant fou », la définition d'« endroit prévu », c'est « cachot sinistre, froid et humide ». Un foutu cachot quoi ! C'est vrai qu'un château sans cachot, même dans Cendrillon, ce n'est pas un château. Quant à la signification de « vous savez ce qu'il vous reste à faire », entendez : enchaînez-les aux murs comme des prisonniers au Moyen Âge.

— Dans la série, « raisons pour faire une crise d'adolescence », j'ai l'embarras du choix.

Malgré la taille du cachot qui s'étendait à perte

de vue, il n'y avait apparemment personne d'autre que nous dans ce trou. Des haut-parleurs pendaient aux murs. S'en échappait le discours de la directrice en mode lavage-de-cerveau, ce qui, en soi, suffisait à rendre n'importe qui maboul.

Des fois qu'être enchaîné à un mur dans un cachot n'ait pas fait l'affaire.

Étant donné que nous étions tous capables de voler (mis à part Total et, un peu, Ari), nous enchaîner à un mur, sous la terre, était pour nous le pire des supplices.

Et ce supplice, nous le devions à ma propre mère !

J'ai secoué la tête, plus déprimée que jamais.

— Pourquoi ne pouvait-elle pas être une gentille petite pute ou une junkie comme la mère de Fang ?

— En parlant de Fang, est intervenue Nudge, il est peut-être en route à l'heure qu'il est.

Une lueur d'espoir s'est tout à coup mise à briller avant de disparaître aussitôt.

— Tu parles ! Pour ça, il faudrait qu'il ait eu notre message. Qu'il se soit remis de l'épisode « Ari » – ce dont je doute. Et qu'avec les autres, ils aient trouvé un moyen de débarquer en Europe comme ça, en claquant des doigts !

— Max ? m'a interpellée Angel. Tu ne crois pas que tu exagères un peu ?

Elle avait raison. Je me comportais comme une imbécile. Plus tard, une fois seule, je me coucherais par terre et pleurerais toutes les larmes de mon corps. Des larmes d'amertume, de déception suite à ma terrible découverte à propos de ma mère. Pour l'heure, je devais arrêter de me défouler sur tout le monde.

— Je sais. Tu as raison. Désolée… (Ma gorge s'est serrée.) En vérité, je suis certaine qu'ils ont reçu notre e-mail parce que Nudge, c'est la meilleure en informatique ! Et puis, il ne s'agit pas de n'importe qui mais de Fang. Ils sont déjà en route. Je le sais !

Sans commentaire.

— Tu mens drôlement bien, Max, a reconnu Nudge.

J'ai ri, c'était plus fort que moi.

— J'ai de l'entraînement ! Sans déconner, je suis sûre qu'ils sont en route.

— Comment feraient-ils pour traverser l'océan ? a demandé Ari, sans malice.

— Ils ont peut-être pris l'avion, comme nous, a proposé Angel comme explication.

— En passagers clandestins, a ajouté Nudge.

— Ou alors… ils ont volé jusqu'à ce qu'un jet passe par là et s'y sont accrochés, ai-je imaginé sur un ton dramatique qui a détendu tout le monde.

J'ai imité Fang en train de se cramponner au jet, la bouche ouverte à cause de la résistance du vent.

Les rires de mes amis ont semblé repousser un peu les murs et atténuer légèrement la pénombre ambiante.

Les haut-parleurs étaient particulièrement gênants quand le message passait en français parce qu'alors, on ne pouvait s'empêcher d'écouter. La directrice – alias ma Vieille, la Folle comme j'aimais à l'appeler – débitait à nouveau son baratin sur un avenir sans taches.

— Cette femme est nuisible ! ai-je lâché.

— Je suis vraiment désolée, Max, a fait Nudge. Je sais que ce n'est pas ce que tu espérais.

— Disons que « tueuse en série » ou plus précisément « bouchère planétaire » n'apparaissait pas sur ma liste de souhaits.

Mon envie de pleurer et de hurler de déception m'a reprise. Je suis néanmoins arrivée à la refouler. J'avais fini par découvrir qui était ma mère et elle se révélait être mon pire cauchemar. Il y avait de quoi être amère ! Pour couronner le tout, Nudge essayait de me consoler. Alors que c'était à moi de la consoler *elle*. D'habitude, le seul qui me consolait, c'était Fang. Or, il m'avait laissée tomber.

En entendant un petit bruit, comme si quelqu'un grattait, nous avons tous dressé l'oreille.

— Des rats ! s'est exclamée Nudge avec nervosité.

Non. Ce n'était pas des rats. Une grande silhouette est apparue, dans l'ombre, au loin. Tous, nous nous sommes contractés, prêts au combat, à défaut de pouvoir nous enfuir.

Une voix s'est élevée.

— Max, m'a appelée Jeb.

La cerise sur le gâteau de ma journée en enfer !

— Ça pour une surprise !

J'ai rassemblé le peu de forces qui me restaient pour paraître faussement enjouée.

— Tu viens souvent ici ? On bouffe bien au moins ?

Jeb s'est avancé jusqu'au faisceau de lumière faiblarde que projetait l'enseigne orangée de sortie de secours. Il n'avait pas changé. Si ce n'est qu'il semblait un peu plus fatigué, peut-être. J'imagine que torturer des enfants n'est pas de tout repos !

Il m'a sorti son traditionnel sourire teinté de tristesse.

— Personne ne sait que je suis ici.

— T'inquiète ! Je ne le dirai à personne.

— Donc tu as fait la connaissance de la directrice ?

Mon masque est tombé. Néanmoins, je me suis efforcée de ne pas perdre la face.

— En effet. Pas du gâteau, la mère ! Parmi les trois milliards de génitrices de la planète, il a fallu que j'hérite de la Palme d'or en psychopathologie aiguë.

Jeb s'est agenouillé sur le sol en pierre sale. Il me regardait. À côté de moi, Angel s'est crispée. Je me demandais si elle lisait à cet instant précis dans les pensées de Jeb qui continuait à se comporter comme si les autres – y compris Ari – n'étaient pas là.

— Tu peux encore sauver le monde, Max.

Assez ! Assez de cette vieille rengaine. Exténuée, je n'avais plus qu'une envie : me coucher en boule comme un bébé et ne plus bouger jusqu'à la fin de mes jours que j'espérais – si Dieu existait – proche. Il y avait si longtemps que je ne m'étais pas reposée. Je carburais toujours à deux cents à l'heure, à cent quarante pour cent de mes capacités. J'avais donné tout ce que j'avais.

Les yeux fermés, je me suis adossée à la paroi rocheuse humide à laquelle j'étais accrochée.

— Comment ? Via votre R-Évolution ? En stoppant l'opération « Réduction de moitié » ? Non merci. Je rends mon tablier. Je vous laisse avec vos histoires tarées de destruction massive.

Max, tu dois me faire confiance, a insisté la Voix dans ma tête. *On t'a créée pour sauver le monde. Tu peux encore y arriver.*

Te fatigue pas, la Voix ! Je suis vannée.

Max… Max, a-t-elle insisté.

C'est alors que je me suis rendu compte que la Voix n'était *pas* dans ma tête.

J'ai ouvert les paupières.

Jeb n'avait pas bougé, toujours agenouillé devant moi.

— Tu reviens de loin, Max, a repris la Voix. (Si ce n'est que c'était les lèvres de Jeb qui bougeaient : le son provenait d'elles.) Tu y es presque. Tout va s'arranger, tu verras. Ça va marcher. Fais de ton mieux. Mais surtout, fais-moi confiance. Comme autrefois.

Jeb. Jeb parlait sur la Voix. En même temps qu'elle. Celle que j'avais entendue dans ma tête pendant des mois et des mois.

La Voix, c'était lui.

91

Fang s'interrompit un instant, ses mains sur le clavier. Assis dans un coin du cybercafé, à côté de lui, Iggy et le Gasman sirotaient des cafés au lait comme si c'était la dernière fois.

Ce qui était peut-être le cas.

— J'ai l'impression que je pourrais voler jusqu'à une station spatiale ! s'exclama Gazzy avec enthousiasme.

Fang le toisa.

— Fini la caféine, mon pote !

Après, il s'assura que personne n'avait entendu le garçon bien qu'il n'y ait pas eu grand monde dans ce café à moitié délabré.

Iggy vida sa tasse et essuya ses moustaches de mousse.

— Je préférais le Sud, se plaignit-il. Le soleil, les coco girls. Ici, il fait trop humide ! Trop brumeux !

— Reconnais que c'est joli, le contredit Gazzy. Et puis il y a la montagne *et* la mer. En plus, les gens ont l'air plus réels. (Il jeta un coup d'œil à Fang.) Il y a toujours autant de monde qui lit ton blog ?

— Des tonnes !

Fang fit défiler l'écran et passa rapidement en revue les messages quand brusquement, il sentit qu'on l'observait. Aussitôt, il leva le nez de son écran et balaya le café des yeux, de gauche à droite puis de droite à gauche. C'est dans ces moments-là que Max lui manquait le plus. Dans une situation pareille, elle aurait senti qu'on les observait, elle aussi. Ensemble, ils auraient échangé un regard et su instantanément quoi faire, sans avoir besoin de se parler.

Maintenant, il se retrouvait tout seul sur cette côte tandis qu'elle était allez-savoir-où avec ce crétin !

Fang ne remarqua rien de spécial, alors il recommença à scruter le café, mais plus lentement, cette fois. Et là, il le vit. Le type se dirigeait vers lui.

Il referma son ordinateur portable et tapa sur la main d'Iggy. Voyant cela, le Gasman leva les yeux, sur ses gardes. Du haut de ses huit ans, poings serrés, muscles tendus, il était fin prêt au combat.

Lorsque le mec, qui avançait vers eux d'un pas décidé, fut à une distance de quatre mètres environ, Fang plissa le front :

— J'ai déjà vu ce type… Mais où ?

L'air de rien, Gazzy jeta un œil par-dessus son épaule.

— Euh…

— Cette démarche…, souffla Iggy. C'est la démarche de quelqu'un qu'on a rencontré dans… dans un tunnel de métro.

Fang scruta un peu mieux.

Évidemment !

Le type se trouvait à une distance approximative de deux mètres lorsqu'il s'arrêta. Fang ne l'avait encore jamais vu à la lumière du jour, mais sur fond de flammes qui sortaient des tonneaux du dédale du métro new-yorkais. C'était ce mec, le p'tit génie de l'informatique sans abri qui se trimbalait toujours avec son Mac. Celui qui avait accusé Max et sa puce de faire planter son disque dur. Quand ils lui avaient posé des questions au sujet de la puce, il avait pété les plombs et s'était enfui en courant. Que fichait-il ici ?

— Toi !

Le type, sourcils froncés, les montrait du doigt. Il avait haussé le ton. Juste assez, toutefois, pour que seuls Fang et ses amis l'entendent.

— Assieds-toi.

Fang tira une chaise avec son pied.

L'autre jeta des regards suspicieux autour de lui.

— Où elle est, ta copine ? Celle avec la puce dans le bras ?

— Pas là.

Il parut se détendre un tout petit peu. Cependant, il se glissa sur la chaise avec un reste de méfiance dans les yeux qui continuaient à courir de gauche à droite. Fang sourit en lui-même. Enfin, il avait découvert plus parano qu'eux. Ça faisait du bien.

— Qu'est-ce que tu fiches ici ? lui demanda-t-il en

indiquant le cybercafé. Au-dessus du niveau de la mer et sur la côte est.

— Je m'balade. Ici, là. Même si c'est vrai que je passe le plus clair de mon temps à New York, parce que je trouve qu'on se fond dans la masse là-bas.

— Bien d'accord.

— Sympa, ton Mac, commenta le mec comme il venait de remarquer le portable fermé de Fang.

Ce dernier constata que l'autre recommençait à paniquer.

— Merci.

Fang attendit.

— On n'en voit pas beaucoup des comme ça.

— Si tu le dis.

Le SDF sembla réfléchir un instant, puis il se pencha au-dessus de la table.

— Où tu l'as eu ? À moins qu'il vaille mieux que je ne sache pas.

Fang faillit sourire.

— Vaut mieux pas, non.

L'autre secoua la tête.

— Je ne sais pas ce que vous trafiquez, mais c'est du sérieux !

— Si tu savais… admit Fang dans un soupir. Dis-moi, tu saurais comment faire pour envoyer un message sur Internet à *tous* les enfants de la planète ?

— Je suppose que oui, a répondu Monsieur Informatique. Enfin... ça dépend du message.

— Est-ce que je serais obligé de te le faire lire ? a voulu savoir Fang qui flairait la combine.

Après tout, ce mec était cinglé. Comment savoir de quelle façon il allait réagir à ce que Fang avait à dire ?

— Ben ouais, a annoncé l'autre, passé un temps de réflexion.

— On peut dire adieu à ce plan-là, a lâché Iggy.

— Je peux m'acheter un muffin ? les a interrompus Gazzy.

Fang lui a glissé quelques pièces de monnaie sur la table. Le Gasman s'en est emparé et il est parti au comptoir commander, sans baisser sa garde pour autant.

— Comment tu t'appelles ? a interrogé Fang.

Un ange est passé tandis que l'inconnu réfléchissait à la question.

— La vache ! Il est encore plus parano que nous ! s'est exclamé Iggy. Ça me console.

L'intéressé a reluqué Iggy et s'est aperçu qu'il était aveugle. Il s'est ensuite retourné vers Fang.

— Mike. Et toi ?

— Fang. Lui, c'est Iggy. Et le petit là-bas, le Gasman. Ne me demande pas pourquoi.

— Si tu restes ici assez longtemps, tu vas comprendre, a marmonné Iggy.

Mike a écarquillé les yeux et s'est raidi sur sa chaise. Fang et Iggy l'ont imité.

— C'est ton blog, sur le Web ?

— Ouais.

Gazzy est revenu avec une assiette pleine de muffins qu'il a posée sur la table. Instantanément, il a perçu la tension ambiante et s'est immobilisé sur place pour examiner les trois garçons l'un après l'autre. Vu que personne ne dégainait, il s'est assis et s'est servi un muffin avant d'en proposer aux autres en poussant l'assiette vers eux.

— Alors comme ça, tu as des… des ailes ?

Mike parlait à voix basse.

— Sûr qu'on en a ! a répliqué Iggy la bouche pleine.

Là, il s'est rendu compte que Fang n'avait pas répondu et il a tourné la tête dans sa direction.

— Euh… c'était un secret ?

— Plus maintenant.

— Vous êtes les enfants-oiseaux dont tout le monde parle !

— Tu peux m'aider, oui ou non ?

— À condition que ce soit bien vous. Prouve-le !

— Pour ça, j'aurais besoin de plus de place, a expliqué Fang comme il étudiait les alentours.

Mike les a conduits à l'étage, juste au-dessus du cybercafé, et a sorti un jeu de clés avec lequel il a ouvert une porte. Fang, qui redoublait de vigilance, aurait donné cher pour qu'Angel soit là et qu'elle les avertisse d'une menace éventuelle.

— Par ici.

Mike les a pressés à l'intérieur d'une grande pièce qui servait, selon toute apparence, de débarras. Des cartons s'empilaient le long d'un mur, mais le centre était dégagé.

— Ça te suffit comme place ?

Fang a approuvé de la tête et fait glisser son blouson en secouant les épaules. Il a pris note dans sa tête des emplacements de fenêtres, évaluant les probabilités d'un simple ou d'un double vitrage, si jamais il devait sauter par l'une d'entre elles dans un futur proche.

Lentement, il a déployé ses ailes, en profitant pour étirer ses muscles. Il appréciait de pouvoir les dégourdir ainsi, après les avoir gardé pressées contre son dos pendant des heures. Alors qu'il les secouait, ses plumes ont repris leur place. La pointe de ses ailes touchait presque les murs du débarras de chaque côté. Si seulement il avait pu décoller tout de suite et voler plusieurs heures, tournoyer dans les airs.

La bouche de Mike était entrouverte.

— Wahou, mec ! C'est trop cool !

Il a considéré Iggy et le Gasman.

— Vous en avez aussi ? Et ces nanas avec qui vous étiez à New York ?

— On en a tous, lui a confié Fang. Bon, et maintenant, on l'envoie ce message ?

Les doigts de Mike couraient sur le clavier du portable de Fang.

— J'dois juste entrer quelques codes avant. J'te fais entrer par la porte de derrière, si tu vois ce que je veux dire. Presque tout le monde a un pare-feu sur son ordinateur, mais avec ça, tu devrais pouvoir contourner la majorité d'entre eux.

Il a ouvert la page d'accueil du blog de Fang et l'a parcourue en vitesse.

— Il va falloir que j'essaie de les joindre via leurs adresses IP vu que tu n'as pas leurs adresses électroniques. Ce ne sera pas facile, m'enfin je vais essayer.

— Tu es un vrai cerveau du crime ! s'est extasié le Gasman, très admiratif.

— Je fais ce que je peux !

— Attends ! l'a coupé Fang alors qu'il lisait par-dessus son épaule. J'voudrais jeter un coup d'œil à mes e-mails, rien qu'une seconde. Tu peux aller voir ! Il y a une fenêtre d'alerte qui vient d'apparaître au bas de l'écran.

— Ah ouais ! Dis donc, trois drapeaux rouges ! Ça a l'air urgent, a souligné Mike.

Le cœur de Fang s'est emballé.

DE LA PART DE MAX. À LIRE D'URGENCE !!!
Sommes en Allemagne. Ville de Lendeheim. Grand château : QG d'Itex. Très mauvaises nouvelles. Rap-plique ! (Salut Fang, c'est Nudge ! Tu me manques.) Ne nous laisse pas tomber. Viens !!! Question de jours. D'heures peut-être. Plan machiavélique en route. Il faut l'enrayer ! Je compte sur toi. T'as intérêt à ramener tes fesses et celles des autres. Fissa ! Max.

Wouah ! Fang s'est laissé retomber dans sa chaise et a fait signe à Mike de se remettre au travail.

Donc, Max voulait qu'il revienne. Mais elle ne pré-cisait pas si elle était toujours avec FrankenstAri ou non. Si oui, Fang ne voulait rien avoir à faire avec lui.

D'un autre côté, elle avait vachement dû ravaler sa fierté pour lui demander ça. Elle n'avait jamais pris son blog au sérieux et voilà qu'elle s'en servait pour le sup-plier de revenir. Enfin… lui ordonner de rappliquer. Ce qui, chez Max, se rapprochait le plus d'une suppli-cation.

Qu'est-ce qu'ils fabriquaient en Allemagne ? Comment avaient-ils fait pour aller en Europe ? Et comment espérait-elle qu'eux y arrivent à leur tour ?

Il a jeté un œil à la date du mèl. Il avait été envoyé plus tôt dans la matinée. En Allemagne, il était dix heures de plus environ.

Qu'est-ce que Max entendait par « très mauvaises nouvelles » en comparaison avec les mauvaises nouvelles habituelles ? Il fallait que ce soit vraiment grave pour qu'elle s'abaisse à l'appeler au secours.

Fang en a donc conclu que les nouvelles étaient pires que tout ce qu'il avait pu imaginer.

— C'est bon ! a annoncé Mike avec fierté, un sourire de satisfaction sur le visage. Ça va fonctionner à peu près comme un virus en accédant aux différentes adresses via les programmes de boîtes aux lettres des gens, mais sans faire de dégâts. Enfin, je crois… Bref, tape ton message et clique sur la case « envoi » que j'ai créée spécialement. On verra si ça marche.

Fang a dégluti avec peine. Le moment était venu, a-t-il pensé. C'était son unique chance d'être pris au sérieux par tous ces enfants et de leur dire ce qui était en jeu. Dans tous les pays du monde, on allait lire son message.

C'était sa chance à lui de sauver le monde !

Il s'est mis à taper.

À : destinataires non communiqués
De : Fang
Objet : URGENT ! Rendez-nous notre planète !

Salut. Si vous lisez ce message, il nous reste peut-être une chance. Je veux dire que la Terre a peut-être encore une chance. C'est une longue histoire. Je vais essayer de la résumer. Les adultes ont hérité d'une belle planète toute propre et ils l'ont bousillée pour du fric. Pas tous les adultes, mais certains privilégient l'argent et le profit au détriment d'une eau et d'un air purs. C'est leur façon de nous dire qu'ils n'en ont rien à cirer de nous, les mioches qui allons hériter des miettes qu'il restera de la Terre.

Un groupe de scientifiques a décidé de reprendre la situation en mains en s'emparant de la planète pour stopper la pollution avant qu'il ne soit trop tard. Plutôt bien, hein ? Le seul problème, c'est qu'ils vont se débarrasser de la moitié de la population pour y parvenir. En résumé, leur idée c'est : Sauvons la planète pour que la pollution ne tue pas tous les terriens... Ou commençons par tuer des êtres humains, ça fera gagner du temps à tout le monde. Au cas où vous, chez vous, ne le sauriez pas, on appelle cela de la logique « à la mormoilneux ». Traitez-moi de fou si vous voulez, seulement, ce plan a l'air particulièrement foireux.

Autre chose à propos de ces scientifiques : ils ont tenté de créer une nouvelle race censée survivre plus longtemps en cas d'hiver nucléaire ou un truc dans le genre. Je ne vais pas rentrer dans les détails, mais laissez-moi vous dire que cette idée est aussi déjantée et dangereuse que leur projet d'exterminer la moitié de la population.

Ce que je veux vous dire, c'est que ça dépend de nous. Vous et moi. Moi et mes amis, vous et les vôtres. Les enfants du monde entier. On a le droit – on mérite même – de recevoir en héritage une planète propre et qui ne soit pas foutue, sans pour autant qu'il faille flinguer une partie de ses habitants.

On peut y arriver. À condition d'unir nos forces. De tenter notre chance et de prendre des risques. On doit passer à l'action au lieu de rester assis à jouer sur nos consoles à la maison. Ceci n'est pas un jeu. On ne vaincra pas l'ennemi en lui tirant dessus avec des pistolets laser.

« Rendez-nous notre planète ! », c'est le message que nous devons lancer.

Nous sommes importants. Notre avenir est important.

Alors, vous me suivez ???

Le Gasman acheva sa lecture.

— Moi, je voudrais bien avoir une console ! s'écria-t-il tandis que Fang faisait les gros yeux.

— Classe, ton message, mec ! commenta Mike. Ça donne envie de sauter sur ses pieds et de commencer à rassembler ses potes. Et maintenant, on fait quoi ?

— Maintenant, répondit Fang en tapant un nouveau message, on part en Allemagne.

Il ignora la manière dont son cœur martelait sa poitrine à l'idée qu'il allait *la*, les revoir. Si le crétin était toujours avec elle, il allait l'avoir mauvaise. Mais avec ou sans l'autre débile, se séparer tous les six n'était pas une bonne chose. Si la fin du monde approchait, il fallait qu'ils soient tous réunis.

À : Max
De : Fang
Objet : Hééé !
Hé, Max. On arrive. Y a pas intérêt que ce soit une blague.
Fang

Vous connaissez le vieux dicton ? « Si la vie te donne des fruits pourris, fais-en de la confiture. » Dans notre situation – enchaînés dans un cachot en Allemagne avec, pour ma part, une mère assoiffée de pouvoir, psychosée et froide comme un glaçon, et mon meilleur ami, ainsi que la moitié de ma famille, évaporés dans la nature – je crois qu'on pouvait sans hésiter parler de fruits pourris.

Vous voulez connaître mon avis ? Le type qui a inventé ce dicton devait être sacrément frappadingue. C'est vrai, quoi ? « La vie vous file des mandales à répétition sur une joue, tendez l'autre en souriant. » Quelle patate, ce mec !

— Max, tu recommences à grommeler.

À entendre Nudge, on sentait qu'elle était fatiguée.

— Désolée…

J'ai poussé un soupir et me suis relevée. Nous étions à présent enchaînés au mur par la cheville. Nos chaînes mesuraient environ deux mètres, ce qui nous permettait de nous déplacer. Vous voyez ? Ma mère avait quand même bon cœur, après tout. Des deux poignets enchaînés, on était passés à une simple cheville.

Si j'avais eu besoin d'une preuve de son amour, je la tenais, pas vrai ?

Total s'est approché et m'a très doucement mordu la cheville au moment où je passais devant lui.

— Tu remets ça, m'a-t-il rappelée à l'ordre.

— Désolée !

Je me suis écartée aussi loin que possible, compte tenu de ma chaîne.

Je rendais les autres fous avec ma rage et ma déception refoulées. Ce qui me chagrinait, c'était d'avoir appelé Fang à la rescousse. Mon estomac se retournait rien qu'à cette pensée. Moi, Maximum Ride, je m'étais métamorphosée en DD. Comme Damoiselle en Détresse.

En détresse, au risque de vous étonner, était dans mes cordes. Jouer les damoiselles ? Pas franchement, non !

— Je ne me souviens pas t'avoir jamais entendu marmonner à ce point ! a commenté Ari qui s'accroupissait à mes côtés.

— C'est parce qu'avant, j'avais toute ma tête.

— Oh !

Il s'est mis à jouer du bout des doigts avec une petite crasse par terre quand je me suis souvenue qu'il m'avait avoué ne pas savoir lire.

Sentant son regard sur moi, j'ai dessiné lentement la lettre A sur le sol. Puis j'ai dessiné un R et un I.

— A-RI.

J'ai recommencé à dessiner les lettres de son prénom.

— A.R.I. À ton tour !

Il a entamé le dessin du A et s'est arrêté en cours de route.

— À quoi ça sert ?

Sa remarque m'a piquée au vif. Précisément parce qu'il avait raison. Il ne lui restait pas beaucoup de temps à vivre. Alors qu'est-ce que ça pouvait bien faire qu'il ne sache ni lire, ni écrire ?

— Apprends au moins à écrire ton nom, ai-je dit d'un ton ferme tandis que je tirais sa main vers le sol. Allez… A…

En pleine concentration, Ari a poussé la poussière de sa griffe cassée et dessiné un A bancal, pas du tout symétrique.

— Un babouin bourré ferait mieux, mais tu vas y arriver. Maintenant, le R.

Il a tracé le R à l'envers, en commençant par la patte oblique finale. J'ignorais si c'était normal pour son âge ou si son cerveau avait été endommagé par toutes les expériences qu'il avait subies. J'ai effacé son R et lui ai fait une nouvelle démonstration.

Jeb nous avait appris à lire et à écrire, à Fang et moi. Quant à Gazzy, Nudge et Angel, c'est moi qui leur avais montré. On était parfois mal à l'aise avec la grammaire et l'orthographe ; en revanche, on savait tous imiter une signature comme des pros. Je n'en revenais pas que Jeb n'ait pas appris ces bases à son propre fils.

— Pourquoi tu fais ça ?

Le ton hésitant avec lequel Ari avait posé sa question m'a surprise.

— Euh… pour m'excuser de t'avoir presque tué à New York.

— Mais tu m'as tué ! a-t-il rectifié sans me regarder. Ils m'ont ressuscité et ressoudé certains os du cou.

Il a promené une de ses grosses pattes dans sa nuque comme si elle lui faisait toujours mal.

— Je suis désolée.

Je pouvais compter sur les doigts d'une main le nombre de fois où cet adjectif était sorti de ma bouche dans ma vie et, voilà qu'au cours des cinq dernières minutes, je l'avais prononcé à trois reprises.

— Seulement, c'est toi qui as commencé.

Il a confirmé en hochant la tête.

— Je te détestais, a-t-il raconté calmement. Papa t'a tout donné, surtout de l'amour. Et moi, son fils, je comptais pour du beurre. Je t'en voulais à mort d'être si forte, si parfaite, si belle. Oui, je voulais que tu meures. Et Papa en a profité. Il s'est servi de moi pour te tester.

Le prosaïsme d'Ari m'atterrait.

— Jeb était fier de toi, ai-je tenté de le consoler en puisant très loin dans mes souvenirs, à l'époque où notre père adoptif ne nous avait pas encore délivrés de notre prison, les autres et moi. Il aimait que tu le suives partout dans le labo.

— Comment le sais-tu ? Tu ne me voyais pas en ce temps-là, a lancé Ari, occupé à tracer avec soin le I de son prénom.

— Bien sûr que si. Je te trouvais mignon. Je me

souviens que j'étais jalouse que tu sois son fils. Vous étiez liés par une relation que je n'avais avec personne. Je m'efforçais d'être parfaite pour que ton père m'aime.

Il avait fallu que je formule ces confidences à voix haute pour en prendre conscience moi-même. Ari a levé la tête vers moi, visiblement surpris. J'ai pris appui sur mes talons, accroupie, et médité ces cruels aveux, comme si le fameux divan venait de se matérialiser dans le cachot.

— Je savais que je n'étais qu'une sale mutante affreuse, ai-je avoué par la suite. Entre mes ailes et la cage où je passais mes journées, enfermée, tandis que toi, tu étais un petit garçon comme les autres. Le véritable fils de Jeb. Je me persuadais que si j'étais suffisamment forte, si je lui obéissais au doigt et à l'œil, si j'excellais en tout, alors, peut-être il m'aimerait.

J'ai baissé les yeux sur mes nouvelles bottes, déjà couvertes de poussière.

— J'étais si contente quand il nous a sortis de cet enfer !

Ma gorge s'est serrée rien que d'y repenser.

— Je ne pensais pas que mon bonheur durerait. J'avais peur. Mais au moins, la perspective de mourir hors des murs de l'École, loin de cette horrible cage, me consolait. Et puis la vie a suivi son cours. Personne ne nous trouvait. Jeb prenait soin de nous, nous montrait un tas de trucs, nous apprenait à survivre. On menait presque une vie normale. Et tu veux que je te dise, Ari, j'étais tellement heureuse de m'être enfuie, tellement heureuse d'avoir Jeb pour moi que, c'est vrai, je n'ai même pas pensé à toi, le petit garçon qu'il avait laissé derrière lui. Je suppose que je me disais que tu devais être avec ta mère ou quelque chose dans le style.

Ari a hoché la tête et, après un moment, il s'est raclé la gorge.

— Je n'ai pas de mère.

— Pour ce que ça sert ! Quand on voit la mienne...

Il a souri à ma plaisanterie.

— Je comprends maintenant. Ce n'était pas ta faute. Tu n'étais qu'une enfant, comme moi. Ce n'est la faute de personne ici.

J'ai serré les dents très fort, bien résolue à ne pas laisser des larmes poignantes dessiner des traînées en coulant sur mon visage couvert de crasse.

— J'ai vu un film tiré d'un bouquin de Shakespeare une fois, ai-je raconté. Il y avait une réplique dans laquelle un type disait un truc comme « Quiconque m'affronte aujourd'hui sera mon frère pour l'éternité. » Alors, si tu veux qu'on se batte...

Ari a souri à nouveau et signifié, d'un mouvement de tête, qu'il comprenait. Ensuite, on s'est pris dans les bras, évidemment... Sans ça, ce n'aurait pas été une vraie séquence émotion.

Peu de tant après la séquence émotion, plusieurs Flyboys ont pénétré dans le cachot et nous ont transférés… dans un endroit encore pire.

— C'est super ! ai-je sorti avec une sincérité feinte. J'adore votre déco. Bravo !

L'ennui, avec les sarcasmes, c'est qu'ils ne servent à rien avec des robots tels que les Flyboys. En attendant, je pouvais toujours espérer qu'ils soient équipés de micros et que, plus tard, ma Vieille la Folle aurait l'occasion d'écouter l'enregistrement de ma remarque narquoise.

Les Flyboys ont fait demi-tour, rotors vrombissants, et se sont éloignés avec raideur. Aucun sens de l'humour, vraiment !

Nudge, Angel, Total, Ari et moi contemplâmes le changement de dé... gât.

— Voyons voir... Grands murs en pierre avec sentinelles mutantes faisant les cent pas de l'autre côté, gamme terne couleur gravillon... Je dirais une cour de prison. Et vous ? ai-je lancé à mes complices.

— Ça me semble être une bonne définition, a acquiescé Total avant de partir se soulager contre un mur.

— C'est pire qu'une cour de prison ! s'est exclamée Nudge. « Morne plaine du désespoir à vous filer un solide cafard » conviendrait mieux.

Je l'ai considérée avec admiration.

— Ouah ! Toi, tu t'es remise à la lecture du dico, non ?

Nudge a rougi, plutôt contente d'elle.

— Regardez là-bas, c'est moi ! a crié tout à coup Angel.

À une vingtaine de mètres de nous, son clone se baladait avec les autres. Elle ressemblait encore plus à Angel qu'Angel en personne. Un troupeau de deux cents têtes environ se tenait dans ce qui avait autrefois dû être les écuries du château. Personne ne parlait. Tous ou presque traînaient les pieds tandis qu'ils marchaient en cercle dans le sens des aiguilles d'une montre pour faire un peu d'exercice, je suppose. Ils ressemblaient tant à un banc de poissons sans cerveau ou peut-être à un cheptel de moutons que ça me démangeait de leur foncer dedans en hurlant pour voir s'ils allaient se disperser.

— Vous me voyez ? a interrogé Nudge qui scrutait la foule.

— Je n'arrive toujours pas à croire qu'on ne m'ait pas cloné, a maugréé Total comme il revenait vers nous au trot.

— Tu es inimitable, lui ai-je assuré.

— Je ne vois pas pourquoi. D'accord, mon clone n'aurait peut-être pas parlé, il aurait peut-être seulement poussé des « wouf, wouf », mais quand même. Comme si ça les ennuyait !

— Wouf ? ai-je répété.

— Ah, me voilà !

Nudge était sur la pointe des pieds.

— Je vois que mon autre moi ne sait pas non plus quoi faire de ses cheveux.

— Pourquoi nous avoir clonés ? ai-je réfléchi tout haut.

— Vous !

La voix métallique n'avait aucune inflexion. En nous retournant, nous avons découvert un Flyboy.

— Oui, C-3PO, ai-je fait poliment.

— En avant, marche !

Le robot a montré la foule du doigt et s'est avancé d'un pas vers nous.

Inutile de me le dire deux fois. Rapidement, nous avons rejoint le troupeau et nous sommes mis au pas avec eux.

Je cherchais Max II des yeux. La dernière fois que je l'avais vue, elle avait essayé de me tuer. Finalement, grâce à moi, c'est elle qui avait fini par passer à un cheveu de la mort. Au cas où elle serait rancunière, je me préparais donc à affronter le pire.

— Alors c'est à ça que ressembleront les prisons

après la R-Évolution ? a interrogé Angel, la main dans la mienne. Avec les colliers et tout et tout ?

Elle a porté la main à celui qui enserrait son cou et dont le petit voyant vert clignotait toutes les deux secondes.

— Je suppose…, ai-je simplement répondu en me retenant de tirer sur mon propre collier. À mon avis, ces machins sont censés nous envoyer des décharges électriques si jamais on s'échappe. Je parie qu'ils sont également munis de détecteurs. (*Raison pour laquelle nous n'avions pas décollé à l'instant même où on nous avait amenés ici.*)

— Comment tu expliques qu'il y ait encore des prisons, même une fois que la moitié de la population sera morte ? a voulu savoir Nudge. Je croyais que les gens arrêteraient de se battre après. Je croyais que le peuple du futur serait parfait. Alors comment pourrait-il commettre des crimes ?

— Voilà comment des décennies de logique psychopathe sont réduites en miettes en trois secondes par une fillette de onze ans ! Prenez ça dans les dents, messieurs les Scientifiques-des-Temps-modernes !

En parlant de science moderne, j'étais à deux doigts d'être confrontée à l'une de ses merveilles. Ou l'un de ses désastres, au choix selon le point de vue adopté.

— Max.

J'ai fait volte-face en entendant la voix familière. Et qui avais-je en face de moi ? Mon double, toute jolie avec ses grands yeux noisette et ses quelques taches de rousseur, quoique pas très au parfum de la mode ni des bonnes manières. J'ai nommé Max II.

— Wahou ! C'est comme de se regarder dans le miroir, ai-je constaté.

— Ouais, excepté que moi j'ai pris un bain récemment.

— Touché. À part ça, le sosie, quoi d'neuf ?

— Qu'est-ce que tu fiches ici ?

— Je vends des cookies au profit d'une œuvre de bienfaisance. Ça t'intéresse ?

Max II s'est mise au pas à nos côtés tandis que nous suivions la cadence de la masse, dessinant une vaste boucle ovale dans la cour aride. Je restais sur mes gardes, au cas où elle m'attaquerait par surprise.

— Bêêêêêêêh, a bêlé Nudge. Bêêêêêêêhêêêêêêê...

Ça m'a fait rire. Max II m'a fusillée du regard :

— Comment peux-tu rire ?

En colère, elle a indiqué les murs, les tours de guet, les Flyboys qui montaient la garde telle une armée télécommandée.

— Tu ne trouves pas qu'elle imite bien le mouton ? (J'ai tapoté la tête de Nudge.) Et avec ses cheveux comme de la laine d'agneau… Peut-être que je devrais l'appeler mon p'tit agneau à compter d'aujourd'hui.

Nudge a souri à pleines dents, ce qui a encore plus énervé Max II.

— Tu ne comprends donc pas ce qui se passe ? Où nous sommes ?

— Attends… Dans un château pourri et maléfique en Allemagne ? Évidemment, je simplifie un tout petit peu.

Max II a jeté des coups d'œil partout autour d'elle. On aurait dit qu'elle voulait s'assurer que personne n'épiait notre conversation. Vu que nous étions au coude à coude, entourées de plusieurs centaines d'autres personnes, son geste me paraissait un tant soit peu inutile.

— Ici, c'est le terminus, a-t-elle raconté dans sa barbe, le regard fixe, droit devant. Jette un œil autour de toi. On a tous été mis au rebut. Ils essayaient de faire de nous des petits soldats lorsqu'ils ont compris que les Flyboys feraient bien mieux l'affaire. Aujourd'hui, on est considérés comme obsolètes. Et tous les jours, ils en éliminent plusieurs comme nous.

— Euh… excuse-moi… aurais-je raté un épisode ? La dernière fois que je t'ai vue, tu as voulu m'étrangler. Et maintenant, on est amies et tu essaies de me mettre au parfum ?

— Si tu es contre eux, alors nous sommes dans le même camp.

Naturellement, elle aurait pu me baratiner complètement. D'ailleurs, c'était plus sage de faire comme si c'était le cas. Pourtant, ses paroles sonnaient vrai.

— Depuis combien de temps tu es ici ?

Elle a détourné les yeux.

— Depuis… la Floride. Ils étaient vraiment super furax que je t'aie laissée gagner.

— Gagner ? Mon œil, oui !

— J'étais censée gagner. Je devais t'achever. Ils ne s'attendaient pas du tout à ce que tu l'emportes. Mais alors, tu m'as épargnée. Et là, ça a été la cata.

— De rien surtout. La prochaine fois, j'essaierai de ne pas t'humilier en te laissant la vie sauve.

Max II m'a considérée avec tristesse. C'était drôlement flippant, cette impression de se regarder dans le miroir. À tel point que je me suis surprise à imiter son expression pour que le reflet soit cent pour cent identique.

— Il n'y aura pas de prochaine fois. Je te l'ai dit : c'est le terminus ici. Si on est là, c'est pour qu'ils nous éliminent.

— Ouais, j'avais cru comprendre.

— Non, tu ne comprends pas justement. (Max II a paru agitée tout d'un coup.) On va tous y passer. Chaque jour, il y en a un peu plus qui disparaissent. Quand je suis arrivée ici, cette cour était pleine. On sortait à tour de rôle. Nous étions des milliers. Et voilà tout ce qui reste.

— Hum…

— Vu le nombre de survivants, je dirais qu'on en a encore jusqu'à… demain peut-être.

Elle jetait des regards autour d'elle en accomplissant des opérations de calcul mental.

Les nouvelles étaient loin d'être bonnes. J'avais supposé qu'on aurait quelques jours devant nous pour nous retourner et réfléchir à un moyen de nous enfuir. Si Max II disait la vérité, il fallait que je trouve une solution pour gagner du temps. Et même si elle mentait, je n'avais toujours aucune raison de faire de vieux os ici.

D'un pas lourd, nous continuions à tourner dans de grands cercles. De temps à autre, Nudge et Total bêlaient comme des moutons. Perdue dans mes pensées, je me creusais les méninges pour concevoir un de mes traditionnels plans de génie lorsqu'un mutant m'est rentré dedans avant de s'écarter aussi vite.

Il a glissé quelque chose dans ma main.

Un morceau de papier.

Le plus discrètement du monde, je l'ai déplié et j'ai baissé les yeux pour le lire. Le message disait : *Fang en route avec les autres. Il dit que ça n'a pas intérêt à être une blague.*

En moi, un nœud de tension que je n'avais même pas soupçonné a semblé se détendre. Fang arrivait !!! Sans la seconde phrase du message, j'aurais été plus méfiante. Mais je savais qu'il n'y avait que Fang pour me sortir un truc pareil.

Fang était en route avec Gazzy et Iggy. Bientôt, nous serions tous réunis.

— Max, que se passe-t-il ? (Nudge me dévisageait avec inquiétude.) Pourquoi tu pleures ?

J'ai porté la main à ma joue. Elle avait raison. Des larmes ruisselaient sur mon visage. Je les ai essuyées d'un revers de la manche et j'ai reniflé un bon coup, incapable, néanmoins, de parler avant plusieurs minutes.

— Fang a eu notre message, lui ai-je finalement appris sans détour, tout bas, sans la regarder. Il arrive !

La séance d'exercice dans la Cour du Désespoir s'est prolongée pendant une demi-heure environ. Mon cerveau bouillonnait. Savoir que Fang était en route m'avait filé une sacrée décharge d'adrénaline. Je me demandais bien à quel moment il était parti. Je me disais aussi que si tout cela n'était qu'un piège, jamais je ne le supporterais.

D'un autre côté, une fausse joie est parfois préférable à la dure réalité.

Tout ce temps, je suivais à pas de souris le mutant qui marchait devant moi. La main d'Angel était dans la mienne. Total, qui trottait à mes pieds, me frôlait de temps en temps la jambe.

Je me suis mise à scruter les alentours et à tendre plus intensément l'oreille. J'avais cru que les mutants étaient silencieux, mais maintenant que j'y prêtais attention, je pouvais entendre leurs conversations dont les mots chuchotés se perdaient dans le brouhaha de leurs chaussures traînées sur les gravillons.

J'ai tapé Nudge sur la main et fait un signe de tête en direction de la « meute » autour de nous. Angel a levé la tête vers moi, devinant où je voulais en venir, et commencé à s'intéresser à ce qui se passait autour, elle aussi.

« *Une vraie prison* », murmuraient les mutants aussi doucement que le vent. « *Pas juste. Nous ont menti. Déjà plein de partis. Pas envie de disparaître moi aussi. Que faire ? Ils sont si nombreux. Trop nombreux. Une prison. Une prison sans issue. Notre dernière maison. Injuste. Rien fait de mal. À part venir au monde.* »

Je me suis faufilée sans bruit parmi la foule et j'ai continué à épier le message de ces chuchotements. Les yeux bleus d'Angel, qui lisait dans leurs pensées, se troublaient au fur et à mesure de ce qu'elle découvrait à son tour.

Au moment où une sirène stridente nous a informés qu'on devait rentrer, je m'étais forgée une image plus ou moins nette des émotions de la plupart des détenus. En résumé, tous voulaient échapper au même sort que leurs codétenus et espéraient pouvoir influencer le cours des événements. Certains, très furieux, auraient voulu se battre, résister, mais sans savoir comment. Je suppose que leur instinct de guerriers avait été conçu indépendamment d'eux, et la plupart d'entre eux faisaient davantage preuve de confusion et de désorganisation totale qu'autre chose.

C'était le moment rêvé pour qu'un... hum, hum...
un leader fasse son entrée !

Dans ma tête, mon plan faisait son chemin tandis
que je pénétrais au pas et aux côtés des autres dans
l'univers complètement fantasmagorique des savants
fous. Cette pensée, combinée à la nouvelle que Fang
arrivait me rendait presque gaie.

Jusqu'à ce que trois Flyboys viennent se poster
devant Angel, Nudge, Ari, Total et moi, leurs armes
pointées sur nous.

— Quoi encore ? ai-je ronchonné.

— Suivez-nous ! ont-ils psalmodié d'une seule voix.

— Pour quoi faire ?

— Parce que je foudrais fous parler, a fait notre
vieux pote ter Borcht comme il s'avançait entre eux.
Au sujet de la dernière fois.

100

On nous a poussés le long d'interminables couloirs qui serpentaient dans les entrailles du château. Parfois, nous tombions à cause des aspérités du sol. L'humidité ambiante me rongeait jusqu'à la moelle et je frottais les bras d'Angel et Nudge pour les réchauffer.

— Je hais ce type, a susurré Ari, sans relever la tête.

— Il y a un anti-fan-club : les Ennemis de ter Borcht, lui ai-je raconté. Tu n'es pas encore membre ?

Pour finir, on a atterri dans… – allez, un effort, je suis certaine que vous pouvez deviner, bravo : – une chambre aseptisée type labo, aux murs blancs et aux tables couvertes d'instruments scientifiques complexes et sophistiqués que je rêvais d'exploser à grands coups de batte de base-ball.

Une fois qu'on a tous été à l'intérieur, quelqu'un a claqué la porte devant laquelle une bande de Flyboys se sont postés, l'arme à la main.

— La réunion du Club des Ennemis de ter Borcht peut commencer, ai-je murmuré.

Nudge a réprimé un rire tandis qu'Angel me félicitait pour ma blague par transmission de pensées.

Il y a moyen que tu agisses sur lui ? lui ai-je demandé dans ma tête.

Non, a-t-elle expliqué à regret. *Je le reçois cinq sur cinq – des trucs affreux et dégoûtants – mais on dirait que je n'arrive à rien faire passer.*

Adios, Plan A !

— Fous me foyez très déçu que fous ne soyez pas encore morts, a-t-il fait en s'approchant de nous.

— On peut en dire autant à propos de *fous* ! ai-je rétorqué, bras croisés.

Il a plissé les yeux. Il y a vraiment des fois où je m'impressionne moi-même.

— Ce n'est plus qu'une question d'heures, maintenant, a-t-il promis. D'ici à ce que je passe à table peut-être ? En attendant fotre heure, il y a des gens ici qui foudraient fous parler.

— On va se marrer, ai-je lâché tout bas.

— Je vous parie cinq dollars que ce sont des scientifiques, a dit Total.

— Sans blague !

Derrière nous, les portes se sont ouvertes sur cinq individus. Des Chinois ? Je n'en étais pas certaine.

— Tsss, m'a appelée Total. On dirait des blouses blanches sorties tout droit de ce vieux feuilleton *La Clinique de la forêt noire*. Trop ringard !

— Comment tu le sais ? ai-je répliqué sans même me soucier de baisser le ton.

— Maintenant, les poches des blouses sont plus petites et les revers plus grands. Leur accoutrement, là, c'est d'un kitsch !

Les cinq Asiatiques semblaient confus. Quant à ter Borcht, je croyais voir de la fumée lui sortir des oreilles.

— Ça suffit !!! a-t-il aboyé en frappant très fort dans ses mains. Ces personnes font fous poser des questions et fous allez leur répondre. Suis-je bien clair ?

— Clair comme de la purée de pois, n'ai-je pu m'empêcher de commenter.

Si ter Borcht avait pu me frapper, il l'aurait volontiers fait. Pas devant l'équipe de Monsieur Propre, néanmoins.

Au lieu de ça, il a donc pris place derrière son bureau, l'air furieux, fourrageant dans des papiers. L'équipe de Monsieur Propre s'est approchée, intriguée, comme si nous avions été des bêtes dans un zoo. Humm, je n'avais jamais ressenti ça auparavant. Ah, ah !!!

Pas un de nous n'a ouvert la bouche, bien qu'en moi, la tension montât de plus en plus. Je pourrais régler leur compte à ces cinq rustres en un coup de cuillère à pot, me suis-je dit. Avec ter Borcht en prime ! Sans oublier les Flyboys et leurs joujoux chargés. Qu'est-ce qui m'en a empêchée ? Mon collier. Pour autant que je sache, il suffisait qu'ils appuient sur un bouton pour que je finisse par terre, morte, électrocutée.

Les cinq scientifiques se sont entretenus à voix basse. Je me souviens les avoir entendus mentionner un pays qui voulait nous acheter pour se servir de nous comme d'armes. Je sais, je sais, ça paraît complètement dingue – même un enfant n'y croirait pas – mais vous n'imaginez pas à quel point les types qui se font la guerre peuvent être malades.

Alors, les types en blouse blanche se sont mis à nous tourner autour – Nudge, Angel et moi –, lentement, impressionnés, visiblement, par notre apparence humaine si réelle. Total les a laissés indifférents tandis qu'Ari les a remplis d'un effroi qu'ils n'ont pas su masquer. Depuis le temps, je m'étais habituée à son apparence et ça ne me faisait plus d'effet de le regarder. Il n'avait plus le physique ni d'un homme, ni d'un Eraser. Seulement celui d'une erreur scientifique.

En remarquant leurs expressions, Ari s'est mis à rougir. Il me faisait de la peine. En quatre petites années, il était passé du stade de gamin de trois ans mignon à croquer à celui de monstre balourd et tout rafistolé de partout. S'il savait parfaitement à quoi il ressemblait et qu'il allait mourir, il ignorait comment il en était arrivé là.

101

— Prenez une photo. Ça vous fera un souvenir, ai-je lancé aux blouses blanches qui ont sursauté en m'entendant, avant de m'étudier avec une curiosité exacerbée.

— Bonjour, a fait l'un d'eux avec un accent particulièrement marqué. Nous allons vous poser quelques questions, d'accord ?

Me voyant lever les yeux au ciel, le groupe s'est concerté de plus belle, tout bas, mais avec excitation.

— Quel est votre nom ? a interrogé l'un des scientifiques, crayon en main, prêt à noter ma réponse sur son bloc-notes.

— Je m'appelle 759939X-1 Junior.

J'ai surpris ter Borcht qui soufflait à son bureau mais il n'est pas intervenu.

Mon interlocuteur, confus, m'a toisée un moment, puis il s'est tourné vers Nudge.

— Et vous, comment vous appelez-vous ?

Elle a réfléchi un instant.

— Jessica. Jessica Miranda Alicia Mandarine Papillon.

Heureuse du nom qu'elle s'était donnée, elle m'a gratifié d'un sourire. Les blouses blanches ont repris leur conciliabule et j'ai entendu l'un d'eux répéter « Papillon ? »

Alors, ils sont passés à Angel.

— Nous vous appellerons « la petite », a annoncé le responsable pour couper court à tout nouveau dérapage autour de la question du nom.

— D'accord, a consenti Angel avec amabilité. Moi, je vous appellerai le-type-à-la-blouse-blanche.

L'intéressé a froncé les sourcils. J'ai ajouté :

— Ça ferait un bon nom d'Indien.

Un autre scientifique a pris la parole :

— Parlez-nous de votre sens de l'orientation. Comment fonctionne-t-il ?

Ils m'ont tous dévisagée impatiemment.

— Eh bien, c'est un peu comme si j'avais un GPS. Un GPS qui parle. Je lui dis où je veux aller et il me répond : « Après trente-deux kilomètres, tournez à gauche, prenez la sortie quatre-vingt-quatorze, etc. » Entre vous et moi, parfois, il est vachement autoritaire.

Leurs yeux se sont écarquillés.

— Vraiment ? a fait l'un d'eux.

— Bien sûr que non, bande de nazes. Je n'en sais rien, moi, comment ça marche. Tout ce que je sais, c'est que ça ne rate jamais quand je dois aller dans la direction opposée à des imbéciles dans votre genre.

Ma remarque les a vexés. Je leur donnais cinq minutes à tout casser avant qu'ils ne craquent et que cette entrevue s'achève de manière aussi inattendue qu'excitante.

— À quelle hauteur pouvez-vous voler ? a interrogé l'un des types sur un ton brusque.

— Je ne suis pas sûre. Donnez-moi une minute que je consulte mon altimètre abdominal.

J'ai baissé les yeux et remonté mon sweat-shirt de quelques centimètres.

— C'est drôle. Il était là ce matin…

— Aussi haut qu'un avion ?

— Plus haut, s'est immiscée Nudge dans la conversation.

Tous l'ont aussitôt regardée.

— Plus haut qu'un avion ? a réagi avec empressement l'un des scientifiques.

Nudge, sûre d'elle, a fait oui de la tête.

— Ouais ! On peut voler tellement haut qu'on n'entend même plus l'élastique faire tourner l'hélice.

Elle a tourné le doigt pour imiter le mouvement de celle-ci.

— Vous parlez bien des avions télécommandés, n'est-ce pas ?

Ter Borcht a bondi sur ses pieds, furibond.

— Allez, c'est terminé ! Ces pauvres ratés ne vous mèneront nulle part.

— Tout doux, Borchy, ai-je dit. Ces charmantes personnes ont fait le déplacement pour nous rencontrer. Ils savent qu'on peut voler à une altitude très élevée et qu'on retrouve toujours notre chemin, même dans le noir. Ils savent aussi qu'on peut voler à plus de... disons cent cinquante kilomètres à l'heure et je suis persuadée qu'ils aimeraient en savoir un peu plus à notre sujet.

Plantons-leur une carotte sous le nez et voyons ce qu'il se passe, ai-je pensé. *Ce sera ma petite expérience à moi...*

Les cinq visiteurs étaient occupés à coucher sur le papier ces détails passionnants tandis que ter Borcht, plus énervé que jamais, s'était rassis sur sa chaise de tout son poids.

— Vous savez, Borchy, vous devriez penser à arrêter les aliments frits.

J'ai tapoté mon ventre. Ensuite, j'ai pointé du doigt le sien, dont les bourrelets dégoulinaient. Je lui ai fait un clin d'œil et j'ai pivoté pour faire face aux cinq compères qui dirigeaient l'interrogatoire.

— Je suppose que vous savez aussi qu'on a besoin de vachement de carburant pour avancer. Toutes les deux heures, on doit s'enfiler milk-shakes, beignets, steak, frites, poulet frit, euh...

— Et des hamburgers, a complété Angel. Du gâteau au chocolat, de la baguette et du jambon et...

— Des gaufres, a raconté Nudge à son tour. Des pommes de terre au four avec du fromage et du bacon dessus et du rab de bacon à côté. Des sandwichs au beurre de cacahuète, des Snickers et du Coca et...

— Des sandwichs mixtes, a fait Ari de sa voix rouil-lée.

Les autres l'ont considéré avec surprise, comme s'ils n'avaient pas envisagé qu'il puisse parler. Alors, ils ont formé un cercle et ont conversé avec passion pendant que j'effectuais des grimaces à l'intention de mes petites troupes, espérant qu'un goûter surdimensionné soit déjà en route.

— Fous n'afez pas besoin de manger, a proclamé ter Borcht qui s'était calmé. Fous allez bientôt mourir de toute manière.

L'Asiatique en chef est allé lui parler et ter Borcht a paru s'énerver à nouveau.

— Non ! C'est trop tard, a-t-il refusé.

— Comment se fait-il que tu n'arrives pas à lire leur pensées ni à les influencer ? ai-je demandé à Angel, le plus bas possible. Si seulement tu pouvais leur faire voir des fourmis partout ou un truc dans le style !

— Je ne sais pas, a-t-elle confessé, déçue. J'ai l'impression… qu'on me bloque l'entrée. C'est comme si quelque chose résistait.

— Tout ça m'a donné drôlement faim ! a fait Nudge tout bas.

— Moi aussi j'ai la dalle, a avoué Ari.

— Et moi donc ! a ajouté Total. Je pourrais m'enfiler l'un d'eux en entier.

On a tous affiché une expression dégoûtée quand la porte, brusquement, s'est ouverte. C'était ma mère. Et elle avait l'air tout sauf heureuse de me voir.

102

Mère – Marian Janssen de son nom – a salué chaleureusement le groupe d'Asiatiques, et j'en ai déduit qu'ils devaient lui offrir un beau petit paquet en échange de notre rachat à des fins militaires.

— Avez-vous pu obtenir les informations dont vous aviez besoin ? leur a-t-elle demandé.

Ter Borcht, depuis son bureau, a émis une sorte de grognement et la directrice lui a jeté un regard :

— Est-ce qu'ils coopèrent ? a-t-elle interrogé, sans s'adresser à personne en particulier.

— D'après vous ? ai-je lancé juste au moment où le-type-à-la-blouse-blanche répondait par la négative.

Marian a sorti un mini-agenda électronique de sa poche.

— Je vous ai dit que je disposais de la plupart des

réponses à vos questions, mais j'avais cru comprendre que vous vouliez les interroger vous-mêmes. Que voulez-vous encore savoir ?

— À quelle vitesse peuvent-ils voler ? a demandé l'un des scientifiques.

Elle a enfoncé les touches de son agenda.

— Max, que voici, a dépassé les trois cents kilomètres à l'heure, avec une pointe à quatre cents kilomètres heure lors d'une descente en piqué.

Mes performances ont impressionné le groupe d'Asiatiques. Pour ma part, j'ai senti des frissons m'envahir dans le dos.

— À quelle hauteur peuvent-ils voler ? a interrogé un autre.

— On a établi que Max avait déjà volé à plus de neuf mille mètres d'altitude, pendant de courtes durées. Dans ces cas-là, sa consommation d'oxygène augmente en conséquence, sans pour autant qu'elle-même soit en difficulté. En moyenne, son altitude oscille entre quatre et sept mille mètres.

Une nouvelle fois, la réponse a semblé impressionner les scientifiques qui ont pris des notes en grande quantité. L'un d'eux a entré des données dans une calculatrice et susurré des résultats à ses confrères.

Le regard de Nudge et d'Angel pesait sur moi mais l'angoisse qui m'habitait m'empêchait de le soutenir. J'aurais parié que mon Espionne de Mère avait récolté toutes ces informations grâce à ma puce, celle que j'avais demandé au Dr Martinez de m'enlever.

— À combien s'élève la charge qu'ils peuvent supporter ? a formulé le responsable des cinq Asiatiques.

— Nous pensons qu'ils peuvent porter jusqu'aux

quatre cinquièmes de leur masse corporelle pendant un laps de temps allant jusqu'à une heure et la moitié de leur masse corporelle indéfiniment.

Nos sacs à dos en étaient un exemple.

— Quel est leur indice de masse graisseuse ? a posé comme question un autre. Est-ce que ce sont de bons nageurs ?

Il ne fallait pas qu'ils comptent sur moi pour leur parler du don d'Angel qui pouvait respirer sous l'eau.

— D'après nos observations, ce sont des nageurs normaux. Leur endurance, en revanche, est hors norme, a expliqué Marian, froide comme un glaçon. Leur indice de masse graisseuse est extrêmement bas. Celui de Max fait 5/8, seulement, elle pèse à peine quarante-cinq kilos. Ses cellules graisseuses et ses os ne pèsent pratiquement rien : elle est tout en muscles.

Tout en muscles ? Comme si j'étais un robot en kit.

— Enfin, ils savent nager ? Ils ne couleront pas ? a insisté l'un des Asiatiques.

Marian a secoué la tête.

— Leur ossature est particulièrement légère et poreuse, remplie de minuscules poches d'air. En plus de leurs poumons, ils ont des sacs d'air périphériques de chaque côté. Il leur est impossible de couler.

— Bon, ça va les discussions débiles ! suis-je intervenue. Je ne vois vraiment pas l'intérêt de cette conversation – hormis le fait qu'elle illustre la pauvre vie que nous avons – parce qu'il est hors de question qu'on serve d'armes à qui que ce soit.

— Exact, a appuyé Nudge. Moi, je ne porterai pas de bombe. Je n'assassinerai personne !

Bien parlé. Nous n'avons pas les mêmes valeurs, nous, Madame !

— Vous ferez ce que nous vous dirons, a ordonné Marian sur le même ton glaçant. Je suis certaine que nous trouverons les moyens de vous motiver.

Sur le coup, je me suis dit que s'ils faisaient mal à l'un d'entre nous, je serais prête à faire *n'importe quoi* pour les arrêter.

Un autre élément d'information que je me garderais bien de divulguer.

— Il faut que je vous dise : on va vous coûter cher comme employés, ai-je lancé au club des cinq. Pour commencer, on exige de grosses sommes en liquide, des écrans plats surdimensionnés, des vacances à Hawaï et les meilleurs cheeseburgers qu'on puisse imaginer.

Tous ont hoché la tête avec empressement, apparemment enchantés que je me rende. Franchement, ils étaient pathétiques. Sans rigoler, ils ne savent pas décrypter l'ironie dans ce pays ? Ces types n'étaient sans conteste pas des lumières.

103

— O.K., ça suffit comme ça ! a dit la directrice d'un ton sec.

Elle s'est ensuite adressée aux scientifiques.

— Nous aurons toutes les réponses à vos questions, soyez-en assurés. En attendant, il va falloir que nous travaillions à certains problèmes de comportement.

— En résumé, je fonctionne sur deux positions : hostile ou Mademoiselle-je-sais-tout.

M'man a fait comme si elle n'avait rien entendu et reconduit les blouses blanches à la porte.

— Ce n'était pas très intelligent de ta part, m'a-t-elle avertie. Votre survie dépend de votre coopération et celle-ci a tout intérêt à être maximale, c'est moi qui vous le dis.

— Il n'est pas question de survie ! a rugi ter Borcht. Ils sont morts !

Lui aussi, elle l'a ignoré.

— En te concevant, nous t'avons dotée d'une grande intelligence, Max. Pour ce faire, nous avons stimulé au moyen de décharges électriques les cellules de tes terminaisons nerveuses pendant que ton cerveau se développait.

— Pourtant, je n'arrive toujours pas à programmer mon TiVo !

— Il serait temps de commencer à faire preuve de jugeote. Le Dr ter Borcht n'est pas le seul à vouloir qu'on vous extermine. Travailler pour les Chinois est votre unique chance de rester en vie.

— Je me demande comment vous arrivez à vous supporter. Vous êtes prête à vendre des enfants à un gouvernement étranger pour qu'il s'en serve d'armes, peut-être même contre d'autres Américains. Je ne comprends pas. Vous séchiez les cours en classe d'éthique et de morale ? En plus, vous avez le culot de m'appeler votre fille. Même si on vous injectait vingt litres d'œstrogènes dans les veines, vous n'en seriez pas plus maternelle pour autant. Et leurs mères, à eux ? (J'ai englobé mes amis d'un geste de la main.) Ne me dites pas qu'elles sont aussi nulles que vous !

— Leurs mères n'étaient personne. Des donneuses d'ovules, des techniciennes de labo, des employées qui passaient par là. Peu importe pourvu qu'on les ait eues sous la main. C'était l'idée : créer une super-race en partant de rien. De rebuts de la société, même.

Le sang battait mes tempes.

— Sur ce coup-là, au moins, vous avez raison. Nous

sommes une super-race et ma mère est bonne à jeter à la poubelle.

La directrice a frappé dans ses mains et les Flyboys qui montaient la garde devant la porte se sont redressés, prêts pour ses instructions. Ari et les autres aussi sont passés en mode « alerte » dans l'attente de voir si la situation allait empirer. Ce qui était sûr d'arriver.

— Tu n'es qu'un bébé, Max, m'a lancé ma soi-disant génitrice alors qu'elle faisait de son mieux pour contenir sa fureur. Et c'est bien pour cette raison que tu ne vois pas plus loin que le bout de ton nez. Tu te prends pour le nombril du monde et tu ne vois pas le tableau dans son ensemble. Il est temps pour toi de découvrir que tu n'es qu'une toute petite pièce du puzzle, une goutte d'eau dans l'océan.

— Ce qui signifie ? Que je ne suis rien ? Personne ? Que vous pouvez me faire tout ce que vous voulez en toute impunité ? Vous ne vous prenez vraiment pas pour de la merde. Mais vous vous fourrez le doigt dans l'œil. Je sais que j'ai de l'importance, que ma vie compte, tandis que vous n'êtes qu'une pauvre cinglée froide qui ne sert à rien. Vous finirez toute seule, dans votre coin, abandonnée de tous et après, vous irez rôtir en enfer.

Je trouvais que ma tirade sonnait plutôt bien, compte tenu du fait que je ne suis même pas sûre de croire à l'enfer. En revanche, j'étais persuadée de croire aux saloperies de sorcières et d'en avoir un spécimen pile-poil en face de moi, dont les yeux me lançaient des éclairs.

— C'est bien ce que je dis. Tes insultes de gamine

423

ne me touchent même pas. Ta colère inutile n'a aucun effet sur moi. Tu finiras par m'obéir ou tu mourras. C'est aussi simple que ça.

— C'est bien pour ça que vous et moi, on est si différentes. *Moi*, j'ai suffisamment de cervelle pour savoir que les choses ne sont jamais si simples. Et je pourrais vous compliquer la tâche bien au-delà de ce que vous imaginez.

J'ai pris une voix particulièrement menaçante et me suis penchée en avant d'un air de défi en serrant les poings. Elle a papillonné des cils.

— Vous voyez, vous y connaissez que dalle à moi, Mère, ai-je poursuivi sur un ton froid. Vous ne savez même pas de quoi je suis capable. Ce n'est pas parce que vous m'avez fabriquée que vous êtes au courant de ce que je peux faire ou ce que j'ai fait. À propos, j'ai un scoop pour vous : ma puce a disparu. Ciao ! Alors vous pouvez reprendre votre logiciel espion et vous le fourrer où je pense.

Elle a jeté un regard furtif à mon poignet. Je me suis tue et l'ai fixée droit dans les yeux. Je voyais bien qu'elle luttait pour ne pas détourner la tête. J'étais dans un tel état… j'aurais pu la lui arracher… et en éprouver de la joie.

— Un jour ou l'autre, vous allez comprendre, ai-je promis très calmement. Et alors, vous ferez des cauchemars jusqu'à la fin de vos jours.

Oooh, que j'étais énervée ! Elle allait me le payer. Pour un peu, je me serais mise à rire de façon diabolique. Gniark-niark-niark.

Elle a serré les dents et tenté de maîtriser sa respiration haletante avant de reprendre la parole.

— Tu perds ton temps, Max. Tu ne peux rien contre moi.

Je lui ai décoché un sourire sadique et, l'espace d'une fraction de seconde, je l'ai vue qui tressaillait. Ensuite, elle a affiché à nouveau une expression d'indifférence.

— Ça, c'est vous qui le dites, Mère.

104

Je suis certaine qu'il y en a parmi vous que leurs parents consignent dans leur chambre parfois, n'est-ce pas ? Un conseil, la prochaine fois que ça vous arrive et que vous ruminez dans votre coin la pseudo-vie de chien que vous menez : dites-vous que si j'étais là et que je vous entendais dire ça, je vous dévisserais la tête en une fois. Parce que ma chambre à moi, c'est une saleté de cachot. Infesté de rats !!!

En outre, combien d'entre vous se sont déjà fait enchaîner au mur par leurs parents ? Pas beaucoup, hein ? O.K., peut-être un peu plus que ce que je crois. Je ne sais pas trop comment ça se passe dans les familles normales.

— Ouais ! Tu lui as donné une bonne leçon, a

marmonné Total qui se léchait la patte à l'endroit où ses fers la blessaient.

— Tu parles d'une mère ! Une vraie sorcière, oui !

— On a connu pire, est intervenue Nudge.

— Je vous parie qu'à l'heure qu'il est, un camion décharge des cages qui nous sont réservées, ai-je commenté d'humeur maussade, me refusant à positiver.

Les enceintes qui pendaient au mur ont soudain grésillé et j'ai poussé un gémissement en constatant qu'une nouvelle rafale de propagande polyglotte allait nous rebattre les oreilles.

À pas de souris, je suis allée rejoindre Nudge et Angel. Ma chaîne était juste assez longue pour que je m'assoie entre elles. Je me suis dégourdi les ailes et les ai refermées sur les filles dans une sorte de cocon. Total, qui voulait être de la partie, a tiré sur sa chaîne et rampé jusque sous mes ailes.

J'ai jeté un œil à Ari qui dormait – ou qui faisait semblant de dormir pour ne pas devoir se prêter à notre petit jeu.

La pièce était calme et sombre. Sous mon jean, la pierre froide me faisait peu à peu frissonner. D'ici une heure ou deux, on serait tous transis de froid. Combien de temps faudrait-il à Fang pour parvenir jusqu'à nous ? Comment ferait-il, d'ailleurs, pour arriver jusque-là ?

Total a dressé les oreilles et relevé légèrement la tête. Dans la pénombre, j'ai aperçu une grande ombre qui se dirigeait vers nous. Aussitôt, j'ai identifié la démarche : Jeb. Décidément, il était plus collant qu'un chewing-gum.

Je n'avais pas les nerfs de me battre, même avec des mots.

Quand il a été suffisamment proche, je lui ai demandé :

— Dis-moi que le bac à glaçons plaisantait quand elle m'a dit qu'elle était ma mère !

Il s'est agenouillé face à nous tandis que je serrais les petites contre moi.

— La directrice est une femme brillante, qui voit loin.

— Tu parles ! Elle voit loin mais sa vue déconne complètement.

— C'est une remarquable scientifique, particulièrement douée.

— Alors pourquoi ne peut-elle pas mettre son talent au profit de choses *positives* ? Je ne sais pas moi, elle pourrait participer à la lutte contre le cancer, sachant que tuer tous les cancéreux n'en fait bien sûr pas partie.

— Le Dr Janssen est un fin stratège politique non dénué d'ambition. Je ne serais pas étonné qu'elle dirige un jour le monde entier. En tant que sa fille, tu n'as pas idée des avantages dont tu pourrais bénéficier.

— Sauf que j'aurais alors changé de nom et me serais teint les cheveux pour partir vivre incognito, là où j'échapperais à la honte d'avoir pour mère le docteur Frankenstein en personne, impitoyable et assoiffée de pouvoir.

— Même si c'était la personne la plus puissante du monde et qu'en étant sa fille, tu pouvais jouir d'un pouvoir illimité, toi aussi ?

J'ai instantanément grimacé.

— Si j'avais autant de pouvoir, je commencerais par la jeter en prison.

— Et après ?

— Après, j'y jetterais tous ses complices dans le cadre de son plan à la James Bond de domination du monde. Je veillerais également à ce que dans toutes les guerres, on se batte à pied avec pour seule arme une épée. Finis les revolvers, les missiles, les bombes. Rien que des épées.

J'ai levé les yeux, revigorée à l'idée de devenir Max, impératrice mondiale.

— En plus de ça, je saisirais tous les comptes en banque off-shore de compagnies et de particuliers frauduleux ayant joué un rôle dans la destruction de l'environnement. Avec cet argent, je ferais en sorte que les soins de santé et l'éducation soient accessibles à tous, gratuitement.

J'ai senti Nudge et Angel qui, blotties contre moi, souriaient. Alors, je me suis redressée.

— Et tout le monde pourrait se loger et manger gratuitement. Les entreprises responsables de la pollution environnementale seraient fermées et bannies. Les gouvernementaux n'ayant porté aucun intérêt aux questions environnementales et ayant déclenché des guerres seraient virés et obligés à travailler dans les champs. Et…

Jeb m'a interrompue d'un signe de la main.

— Tu viens de réussir un nouveau test, Max.

— Excellent ! me suis-je exclamée, de nouveau énervée. Alors sors-nous de ce trou !

— Qu'est-ce que c'était comme test ? a voulu savoir Nudge.

Jeb s'est tourné vers elle.

— Le test qui prouve qu'elle est incorruptible.

Ah, ah ! Un point pour moi !!!

— En matière de pouvoir en tous les cas. Pour ce qui est des Snickers, des Mars ou des chaussures, je vous déconseille d'essayer.

Jeb m'a souri. Ce qui, comme d'habitude, m'a fendu le cœur.

— Tu refuses que la directrice soit ta mère, quel que soit le pouvoir que cela pourrait te conférer.

— Je ne veux pas d'elle pour mère parce que c'est une vieille sorcière complètement cintrée, voilà !

Alors qu'il souriait de plus belle, j'ai lutté de toutes mes forces pour ne pas lui enfoncer mon poing sur le coin du nez.

— La directrice n'est pas ta mère.

Avais-je bien entendu ? Me faisait-il marcher ? Nudge et Angel, sous mes ailes, se sont soudain contractées. Ari, émergeant de son sommeil, s'est assis avec peine et frotté les yeux. Il a battu des paupières en voyant Jeb mais n'a rien dit.

— Qu'est-ce que tu veux dire ? Il faudrait savoir ! Est-ce un autre de tes pièges ? Un nouveau test ?

— La directrice, Marian Janssen, est à l'origine de ta conception et de ta mise au point. C'est elle qui a supervisé l'ensemble du projet. Je suppose qu'à ses yeux, c'est ce qui se rapproche le plus de la maternité.

— Eh ben !!! Elle me faisait déjà pitié, mais là, c'est le bouquet !

J'ai ressenti un tel soulagement en apprenant n'avoir pas hérité de l'ADN d'une femme aussi horrible et folle.

— Tu es certain qu'elle n'a pas fait don d'un de ses ovules ?

Jeb a secoué la tête.

— Vos bagages génétiques n'ont rien en commun.

— C'est la meilleure nouvelle de l'année !

Bien entendu, j'en revenais toujours au même point : je ne savais pas qui était ma mère. Mais n'importe qui ferait l'affaire comparé à cette barjo ! J'avais du mal à croire que Jeb se soit pointé comme si de rien n'était pour me faire un tel aveu. Lui, plus que quiconque, devait savoir quelle importance le fait de connaître ma mère avait pour moi.

J'ai levé les yeux vers lui.

— Alors… y a-t-il d'autres pavés dans la mare que tu souhaites lâcher avant ton départ ? À moins que tu ne veuilles me mettre sur d'autres fausses pistes ?

Jeb a hésité un moment.

— Tu te souviens, à New York, quand tu as tué Ari et que je t'ai crié que tu avais tué ton frère ?

Méfiante, j'ai lancé un regard dans sa direction et constaté qu'Ari, qui observait son père, se crispait de plus en plus.

— Ouais, heureusement pour toi qu'il est difficile à tuer !

Ari m'a souri du bout des lèvres.

— C'est bien ton frère, Max. Enfin… ton demi-frère.

Je suis restée sans voix.

— Je suis ton père.

Autour de moi, tout est devenu flou. Hormis le visage de Jeb.

Je ne percevais même plus la propagande qui beuglait depuis les haut-parleurs. Je sentais la chaleur moite de la main de Nudge qui serrait la mienne ainsi que les pierres froides contre lesquelles mes plumes frottaient par terre. Pour autant, je ne parvenais pas à détacher mes yeux de Jeb. Ses mots résonnaient, sans logique, dans ma tête.

J'ai jeté un bref coup d'œil à Ari qui ne paraissait pas plus chamboulé que ça, juste un peu surpris.

— De quoi tu parles ?

Il était hors de question qu'on me fasse encore marcher – la distraction préférée de cette bande de scientifiques timbrés.

— Je suis ton père, Max, a répété Jeb. Ta mère et moi ne nous sommes pas mariés, mais nous avons décidé ensemble de te mettre au monde.

J'étais incapable de le regarder. Pendant de longues années, j'avais rêvé qu'il était mon père. En secret, j'étais allée jusqu'à prétendre que c'était vrai. C'était mon rêve le plus cher et lorsque Jeb avait disparu, je l'avais pleuré des jours, des semaines, des mois.

Plus tard, il était réapparu – surprise – du côté des méchants ! Ce qui m'avait brisé le cœur plus encore que la première fois.

À présent, il soutenait qu'il était vraiment mon père. Mon rêve, soi-disant, devenait enfin réalité. Sauf que je ne lui faisais plus confiance, que j'avais cessé de l'admirer, de l'aimer.

— Humm…

Il a tendu la main et tapoté brièvement mon genou.

— Je sais que c'est dur à avaler, surtout après ces six derniers mois. Tout ce que je peux te dire, c'est qu'un jour, j'espère être en mesure de tout t'expliquer, Max. C'est le moins que je puisse faire. Tu mérites bien plus, d'ailleurs. Quoi qu'il en soit, sache que je suis ton père. Je me doute que ça doit te sembler invraisemblable, mais je te demande de me faire confiance. De faire confiance à ton père.

— Ça ne va pas être possible, là, ai-je pris mon temps pour répondre.

— Je comprends. Je te demande juste d'essayer.

— Humm…

— Demi-frère ? a subitement interrogé Ari.

Jeb s'est tourné vers lui.

— Oui, vous n'avez pas la même mère. J'étais marié

à la tienne, Ari. Malheureusement, elle est morte peu de temps après ta naissance.

Ce dernier continuait à digérer l'info quand j'ai voulu savoir :

— Je suis née avant Ari. Alors qui est ma mère ?

— Ta mère et moi n'étions pas ce qu'on pourrait appeler « liés ». Mais nous étions d'accord sur le principe. Nous voulions tous les deux être impliqués dans tes débuts, dans l'héritage qui te serait transmis. Il s'agissait d'une idée formidable, incroyable, et nous…

— Pas la peine d'en dire plus. Je ne veux pas savoir ! me suis-je écriée en repliant mes ailes.

J'aurais voulu le tuer à petit feu. Le torturer.

— Je n'en ai rien à faire de toute cette pseudo-beauté scientifique. Épargne-moi le baratin ! Dis-moi qui est ma mère ou je t'arrache les yeux !!!

Jeb, imperturbable, m'a examinée.

— C'est une femme au grand cœur. Tu me fais penser à elle.

Je me suis levée, tremblant de rage.

— T'as intérêt… à me dire… qui c'est.

Je serrais les poings. Derrière moi, Angel et Nudge s'étaient mises debout, elles aussi. Total grognait dans ses moustaches. Il avait beau être petit, on aurait dit un rottweiler quand il s'y mettait.

— Ta mère est le Dr Martinez. Valencia Martinez. Tu l'as rencontrée en Arizona.

107

J'ai failli tomber à la renverse. Si, si, l'espace d'une seconde, j'ai bien cru que j'allais m'évanouir. Ma vue s'est brouillée et les poils, partout sur mon corps, se sont hérissés. Le silence, dans le cachot, a succédé à l'écho de la voix de Jeb.

Une rafale d'images a déboulé dans ma tête : son visage souriant, son regard couleur noisette, emprunt de chaleur, l'odeur des cookies aux pépites de chocolat maison. Ella et elle, lorsqu'elles m'avaient observées, la main en visière, tandis que je m'élevais dans le ciel. Nos repas ensemble. C'était la femme qui se rapprochait le plus de ma définition de la mère idéale.

—Je suis… la fille… du Dr Martinez ? ai-je murmuré, la voix enrouée.

Il a acquiescé d'un hochement de tête, avec sérieux.

— À l'époque, c'était une chercheuse de la plus haute importance, spécialisée dans la génétique aviaire. Mais dès que tu as passé le stade de l'embryon viable, on l'a exclue du projet. Pas moi, évidemment. Elle est retournée en Arizona, le cœur brisé. C'est elle qui a donné l'ovule qu'on a fécondé pour que tu naisses.

Sourcils froncés, cerveau en ébullition, je cherchais l'erreur. Il fallait que j'en aie le cœur net, parce que si je nourrissais de faux espoirs et que je m'en rendais compte, je ne m'en remettrais pas.

— Le Dr Martinez est typée espagnole… Et moi, pas !

— Tu as ses yeux, a répliqué Jeb.

D'accord, j'avais les yeux marron.

— Quand j'étais petit, j'étais blond, comme toi. Ari aussi, d'ailleurs. Tu te rappelles ?

J'ai étudié Ari dont la teinte avait aujourd'hui viré à celle des loups. S'il avait été blond, ça remontait à longtemps.

J'ai défié Jeb du regard et pris une voix des plus hostiles.

— Si c'est encore un de tes tests, un de ces trucs pour me mettre à l'épreuve, je te promets que tu ne verras plus jamais la lumière du jour !

Il a fait une petite moue sur le côté.

— J'ai le plaisir de t'annoncer qu'il ne s'agit nullement d'un test. De tout ce que j'ai pu te raconter jusqu'ici, cette information est de loin la plus vraie. Valencia Martinez est ta mère. Et je suis ton père.

Je l'ai dévisagé. Je lui en voulais toujours pour tout

ce qui nous était arrivé depuis sa disparition, deux ans plus tôt. J'aurais voulu me venger en le faisant souffrir dix fois plus que nous avions souffert, les autres et moi.

— Je n'ai pas de père, ai-je froidement déclaré.

À la fois satisfaite de moi et coupable, je me suis aperçue que mes paroles l'avaient blessé.

J'ai regardé ailleurs, encore parcourue de tremblements sous le coup des émotions. Je lui ai tourné le dos pour partir aussi loin que ma chaîne me le permettait.

En parlant, Jeb avait pris la voix que j'avais entendue tant de fois dans ma tête et qui avait disparu depuis le jour où il m'avait avoué que la Voix, c'était lui.

— Max, tu dois toujours sauver le monde. C'est pour ça que tu es née. C'est la raison d'être de tout ceci. Ce qui explique tout. Personne d'autre que toi ne peut s'en charger, j'en suis persuadé. J'y crois plus que tout. Il ne s'agit pas d'un test et je ne te mène pas en bateau. Il faut que tu accomplisses ta mission. Rien, dans l'histoire de l'humanité, n'a plus d'importance. Rien !

108

Le silence, pesant, s'est installé quelque temps. J'en avais entendu plus que je ne pouvais supporter – comme si les cloches de Pâques avaient été tellement généreuses que j'avais attrapé une crise de foie carabinée.

— Et nos parents à nous, au Gasman et moi, à Nudge, à Fang ? a interrogé Angel. Où sont-ils ?

— Je l'ignore, a expliqué Jeb en se levant. Certains d'entre eux n'ont jamais été identifiés au moyen de noms, mais de simples numéros. Quant aux autres, on a perdu leur trace. Ils n'ont joué qu'un rôle minime et très court.

— Et les informations qu'on a trouvées ? a ajouté Nudge. On a vu des noms, des adresses, des trucs dans le style.

— Je ne sais pas ce que vous avez découvert, simplement, vous avez pu mal interpréter ; à moins que la directrice ait créé de toutes pièces ces renseignements. J'ai découvert qu'elle avait fait beaucoup de choses derrière mon dos.

Sans blague ?

En lançant un regard furtif à Angel et Nudge, j'ai lu la déception sur leur visage, vu la lueur d'espoir, dans leurs yeux, se dissiper. Je les ai entourées de mes bras tandis que Total venait se lover à nos pieds.

— Je suis désolée, les filles. Vous savez, les parents sont loin d'être aussi formidables qu'on le dit. Et puis, notre famille, c'est nous.

— C'est juste… qu'on a passé tellement de temps à chercher nos parents, a rappelé Nudge doucement.

Angel a approuvé.

— Moi, j'ai envie de savoir.

— On finira par découvrir toute la vérité, leur ai-je assuré. Mais pour l'instant, je m'estime heureuse de vous avoir parce que je vous considère comme ma famille.

Elles ont hoché la tête avec un sourire triste.

J'ai jeté un œil à Jeb par-dessus mon épaule.

— Tu peux y aller, maintenant. À moins que ta chronique des cœurs brisés ne soit pas terminée.

À le voir, on aurait dit qu'il regrettait et, automatiquement, je me suis crispée.

— D'abord, tu as réunion : il y a des gens qui veulent te rencontrer. Après, il te reste un dernier test.

Il s'exprimait avec une voix bizarre, évitait de croiser mon regard. Je suis persuadée que vous en aurez tous conclu que ça ne sentait pas bon.

Eh bien sachez que vous avez raison.

109

Bienvenue sur le blog de Fang !

Date : Déjà trop tard !

Vous êtes le visiteur numéro : Notre compteur déconne. Il est saturé ! Mais faites-moi confiance, vous êtes tout là-haut, dans les nombres avec plein de chiffres.

SERRONS-NOUS LES COUDES, LES AMIS !

Salut à tous,

On est sur la côte est, quelque part entre Miami et Eastport, dans le Maine (pas envie d'être plus précis que ça), en route pour aller retrouver Max. Pas le temps de vous donner tous les détails. Disons seulement que j'ai décidé qu'entre membres de la même famille, on doit rester ensemble tant qu'on peut.

On a reçu trop de messages pour pouvoir répondre à tout le monde. Merci à tous pour votre soutien. Je n'ai le temps d'écrire qu'à quelques-uns d'entre vous – ce que je vais faire juste après – et ensuite, faudra qu'on mette les voiles.

Message à Advon777 (Utah) : Je ne sais pas où tu as déniché un lance-missiles. En fait, je préfère ne pas savoir. Toujours est-il que même si ça pourrait être utile, je n'ai pas l'impression que ce soit une bonne idée que tu tripotes un truc pareil. Si j'étais toi, je le remettrais où je l'ai pris.

Message à Felicite StarLight (Milan, Italie) : Merci de ta proposition, mais je ne vois pas trop où je caserais une petite amie dans mon emploi du temps actuel. Je trouve tes idées… créatives, seulement ce n'est vraiment pas le bon timing.

Message à JamesL (Ontario, Canada) : Merci mon vieux. J'apprécie ton soutien. On a besoin de l'aide de tout le monde. Cela dit, je crois sincèrement que tu devrais finir ton CE1 d'abord.

Message à PDM1223 : Génial ! C'est exactement là que je veux en venir. Tu as tout compris ! Parle autour de toi. Faisons passer le message à un maximum de gens. Racontons-leur ce qui se passe, organisons des manifs, des trucs dans le genre. Il faut faire le piquet de grève devant les grands groupes pharmaceutiques tels qu'Itex. J'ai piraté leurs fichiers et découvert que les entreprises Stellah Corp, Dywestra, Laboratoires Mofongo, DelaneyMinkerPrince et quelques autres sont en fait des filiales d'Itex à l'étranger. Stellah Corp est basée en Angleterre, pas loin de chez toi. Tu peux consulter la liste au complet dans l'appendice D comme Débiles.

Et vous : lisez le mail de ce mec ! Il a tout pigé sur ce qui se passe et ce qu'il faut faire.

Message à tous les habitants de la région de Seattle : Une manifestation aura lieu samedi. Pour les détails sur le lieu de rendez-vous et l'horaire, jetez un œil au programme de BigBoyBlue (Merci, BBB !) qui figure en appendice E. Un conseil à ceux qui habitent dans les autres villes : consultez l'agenda. Il se passe un tas de choses. Mille mercis à vous tous d'organiser ces événements. Ensemble, nous allons sauver le monde ! Nous sommes son dernier espoir !

Fang

Fang a tapé les derniers mots, s'est appuyé contre le dossier de son siège et s'est frotté les yeux. Il était deux heures du matin.

Iggy, le Gasman et lui devaient s'introduire en catimini sur l'avion de fret de six heures dix du matin. Les amis de Fang dormaient en boule sur des sacs de grains de maïs, dans un coin du gigantesque hangar. Fang avait proposé de veiller toute la nuit jusqu'au départ car il avait du retard à rattraper sur son blog et que les deux autres semblaient bien plus crevés que lui. Ils avaient traversé les États-Unis d'un bout à l'autre en volant et ne s'étaient autorisé que quelques arrêts, le temps de se reposer brièvement et de manger quelque chose.

Fang a éteint l'ordinateur pour économiser la batterie. Il se sentait plus en sécurité une fois le halo bleu pâle de l'écran dissipé et l'obscurité nocturne environnante retrouvée.

Il avait du mal à croire ce qu'il lisait sur le blog : partout dans le monde, la vague de résistance s'amplifiait entre les mains des enfants. Même dans des pays tels que le Kazakhstan et Taiwan, la population enfantine se révoltait, aussi furieuse que déterminée. Fang avait reçu des messages d'enfants prêts à mourir pour la cause. Il espérait qu'ils ne devraient pas en arriver là.

Il s'est adossé contre un sac de maïs et a écouté le bruit de la respiration des autres. L'attente jusqu'à six heures était insoutenable. Sans compter qu'il allait encore falloir traverser l'Atlantique en avion, puis chercher la piste de Max, quelque part en Allemagne. Il aurait donné n'importe quoi pour claquer des doigts et se retrouver là-bas comme par magie. Malheureusement, c'était le genre de don que les savants fous avaient négligé de programmer chez eux.

En revanche, il se réjouissait de la réussite de son blog, celui que Max n'avait pas voulu prendre au sérieux. Il pensait vraiment que ces enfants pouvaient changer les choses. Et le plus important, c'était qu'ils étaient de cet avis, eux aussi.

Il a croisé ses mains dans sa nuque et s'est étiré avant de se laisser aller à un petit sourire. Max le taquinait toujours en disant qu'elle et les autres le verraient tout à fait en gourou de secte.

Eh bien, peut-être que c'est ce qu'il était devenu en effet. Et peut-être était-ce la seule solution pour les sauver tous ?

110

— Tu crois qu'il y aura des zakouski à la réunion ? a voulu savoir Total qui parlait à voix basse alors que nous avancions à reculons dans les escaliers en pierre sans fin. J'adore les zakouski !!! Miam !

— Je ne pense pas qu'il y aura un buffet, ai-je répondu dans un murmure. Pas le genre d'accueil que le Comité des savants cintrés va réserver aux Défenseurs de la liberté…

— De quel dernier test il parlait, d'après toi ?

L'appréhension filtrait dans la voix de Nudge.

— Probablement un truc très con, ai-je soupiré. Très con, qui risque de mettre nos vies en péril et de me foutre en pétard chaque fois que j'y repenserai après coup.

Angel a levé ses yeux pleins d'inquiétude sur moi.

— Tu crois que Fang va bientôt arriver ?

— Je suis sûre qu'il est en route.

En réalité, je doutais qu'il arrive à temps pour nous épargner l'épreuve débile que les scientifiques nous avaient préparée. Instinctivement, je me suis mise à inspirer profondément afin d'oxygéner mon sang au maximum. Mes jointures portaient encore les cicatrices de mon dernier petit accrochage avec les ouvre-boîtes ambulants. J'ai fait craquer mes articulations, me préparant déjà à souffrir même s'il faudrait que j'ignore la douleur.

La réunion se tenait dans la charmante cour de prison baignée d'une faiblarde lumière hivernale. Le ciel et l'atmosphère avaient en commun la teinte grisâtre de la boue morne sous nos bottes. J'ai repensé au Dr Martinez et à la possibilité qu'elle soit ma mère. En dehors de mes amis, elle et sa fille – Ella qui serait alors ma demi-sœur !!! – étaient les personnes que je préférais au monde. J'aurais bien aimé avoir plusieurs heures devant moi pour me bercer de ces douces illusions, mais si ça se trouvait, j'étais sur le point de mourir avant même de pouvoir les revoir une dernière fois.

Les mutants et les clones survivants étaient alignés en rangs serrés dans la cour. Ils étaient moins nombreux qu'avant. Je me suis souvenue des paroles de Max II au sujet du fait qu'il en disparaissait un peu plus chaque jour.

Allait-il falloir que je me batte à nouveau avec elle ? Voudraient-ils que je la tue pour de bon cette fois ? Je priais pour qu'un taré ne me demande pas de me battre une énième fois avec Ari, bien que je n'aurais pas parié là-dessus.

— Attendez ici, a ordonné un Flyboy de sa voix métallique.

Essaie encore, me suis-je dit, *et tu verras ce qui se passe quand on me donne des ordres.*

Plusieurs Flyboys, armés de revolvers, nous encerclaient. Ces derniers paraissaient soudés à leurs bras, sorte de prolongement bizarroïde. Pas mal comme nouvelle option. Au moins, ils ne risquaient plus de perdre leurs armes ou de se les faire piquer. Ces types sont vraiment champions en matière d'innovation ! On n'arrête pas le progrès !

— Bienvenue à tous, nous a accueillis mon ex-mère alors qu'elle s'avançait sur une sorte d'estrade.

Aussitôt, son image est apparue sur une demi-douzaine d'écrans géants disséminés tout autour de la cour.

Au moment où elle a ouvert les bras en signe de bienvenue, j'ai remarqué les gradins pleins à craquer sur l'un des côtés. Les spectateurs sentaient les politiques à plein nez. Il s'agissait vraisemblablement de gouvernementaux invités pour qu'on les impressionne, qu'on les flatte et qu'on les achète (pas nécessairement dans cet ordre).

— Bienvenue, vénérables représentants de…

C'est alors qu'elle a entamé son tour du monde en citant tous les pays possibles et imaginables dont j'avais entendu parler – ainsi que quelques-uns que je ne connaissais pas – et qui semblaient tous disposés à prendre le train en marche direction l'Apocalypse, version revisitée par les Cinglés.

— Préparez-vous à une démonstration de nos réalisations les plus renversantes, a promis la directrice comme elle appuyait sur un bouton qui actionna l'ouverture d'une porte en métal de deux mètres cinquante de haut.

Il ne manquait plus que ça, ai-je pensé. *Mon petit doigt me dit que je vais passer un sale quart d'heure.*

Je ne croyais pas si bien dire.

111

— D'accord, je me rends, a soufflé Total.

Angel, Nudge et moi nous sommes presque ral-
liées à son avis, tandis que nous ouvrions de grands
yeux ronds face au spectacle qui se déroulait devant
nous.

Je vous dispense des détails les plus effrayants. Ça
risquerait de vous filer le bourdon. Disons simplement
que si ces scientifiques avaient mis leurs brillants neu-
rones au service du bien plutôt que du mal, les voitures
fonctionneraient à la vapeur d'eau et rejetteraient du
compost frais au lieu de gaz d'échappement ; la faim
dans le monde et les maladies auraient été éradiquées ;
tous les bâtiments seraient « garantis anti-tremblement
de terre, anti-bombardement et anti-inondation » et
une nouvelle économie, dont le système monétaire

serait exclusivement fondé sur l'unité chocolat, aurait détrôné l'actuelle.

Seulement voilà, étant donné qu'ils étaient tous des suppôts de Satan, on s'est colliné un défilé de monstruosités assurées de refiler des cauchemars à l'humanité entière au cours des cinq cents prochaines années.

— Max, si tu sors vivante de ton dernier test, tu pourras piquer une de ces tenues magiques pour moi ? a demandé Angel qui se rapprochait subrepticement de moi.

— J'essaierai de nous en chiper une chacun ! ai-je répondu avant de tilter sur ce qu'elle venait de dire. Comment ça, « si » ?

Elle m'a examinée avec gravité. J'espérais qu'elle n'avait pas un nouveau don grâce auquel elle pouvait prédire l'avenir...

— Ils sont beaucoup plus nombreux que nous et cela m'étonnerait qu'ils jouent franc jeu.

J'ai serré sa main très fort.

— Loyaux, ils ne le sont jamais. Ce n'est pas nouveau. Mais tu vas voir que je vais m'en tirer et que je te rapporterai un costume magique.

Angel a souri.

— Vous avez sous les yeux les spécimens brevetés équipés du procédé de repousse des membres endommagés, a raconté la directrice.

Sur ces paroles, un homme s'est avancé et a détaché son bras de son épaule. Il l'a exhibé pour montrer qu'il était composé de chair et d'os, tout en étant rattaché à lui au moyen d'une interface électronique qui ressemblait étrangement au port d'un iPod.

— Dégoûtant ! a commenté Nudge et nous avons tous adhéré avec des hochements de tête.

— La réplique du bras est faite en matrice biogénétique. Elle fonctionne exactement comme le membre qu'il a perdu, et même mieux, a développé Janssen. Nous avons incorporé des cellules en titane à son ossature et renforcé ainsi sa résistance à hauteur de quatre cents pour cent.

— Ennuis garantis aux postes de sécurité des aéroports du monde entier, c'est moi qui vous le dis, ai-je complété.

— J'ai également l'honneur de vous présenter l'un de nos hybrides humains les plus perfectionnés.

Une femme, cette fois, s'est avancée, d'apparence tout à fait normale. Avait-elle des ailes ? Était-ce un Eraser ?

— On a greffé sur l'ADN de Mara, ici présente, du matériel génétique *Panthera pardus*, ce qui lui a conféré des compétences uniques.

— Qu'est-ce que c'est ? a fait Angel, tout bas.

— Aucune idée, ai-je avoué.

— Un truc félin, est intervenu Ari.

Il avait raison. Sur l'estrade, la femme a ouvert la bouche, révélant d'immenses crocs, affûtés comme des lames de rasoir et qui semblaient encore plus fatals que ceux des Erasers. Ensuite, elle s'est accroupie et a bondi en prenant appui sur ses pattes. On aurait dit qu'elle était montée sur ressort. Avec la souplesse d'un élastique, elle s'est accrochée, quatre mètres plus haut, à un lampadaire.

À ce moment-là, tous ceux dont la mâchoire n'était pas encore tombée lorsqu'elle avait ouvert la bouche ont cessé d'essayer de sauver les apparences, laissant paraître eux aussi leur profonde surprise.

La scientifique a souri et fait signe à la femme de redescendre de son perchoir.

— Comme toujours, les gènes de léopard se sont exprimés de façon inattendue.

Traduction : ils n'avaient toujours aucune idée de ce qu'ils fabriquaient au juste.

Mara s'est retournée. La directrice a défait, dans son dos, la fermeture éclair de sa combinaison et un murmure d'excitation s'est élevé de la foule. Le long de la colonne vertébrale de la femme couraient des taches de léopard.

— Je suppose que c'était compris dans le package et qu'il n'y a pas moyen d'échanger, ai-je commenté, ce qui a fait ricaner Total.

— Et Mara n'est qu'un début, a repris la « maîtresse de cérémonie ».

112

En grandissant dans un laboratoire au sein de l'École, entourés de cages pleines du fruit des expériences de combinaisons génétiques en tous genres, on avait plus ou moins vu les trucs les plus zarbis possibles et imaginables (et même ceux qu'on n'imagine pas). La plupart d'entre eux avaient été voués à l'échec ou, comme disent les blouses blanches, s'étaient révélés « non-viables ». Un très faible pourcentage était parvenu à dépasser le stade de l'embryon tandis qu'une poignée avait péniblement survécu un an, voire deux, avant de succomber à leurs horribles handicaps. À ce que je savais, tous les six, nous étions de loin les mutants les plus accomplis. Nous et les Erasers, bien que ces derniers ne vivent pas plus de six ans environ. Comparés à eux, on faisait office d'ancêtres.

À présent, nous avions sous les yeux des espèces

hybrides réussies. Mara en faisait partie. Après elle, le Dr Janssen évoqua deux personnes capables de modifier la couleur de leur peau par la seule pensée.

— Ils peuvent devenir bleus ? (Nudge semblait fascinée.) Ou violets ?

— Va savoir ! ai-je lâché juste avant que mon estomac se soulève en voyant la peau des deux intéressés se métamorphoser en tenues de camouflage vivantes sur l'estrade.

Le simple fait de penser à ce que les militaires du monde entier pourraient faire d'une telle invention me rendait malade.

On a également vu des gens qui pouvaient se grandir d'une dizaine de centimètres rien qu'en lançant un message à leurs muscles et leurs os.

— Combiné à ce truc pour changer sa couleur de peau, on obtient la combinaison idéale du braqueur de banque ! ai-je fait remarquer. Facile comme tout de passer incognito après coup !

Par la suite, le défilé a continué avec des spécimens à la peau dure qui résistait aux balles et pelait en même temps. On les a surnommés les Alligators. Une femme pouvait crier si fort dans les aigus qu'on ne l'entendait plus, hormis Total qui s'est tordu de douleur au sol, se mordant les babines pour éviter d'hurler tous les gros mots qui lui venaient à l'esprit. Avec sa voix, la femme en question pouvait briser du verre – ce qui, en soi, n'est pas si rare – mais aussi faire voler en éclats des pièces métalliques, ce qui paraissait plus innovant (en même temps que terrifiant).

— C'est l'emmerdeuse idéale, tu ne trouves pas ? ai-je lancé à Ari.

Il a essayé de sourire. En vain. Sa peau avait viré au gris et il n'avait pas dit un mot depuis plusieurs heures. Je me demandais si sa fin approchait.

— On dirait une armée de soldats, a constaté Nudge. Ils seraient parfaits en cas de guerre.

— Je crois que c'est l'idée, en effet.

— Ils ne pensent vraiment qu'à ça ! a regretté Total, dégoûté. Il y a autre chose dans la vie que la domination du monde.

— Max, c'est quoi, ça ? a interrogé Angel en pointant du doigt.

J'ai jeté un œil dans la direction qu'elle m'indiquait. Sur l'estrade, on aurait dit que Marian Janssen avait une télécommande dans la main. Alors, j'ai identifié un petit essaim étincelant, de la couleur du cuivre qui tournait autour d'elle. S'agissait-il d'insectes ? Faisaient-ils partie de leurs dernières inventions ?

La scientifique a fait signe à quelqu'un d'ouvrir une immense boîte en plastique d'où se sont échappés des centaines de papillons absolument magnifiques. Ce déferlement de couleurs contrastait avec la grisaille du paysage. En plus des hommes-camouflages, je veux dire.

Les mini-ovnis scintillants n'étaient pas des insectes. C'était des nano-balles équipées de leurs propres systèmes de guidage.

En moins de dix secondes, ils ont pris pour cibles les papillons et, quelques instants plus tard, les ont réduits à des confettis d'ailes qui sont tombés en une pluie miroitante sur le sol.

Nudge, Angel, Ari, Total et moi avons échangé des regards horrifiés.

113

— Qu'est-ce qu'ils ont contre les papillons ? s'est révoltée Nudge.

— D'après moi, ils étaient simplement là pour servir d'exemple, lui ai-je dit. Le message, c'est que ces machins minuscules sont mortels et qu'ils peuvent dénicher une aiguille dans une botte de foin génétiquement modifiée.

Total agitait la tête. Il s'est allongé et a couvert ses yeux de ses pattes.

— C'est plus que je n'en peux supporter, a-t-il grommelé. Je suis bien trop sensible.

— Nous avons gardé le meilleur pour la fin, a subitement déclaré la voix de la directrice dans les haut-parleurs, et j'ai l'honneur de vous présenter… la Génération Omega !

Un garçon est sorti du groupe. Il devait avoir mon âge, à peu près, mais mesurait cinq ou six centimètres de moins que moi tout en pesant, à vue de nez, une vingtaine de kilos de plus. Ses cheveux étaient châtain clair, ses yeux bleu acier. Il portait une de ces combinaisons magiques, capables de changer de couleur et de forme sur simple commande verbale.

— Hé, ils lui ont donné le gène du canon, a commenté Nudge, et Angel s'est mise à glousser.

Janssen rayonnait de fierté face au garçon. Ce dernier toisait la foule sans expression.

— Avec Omega, nous sommes parvenus au sommet de notre maîtrise : c'est notre réalisation la plus brillante, le fruit de six décennies de recherches. Une réussite totale ; et il dépasse de loin tous les hybrides créés auparavant.

— Aïe, aïe, aïe, a lâché notre animal de compagnie.

— Nous avons placé en Omega nos espoirs et nos rêves les plus fous quant à un avenir utopique, s'est répandue en compliments l'oratrice. Il représente la clé de l'espèce humaine super évoluée de demain. Omega est immunisé contre toutes les maladies connues et imaginables et ses réflexes sont surdéveloppés tandis qu'il jouit d'une puissance incroyable compte tenu de son âge. Il surpasse toutes les courbes de Q.I. jamais conçues. De plus, sa capacité de mémorisation et son temps de réaction sont hors du commun. On peut dire que c'est un véritable Superman.

— Qui fait aussi la cuisine comme un chef ainsi que des compositions florales ravissantes pendant son temps libre, ai-je ajouté.

— Omega va maintenant vous faire une démonstration de force en même temps que vous prouver à quel point il convient parfaitement à l'émergence d'une nouvelle espèce d'hommes dans notre monde de demain.

— Un nouveau monde rempli d'hommes à la mort et de bâtiments à l'abandon...

— Omega va commencer par anéantir un spécimen homo-aviaire hybride réussi, mais obsolète, a anticipé la scientifique. Cela servira de symbole pour la suite des événements telle qu'elle s'annonce dans le monde.

Je me suis raidie et l'ai fixée droit dans les yeux. À son tour, elle m'a regardée :

— Pas vrai, Max ?

114

Ai-je déjà précisé combien je hais les despotes psychopathes ? *Mais oui, Max, au moins trois cents fois déjà. Pourquoi ?*

Eh bien, pour *ce genre* de raisons.

— Maximum Ride et Omega vont s'affronter jusqu'à la mort, a gaiement annoncé la directrice comme si elle déclarait le prochain tournoi de croquet ouvert.

— Max ? a susurré Nudge, visiblement épouvantée.

Ari m'a agrippée par le bras et s'est légèrement mis en travers de mon chemin pour me protéger. Je lui ai souri du bout des lèvres tout en faisant non de la tête, alors il s'est décalé pour me laisser passer, gardant sur le visage une expression de colère.

— Max, il va te tuer, s'est inquiétée Angel. Toute sa vie, on l'a entraîné pour cela.

Évidemment ! Dieu préserve ce pauvre mec d'avoir eu une enfance normale passée à mater la télé et bouffer des Smarties.

Tel un banc de poissons gris délavé, les mutants se sont tous tournés pour me faire face. Après, ils se sont écartés comme si Moïse avait fait signe à ses petits soldats de s'approcher. Alors, Omega est descendu de l'estrade en faisant un double salto, très haut, et il s'est posé comme une fleur sur les gravillons dans un bruit de craquement à peine audible.

— Angel, si tu peux, c'est le moment ou jamais de trifouiller dans le cerveau de celui-là ! lui ai-je soufflé.

— Compte sur moi, a-t-elle promis sans réelle conviction.

Mon cœur avait démarré au quart de tour. Les poings serrés, je sentais la décharge d'adrénaline gagner l'ensemble de mes veines à la vitesse grand V.

Omega a quitté les rangs des mutants pour se diriger vers moi en accomplissant des sauts de mains successifs, à la façon d'un gymnaste monté sur ressorts. Comme il se déplaçait avec une rapidité fulgurante, il ne lui fallut pas plus de quelques secondes pour se poster devant moi, ses bottes enfoncées sèchement à une poignée de centimètres des miennes.

Il a levé les yeux sur moi et j'ai croisé son regard d'acier. Avant qu'il ait le temps de comprendre ce qui se passait, je lui ai flanqué mon poing dans l'œil gauche de toutes mes forces. Moi aussi, je peux être rapide quand je veux !

Il a légèrement chancelé vers l'arrière, mais s'est servi

de l'élan conféré par mon coup de poing pour contre-attaquer au moyen d'un coup de pied circulaire. Ce dernier m'aurait atteint en plein dans le cou si je n'étais pas une adversaire aussi redoutable, en même temps que l'enfant-oiseau la plus rapide à cent kilomètres à la ronde.

Du coup, j'ai pu empoigner le talon de sa botte et le faire tourner violemment vers la gauche, ce qui lui a fait perdre l'équilibre. Il s'est étalé par terre sur le dos. Youhouuu.

Il s'est remis debout en une fraction de seconde. J'ai réussi à échapper à son coup de coude dans ma tête ; en revanche, avec son autre main, il m'a porté un coup latéral, juste au-dessus du rein. Une douleur terrible a instantanément jailli, au point que j'ai eu envie de me laisser tomber à genoux pour vomir.

Heureusement, ce n'est pas de cette façon qu'on m'a élevée.

Ce n'est qu'une douleur, me suis-je dit. *La douleur n'est qu'un message sensoriel. Tu dois pouvoir l'ignorer.*

Ainsi, je suis parvenue à rester sur mes pieds, j'ai pris une inspiration et fait claquer ma paume ouverte sur son oreille aussi brutalement que possible. Son visage s'est décomposé et sa bouche s'est déformée comme s'il poussait un petit cri mais sans faire de bruit. J'espérais lui avoir fait éclater le tympan. Pourtant, il s'est ressaisi en un éclair et il m'a asséné un nouveau coup de coude dans les côtes avant de me frapper à la nuque avec le tranchant de sa main.

La douleur n'est qu'un message. À ce moment-là, j'avais mis tous les appels en attente.

D'un tour sur moi-même, j'ai pris suffisamment d'élan pour lui porter un solide coup de pied latéral et enchaîné aussitôt avec un autre, du pied droit, dans la colonne vertébrale. S'il avait été un humain *lambda*, je lui aurais brisé le dos. Au lieu de ça, Omega s'est contenté de vaciller, puis il s'est redressé en moins de deux pour revenir à la charge, dans un rugissement féroce.

En général, j'évite de mettre mes adversaires à mort. C'est mon côté dégonflé. Même Ari, je n'ai pas fait exprès de le tuer. Mais vu que mon ex-mère avait mentionné une lutte à mort, j'ai décidé que, d'une certaine façon, j'avais la permission de régler son compte une fois pour toutes à ce pauvre naze. Ouais, ouais, je sais que je dois me faire du souci pour le salut de mon âme, mon karma et tout ce bla-bla, seulement, à cet instant précis, tout ce qui m'importait, c'était de *vivre*, de sortir victorieuse de ce combat. Mon karma, je m'en occuperais plus tard. Et si jamais je me réincarnais en cafard dans ma prochaine vie, ça voudrait dire qu'au moins, j'ai survécu à l'holocauste nucléaire.

J'ai pris mon élan, les jambes en l'air, telle une véritable hélice, en préparation d'un coup de pied circulaire. J'ai atteint Omega dans le dos qui, sous la violence de l'impact, a titubé vers l'avant. Alors qu'il tentait de parer à mon coup suivant en attrapant ma botte, je lui ai flanqué un coup à la tête, sa petite tête parfaite, qui l'a fait tomber au sol.

Je me suis jetée sur lui, m'emparant de son bras pour le tordre violemment dans son dos, vers le haut et sur la gauche. En fait, je lui ai démis l'épaule avec un grand bruit sourd, du genre qui vous soulève l'estomac.

— Tu devrais peut-être changer ton nom en Thêta, ai-je chuchoté à son oreille tandis qu'il haletait, face contre terre. Ou Epsilon.

Au passage, je dois vous dire que le coup de l'épaule désarticulée avait sérieusement refroidi la majorité des spectateurs.

— Je... m'appelle... Omega, a-t-il dit péniblement entre ses dents.

Après, il a donné un coup vers l'arrière pour se relever et réussi à me renverser tandis que son bras reprenait sa place dans un bruit de claquement impressionnant. Il a fait une grimace, puis s'est lancé à nouveau à mes trousses, son regard meurtrier injecté de sang.

Bienvenue sur le blog de Fang !
Date : Déjà trop tard !
Vous êtes le visiteur numéro : Le machin est toujours cassé.

TENEZ-VOUS PRÊTS, LES AMIS ! ON ARRIVE !

Cinq heures du mat'.
On ne devrait plus tarder à embarquer en douce sur l'avion cargo. J'ai voulu laisser les autres dormir jusqu'à la dernière minute. Résultat : je suis trop vanné maintenant. Je n'ai plus les idées claires. J'essaierai de faire un somme dans l'avion. Une fois en vol, ce sera le paradis parce qu'on est probablement les seuls voya-

geurs à ne pas redouter un *crash* aérien. Si jamais il arrive quelque chose à cet avion et qu'on commence à perdre de l'altitude, je me taillerai en disant simplement « à plus ! »

J'espère que Max va bien. Si certains d'entre vous se trouvent aux alentours de Lendeheim, en Allemagne, allez au château foutre la merde, d'accord ?

Signé Fang

Un petit bruit força Fang à s'arrêter. Il tendit alors l'oreille. Le jour ne s'était pas encore levé et, par les fenêtres du hangar, il apercevait le halo ambré des lumières de sécurité à l'extérieur. Peut-être qu'on était déjà en train de charger l'appareil.

Et peut-être aussi que la grand-mère de Fang était la reine d'Angleterre...

Sans faire de bruit, il referma son ordinateur portable et le fourra dans son sac à dos. Ensuite, il se glissa près des autres et leur effleura les jambes. Ils se réveillèrent tous deux sur-le-champ, en silence, comme on le leur avait enseigné.

Gazzy jeta un œil à Fang qui avait posé son doigt sur sa bouche et fit signe qu'il avait compris. Fang se pencha alors sur Iggy pour lui taper deux fois le dos de la main. Iggy se redressa pour s'asseoir avec précaution et hocha la tête lui aussi.

Au même moment, le monde qui les entourait implosa subitement : les gigantesques portes métalliques à l'entrée du hangar s'ouvrirent dans un vacarme assourdissant. Les portes en verre du bureau du hangar volèrent en éclats et deux grandes fenêtres, de l'autre côté, se brisèrent tandis que des Flyboys s'y engouffraient telles des guêpes furieuses.

— Sortez d'ici ! ordonna Fang aux garçons. Iggy, portes ouvertes droit devant toi, à midi !

Le truc pour avoir des enfants qui obéissent au doigt et à l'œil sans jamais moufeter, c'est de leur faire comprendre que, dans le cas contraire, c'est la mort qui les attend, pensa Fang pendant qu'il se précipitait sur les Flyboys.

Il y en avait des dizaines. Certains entraient dans le hangar en courant, arme à la main ; d'autres, dans les airs, s'abattaient sur leur proie tels de gros insectes aussi moches que des poux. Ils ouvrirent le feu et des balles se mirent à ricocher contre les murs du hangar, les transpalettes et les mini-chargeuses.

Fang vola droit sur la horde d'ennemis. Plusieurs d'entre eux l'assaillirent de coups qui lui coupèrent la respiration, mais il parvint à rester en l'air et à sortir du hangar. Soudain, une balle effleura son épaule. Sur le coup, il siffla et jeta aussitôt un œil à la blessure pour s'apercevoir qu'elle était superficielle. Alors, il reprit de l'altitude. Là, il repéra le Gasman et Iggy qui – hourra ! – étaient arrivés à s'enfuir eux aussi. Il ne leur restait plus qu'à se rejoindre et à se débarrasser de ces pots de colle… d'une façon ou d'une autre.

Fang poussait des pointes ici et là, gardant ses ailes contre lui comme il l'avait appris en observant les buses. Il effectua un virage serré, bien plus rapide et plus agile que les Flyboys.

Des coups de feu continuaient à lui parvenir depuis le hangar. Il se dit qu'ils feraient mieux de ne pas tirer si près des réservoirs de kérosène de l'avion s'ils ne voulaient pas faire explo…

BOUM !!! Le toit du hangar sauta, percé d'une énorme boule de feu en pleine ascension. Des morceaux de métal déchiquetés se répandirent partout dans le ciel. L'un d'entre eux toucha Gazzy au visage et lui arracha un cri de douleur en le brûlant. Il porta une main à sa joue, mais réussit malgré tout à enfoncer ses pieds dans la poitrine d'un Flyboy pour le renverser.

Les Flyboys n'étaient pas ce qu'on faisait de plus doué pour voler sur le côté et avant que celui touché par Gazzy ait eu le temps de rétablir sa position, il s'écrasa au sol.

Des éclats de Flyboys tombèrent en pluie autour d'eux. Fang fit une descente en piqué, ramassa une arme échappée des mains de l'ennemi et remonta en flèche. Il tenta de faire feu, chercha un instant le cran de sûreté puis déclencha une pluie de balles sur une dizaine de Flyboys qui volaient en ligne. Tous furent fauchés sur le coup. Fang cautionna d'autant moins la règle de Max qui les empêchait d'avoir des armes.

— Ton heure a sonné, promirent plusieurs Flyboys de leur drôle de voix de synthèse. Nous sommes ici pour vous tuer, toi et tes copains. Max et les autres sont déjà morts. Maintenant, c'est votre tour.

Un frisson parcourut Fang. Néanmoins, très vite, il se ressaisit. Max n'était pas morte. Si c'était le cas, il l'aurait su. Il l'aurait senti, d'une manière ou d'une autre. Le monde lui apparaissait inchangé. C'est pourquoi Max devait nécessairement en faire toujours partie.

— Nous sommes venus vous tuer, entonnèrent les Flyboys en chœur.

— Alors, ce n'est pas votre jour de chance, lança Fang en retour, sur un ton plein de hargne, avant d'ouvrir à nouveau le feu.

Dix autres Flyboys tombèrent comme des pierres et s'écrasèrent par terre dans un floc à donner des haut-le-cœur.

— Vous n'êtes pas faciles à tuer, sortit un autre Flyboy dans un débit monotone.

— Là-dessus, t'as raison !

Fang n'avait jamais vu autant de Flyboys. Ils devaient approcher des trois cents. Peut-être plus. Gazzy et Iggy continuaient à donner le change à l'ennemi qui semblait s'efforcer de les capturer plutôt que de les tuer sur-le-champ. *Autrement, ce ne serait pas drôle*, songea Fang.

— On va commencer par te démembrer, raconta un Flyboy, et on mettra tes photos en ligne sur ton blog, histoire de montrer ce qui arrive quand on nous résiste. Ensuite, on te forcera à nier tout ce que tu as dit sur Internet.

Fang eut un grand sourire et continua à zigzaguer de bas en haut sur quatre ou cinq mètres environ.

— Après m'avoir démembré ? Tu ne devais pas être une lumière en cours de bio, toi ! ! !

— Nous allons te torturer, insistèrent d'autres Flyboys.

— Ça m'étonnerait, rétorqua Fang en les fauchant avec ses balles.

Ouah ! C'est fou ce que ces machins marchaient bien ! Il suffisait de presser la détente. Décidément, Fang ne comprenait pas du tout ce que Max reprochait aux armes à feu !

— La terre entière verra que tu retires tout ce que tu as dit, poursuivit une énième fournée de Flyboys.

— Un conseil, leur lança Fang : si vous commencez par montrer des scènes de torture *puis* que vous m'obligez à retirer tout ce que j'ai dit, les gens risquent de deviner que je n'ai pas fait ça *de mon plein gré*. Vous pigez ?

— Nous allons te torturer, répétèrent encore et encore les robots.

— O.K., j'abandonne. Vous me fatiguez !

Alors, Fang appuya sur la détente, mais rien ne se produisit. Le chargeur était-il vide ? En un éclair, il fondit sur le corps décomposé d'un Flyboy, cherchant à s'emparer d'une nouvelle arme. Pas de bol : celle-ci était attachée au cadavre et Fang fut ramené violemment vers l'arrière tandis qu'il tentait de partir avec. Il lâcha prise, s'éloigna en courant de la meute de Flyboys au sol et finit par mettre la main sur une arme qui n'était pas attachée à son propriétaire.

Il fit volte-face et tira sur tous les Flyboys qui se trouvaient derrière lui. Il changea ensuite d'angle de tir, visa le ciel et toucha plusieurs ennemis qu'il regarda avec satisfaction se mettre à voler de travers, un filet de fumée dans leur sillon.

— Hé, l'interpella le Gasman d'en haut. Fais gaffe où tu tires !

L'intéressé leva le nez et vit que Gazzy montrait du doigt deux trous dans son jean. Fang avait réussi le miracle de toucher son pantalon sans le blesser lui.

— Oups ! Désolé ! s'excusa-t-il.

Le problème avec les flingues – en plus du risque de blesser les gens de son propre camp – c'est qu'il n'y a pas moyen de dégommer plusieurs centaines de méchants en même temps. Il lui fallait une arme d'un autre calibre. Si ses amis avaient eu des bombes sur eux, il y a longtemps qu'ils s'en seraient servi. La *balle* était dans le camp de Fang à présent.

Une fois encore, il se hissa d'un bond dans les airs et recommença à viser les Flyboys en redoublant de précautions. À une centaine de mètres, il distingua, au loin, une grande étendue grise bordée de feu : l'océan et le soleil levant à l'horizon.

— Ton heure a sonné, débita avec la même monotonie un escadron ennemi à ses trousses.

— Je ne suis plus tout seul ! hurla Fang qui se dirigeait à l'est, à l'opposé du hangar. Nous sommes nombreux, tellement nombreux !!! Vous n'avez pas idée !

117

Je m'apprêtais à lancer une nouvelle offensive contre Omega lorsque j'ai entendu la directrice crier « Attendez ! »

Je ne l'avais jamais écoutée, celle-là, alors ce n'était pas maintenant que j'allais commencer. J'ai bondi vers l'avant, les doigts raides, prête à lui briser la trachée… quand le collier en métal autour de mon cou m'a filé une violente décharge d'électricité qui m'a fait tomber comme une masse.

Auparavant, j'avais souffert de migraines à me taper la tête contre les murs dont je ressortais à la fois très faible et nauséeuse. Cette décharge m'avait fait le même effet. Lorsque mon cerveau ramolli est finalement revenu à lui et que mes synapses se sont reconnectées, j'étais étendue sur le dos sous les visages inquiets de ma petite famille.

J'ai sauté sur mes pieds. Je n'avais pas encore tout à fait retrouvé mon équilibre lorsque j'ai remarqué Omega qui, sans me voir, se tenait debout, raide comme un piquet, sur le côté.

J'ai lancé à Nudge un regard interrogateur et elle a haussé les épaules.

— Vous auriez dû attendre mes ordres, a dit la directrice, mécontente.

J'ai failli dire « Ce n'est pas moi qui ai commencé ma petite Dame », mais je me suis souvenue que, techniquement, c'était faux, alors je l'ai bouclée.

— La première partie de l'affrontement consiste en un test de rapidité.

Le troupeau de moutons s'est scindé en deux pour nous faire de la place.

— Vous partirez d'où vous êtes. Faites quatre allers-retours jusqu'au mur opposé du château. Que le meilleur gagne !

Le mur en question se trouvait à une distance approximative de six cents mètres. Quelqu'un a tracé une ligne par terre avec sa chaussure sur laquelle Omega et moi nous sommes positionnés. Que pouvais-je faire d'autre ? J'étais sonnée par cette décharge électrique, prise d'une envie de vomir, et je n'étais pas persuadée que la stratégie de l'objecteur de conscience serait bien accueillie.

Omega semblait imperturbable, voire détendu. Quoi qu'il en soit, pas du tout comme quelqu'un dont on vient de déboîter l'épaule.

— Tu ne peux pas gagner, m'a-t-il lancé avec calme,

en regardant ailleurs. Aucun humain ne peut courir plus vite que moi.

— Va te faire voir ! ai-je rétorqué avant de me pencher pour le départ. Fais gaffe à la poussière derrière moi.

— Partez !!! a proclamé la directrice.

N'empêche, j'avoue : ce sale petit con était plutôt rapide. Il a touché le mur plusieurs secondes avant moi et pourtant, je suis moi-même loin d'être lente. En plus, j'étais plus grande que lui. Au troisième tour, il avait environ cent cinquante mètres d'avance. Aucun d'entre nous n'était véritablement essoufflé. Lui, c'était Superboy, et moi, j'étais supposée pouvoir respirer en absorbant très peu d'oxygène, y compris en haute altitude.

En revanche, il ne semblait éprouver aucune sensation – ni colère, ni volonté de gagner à tout prix, ni désir de me donner une bonne leçon. Ce qui faisait déjà trois différences entre lui et moi.

La dernière ligne droite est finalement arrivée. Il me distançait à présent de quatre cents mètres. L'assistance se taisait, personne n'osant nous encourager. On n'entendait que notre respiration et le bruit de nos bottes qui martelaient le sol à chaque foulée.

Alors qu'Omega était à une trentaine de mètres de me foutre la pâtée, j'ai plongé vers l'avant, ouvert mes ailes et décollé. Je jurerais avoir entendu la foule hoqueter de surprise.

Volant au ras du sol afin d'éviter le filet électrifié qui recouvrait le château contre lequel Max II nous avait mis en garde, j'ai filé jusqu'à la ligne d'arrivée en quelques battements d'ailes souples et aisés. En passant près de Superboy, j'ai incliné mes ailes de façon à ne pas heurter sa tête bien que ce ne soit pas l'envie qui m'en manquait.

Alors, j'ai franchi la ligne d'arrivée comme une flèche, trois mètres avant lui et me suis arrêtée tant bien que mal pour ne pas foncer dans la mer grise de spectateurs.

Une fois sur mes jambes, le souffle court, j'ai brandi mon poing et me suis écriée « J'ai gagné ! »

118

— Si vous trichez, vous êtes disqualifiés, a rugi la directrice, hors d'elle.

— Je n'ai pas triché ! Qui a dit qu'on n'avait pas le droit de voler ? Qui ? Personne !

— Il s'agissait d'une course au sol.

— Depuis quand ? Ce n'est pas parce que Supermariol est cloué par terre que je dois en faire autant. Moi, ça fait longtemps que j'ai dépassé le stade du rase-mottes !

La directrice était *vraiment* furax, à présent. Quant à la marée de visages indistincts, elle s'agitait, piétinait le sol dans un murmure. J'ai replié mes ailes, consciente que des dizaines de paires d'yeux s'étaient posées sur moi.

— Tu es disqualifiée, a sèchement déclaré Janssen. Omega est le vainqueur.

— Et alors ?

J'ai forcé mon indifférence, jetant un regard de biais à mon adversaire.

— Elle te fait aussi tes lacets ?

Ses sourcils parfaits se sont touchés dans un froncement mais il n'a pas ouvert la bouche. Nudge et Angel m'ont pris la main et se sont blotties contre moi tandis qu'Ari venait se poster dans mon dos, comme pour couvrir mes arrières. Leur présence à mes côtés m'a réconfortée. Je me serais sentie encore mieux si Fang avait été là, prêt à me soutenir lui aussi.

— Et maintenant, l'épreuve de force, a annoncé la directrice. Les muscles d'Omega sont environ quatre cents pour cent plus forts et plus denses que ceux d'un garçon normal. Amenez les poids !

Pour ma part, je suis sacrément, *méchamment* forte, pas juste comparée à une fille ou à quelqu'un de mon âge. Je suis aussi plus forte que les adultes – les femmes comme les hommes. Idem pour mes amis. Pour autant, je n'avais pas la corpulence de Superboy et globalement, j'étais censée être intelligente et rapide et bien voler, pas briller dans une épreuve consistant à tirer un tracteur à mains nues.

D'une certaine façon, c'est bien d'une épreuve de tracteur qu'il s'agissait. Ils ont chargé de gros poids sur une plateforme en bois et nous ont donné à chacun une large chaîne pour la tirer. Jusqu'à deux cent cinquante kilos environ, Superboy et moi étions à égalité. Ensuite, il a commencé à me dépasser. Tandis que j'avais bien du mal à déplacer trois cent vingt-cinq

484

kilos, Omega a réussi à traîner la plate-forme sur un mètre.

Ils ont ajouté des poids pour arriver à quatre cent kilos. J'avais peine à croire que je me faisais battre dans une épreuve de force par un gamin. Ça ne se passerait pas de cette façon !

J'ai serré les dents, fait craquer mes doigts et placé la chaîne sur mon épaule déjà couverte de bleus. Omega et moi avons échangé un coup d'œil. Au moment où la maîtresse des opérations a brusquement sifflé, j'ai baissé la tête, planté mes pieds dans la poussière et tiré de toutes mes forces. La sueur a perlé sur mon front. J'avais la sensation que la chaîne me tailladait l'épaule.

Respiration sifflante, mâchoires verrouillées, je suis parvenue à faire légèrement trembler la plate-forme. Je dirais que je l'ai déplacée d'un demi-centimètre quand Omega la traînait, lui, sur une trentaine.

Lorsqu'il a été proclamé vainqueur, il m'a lancé un de ses regards étranges, dénués d'expression. D'après moi, ce n'était pas un robot, au contraire des Flyboys, mais je me demandais quand même si on l'avait conçu pour qu'il n'ait aucune émotion. Naturellement, c'était difficile à dire vu que c'était un garçon. Ah, ah !

Bref. Passons.

Au cas où vous ne le sauriez pas, je déteste perdre. Mauvaise joueuse, je n'ai pas l'esprit sportif du tout. Alors perdre contre Omega !? Je le haïssais encore plus. Il allait me le payer. Comment et quand ? Je l'ignorais. En revanche, une chose était sûre : j'allais me le faire.

— L'épreuve qui suit est un test d'intelligence.

En entendant la scientifique, je me suis retenue

de pousser un gémissement. Bien sûr que je suis vive d'esprit, brillante, et tout et tout. Néanmoins, je ne suis pratiquement pas allée à l'école. Ce que je sais, je l'ai appris en regardant la télé ou de la bouche de Jeb. J'en connais un rayon sur les techniques de combat et de survie. Je connais deux ou trois trucs sur des régions du monde comme l'Égypte ou la Mongolie parce que j'ai lu des numéros de *National Geographic*. Autant dire que ma culture générale laisse sérieusement à désirer. Au cours des quelques mois que j'ai passés dans ce trou à rats baptisé « école » en Virginie, je me suis rendu compte qu'en comparaison de la plupart des enfants de mon âge, je passe pour l'idiote du village. Je parle du programme scolaire, pas des choses qui comptent vraiment.

— Première question, a commencé la directrice.

La foule s'est tournée vers Omega et moi pour mieux suivre notre nouvel affrontement.

— Les dimensions des enceintes du château sont : cinq mètres et demi de hauteur, deux de largeur et trois cents de longueur. Un mètre cube de pierre et de mortier pèse cinq cents kilos ou une demi-tonne. Combien de tonnes de pierre et de mortier sont contenues dans ces murs ?

Les yeux d'Omega, qui avait clairement commencé à faire le calcul dans sa tête, se sont perdus au loin.

— Elle se fout de moi, là ? À quoi ça sert de savoir ça ?

— Au cas où tu voudrais faire des réparations ? a deviné Nudge.

— Il n'y a pas moyen d'embaucher une entreprise de réparation et c'est tout ?

486

— Il ne s'agit que d'un simple calcul, a sorti la médiatrice avec sa suffisance habituelle.

— Ah ouais ? Ben alors faites-le, vous !

Ses joues se sont empourprées mais elle est restée bien droite.

— Tu déclares forfait ?

— Vous rêvez ! Tout ce que je dis, c'est qu'elle est nulle, cette question ! Et si on crochetait plutôt une serrure ? On verrait qui est le plus rapide !

— Deux mille trois cent quatre-vingt-seize virgule trente-trois tonnes, a répondu mon adversaire.

— O.K., crâne d'œuf, tu veux jouer les intellos !? Imaginons que tu voles à une altitude de cinq cents mètres à deux cent vingt-cinq kilomètres à l'heure avec un vent de face sud-ouest de sept nœuds. Combien de temps te faudra-t-il pour parcourir la distance Philadephie-Billings, dans le Montana ?

L'air sérieux, Omega a entamé son calcul mental.

— Tu veux dire que tu connais la réponse à cette question ? m'a interrogée mon ex-mère.

— Je veux dire que je suis suffisamment maligne pour savoir que j'arriverai là-bas quand j'arriverai ! ai-je presque hurlé. Les questions en elles-mêmes sont débiles : elles n'ont aucun rapport avec notre capacité de survie.

— Dans le nouveau monde, si, Max. Dans ton monde à toi, elles n'ont peut-être aucun rapport, mais c'en est fini de ce monde.

Ma journée n'aurait pas pu être pire. Quelle perte de temps, ces tests ! Je m'attendais à recevoir une décharge électrique à chaque instant. En plus, je perdais contre un garçon. Un gamin ! Et il fallait que je me batte à mort contre lui.

Enfin, Fang n'était toujours pas arrivé.

Je savais bien qu'il n'aurait pas pu nous rejoindre en si peu de temps. J'estimais à six heures le délai d'attente avant de pouvoir espérer le voir débarquer. Toujours est-il qu'il n'était pas là et que, de mon côté, j'étais à bout.

J'ai jeté un coup d'œil à Nudge et Angel. La première semblait particulièrement tendue avec ses poings serrés. Quant à la seconde, elle arborait cet air résolu et flippant qu'elle prenait juste avant de convaincre un inconnu de faire quelque chose. Tout à coup, je me suis rappelée que le Dr Martinez était ma véritable mère. Enfin, en théorie. On m'avait menti tant de fois qu'il m'était devenu difficile de prendre les choses pour un fait acquis. En tous les cas, c'était une possibilité.

Je mourais d'envie de la voir. Ainsi que ma sœur, Ella.

Il fallait que je sorte d'ici.

Une des mutantes qui se tenait près d'Angel a soudain froncé les sourcils, l'air confus. Ensuite, elle a cligné des yeux. J'ai remarqué qu'Angel la regardait avec sa mine concentrée. Oh-oh ! Plus tard, la mutante s'est penchée vers sa voisine et lui a murmuré quelque chose à l'oreille, si bas que je n'ai pas entendu. Voyant qu'Angel avait l'air satisfaite, mon estomac s'est noué.

— Que se passe-t-il, ma puce ? lui ai-je chuchoté entre mes dents.

— Il va y avoir de l'animation ! Youpi !

— De l'*animation* ? Tu peux préciser ?

Elle a réfléchi un moment.

— Euh… tout le monde qui pète les plombs !?

— Dans le… bon sens du terme ?

— Dans le genre « animé », a-t-elle simplement répété sans quitter la foule des yeux.

— Et voici la dernière épreuve, a retenti la voix du docteur dans les haut-parleurs.

À cet instant précis, tout le monde est parti en vrille. On aurait dit qu'ils avaient bu une potion magique qui les rendait complètement fous. Les mutants se sont mis à se bagarrer entre eux. À les regarder, certains avaient clairement reçu une formation de soldat. D'autres, au contraire, se griffaient, se giflaient et se poussaient comme des amateurs.

— S'il vous plaît ! a braillé la cheftaine par les enceintes. S'il vous plaît !!! Mais enfin qu'est-ce qui vous prend ?

— Ils n'ont plus envie de rester ici, a expliqué Angel comme elle les couvait des yeux.

— On ne veut plus rester ici, a répété la meute en hurlant.

— Ils en ont assez de se faire traiter comme de vulgaires matricules ou comme des rats de laboratoire.

— Nous ne sommes pas des matricules ! se sont élevées des voix furieuses. Pas des rats de laboratoire.

— Humm..., ai-je lâché en examinant les alentours à la recherche d'une issue de secours.

— Ils ont l'impression d'être des pions, a poursuivi Angel.

— Nous ne sommes pas des pions ! se sont révoltés les mutants.

— Ce sont aussi des êtres humains, même si ce sont des clones.

Angel a fait un pas en avant vers moi et m'a pris la main.

— Nous sommes des êtres humains ! Nous sommes des êtres humains !

— Booooonnnn...

En vitesse, j'ai rassemblé Nudge, Angel, Ari et Total.

— Tirons-nous de là. On n'a qu'à longer le mur jusqu'à ce qu'on trouve un moyen de sortir de ce trou.

Mes troupes ont hoché la tête et nous nous sommes

faufilés parmi la foule en esquivant les coups et les empoignades.

— Robots !!! a aboyé la directrice tandis que chacun d'entre eux se redressait et armait son arme, attentifs aux ordres à venir. De l'ordre ! Reprenez le contrôle de la situation !

120

Comme si les choses n'allaient pas déjà suffisamment mal, il fallait en plus qu'on se coltine les robots assoiffés de sang. Et armés par-dessus le marché !

On a continué à progresser parmi la foule dans l'espoir d'atteindre l'enceinte du château. J'ai entraperçu des Flyboys qui se frayaient un chemin au milieu de la meute de détenus enragés.

— Pourquoi se battent-ils entre eux ? a voulu savoir Nudge. Ils feraient mieux de s'unir contre les Flyboys.

Angel a jeté un œil autour d'elle.

— Ah oui, tu as raison !

Elle est restée sans bouger une minute, le front ridé sous l'effet d'une intense concentration. Après, un par un, tous les mutants qui nous entouraient ont cessé de se battre pour regarder autour d'eux et s'en prendre subitement aux Flyboys.

J'ai tiré Angel par la main et me suis remise à marcher, le dos courbé pour ne pas me faire remarquer.

— Toi, toi… tu me fais vraiment flipper ! Tu le sais, ça ?

Pour toute réponse, elle s'est contentée de me sourire. J'ai failli foncer dans un mur de Flyboys et levé les yeux sur un rideau de visages d'Erasers qui, solennels, nous fixaient avec leurs pupilles rougeoyantes de robots.

— Arrêtez-vous ! nous a ordonné l'un d'eux.

— Tu repasseras, mon vieux !

En moins de temps qu'il ne faut pour le dire, je me suis jetée sur lui pour le déséquilibrer. Il s'agissait de l'avant-dernier modèle, alors j'ai pu lui faire perdre son arme.

Malheureusement, je n'ai pas été assez rapide pour empêcher un autre Flyboy de me flanquer un coup sur la tête avec la crosse de son arme. J'ai titubé tandis qu'une violente douleur jaillissait derrière mon oreille. Une seconde plus tard, un filet de sang chaud s'est mis à couler dans mon cou.

Sans attendre, mes petites troupes ont réagi. Nudge a bondi, très haut, dans les airs, battant des ailes pour planer sous le filet électrifié mais au-dessus de la mêlée. Total a mordu à pleines dents la cheville d'un Flyboy. J'ai entendu ses crocs heurter le métal sous la fine couche de peau.

— Visez la base de leur colonne vertébrale ! a fait une voix dans mon dos.

J'ai pivoté sur moi-même et constaté que Jeb se

frayait un chemin jusqu'à nous, évitant à son tour les coups de pied et de poing.

— Il faut frapper les Flyboys au bas de la colonne, a-t-il insisté. C'est leur point faible. Défaut de fabrication !

En dépit de son speech sur le fait qu'il était soi-disant mon père – et bla-bla-bla –, je n'avais aucune raison de lui faire confiance. D'un autre côté, je n'avais rien à perdre non plus. D'une pirouette, j'ai réussi à me débarrasser de mon adversaire pour en attaquer un autre par-derrière. Alors, je lui ai flanqué un grand coup de pied latéral dans le coccyx.

Crac ! Ses jambes se sont dérobées sous lui et il s'est retrouvé immobilisé, plié en deux au niveau des hanches. Quelques instants après, le faisceau rouge dans ses yeux s'est éteint.

Han ! Décidément, ces bidules étaient pleins de surprise.

121

Je me suis soudainement revue à onze ans, en train de me battre, côte à côte, avec Jeb. C'est lui qui nous avait appris à combattre si bien, à gagner par n'importe quel moyen, sans jouer franc-jeu ni refuser de donner des coups bas. À présent qu'il combattait les Flyboys tout près de moi, je revivais l'époque où il m'avait formée, quand, petite, j'imaginais qu'il était mon père.

— Contre ! m'a tirée Jeb de ma rêverie en hurlant.

J'ai aussitôt eu le réflexe de lever le bras pour contrer, juste à temps, l'uppercut que me réservait un Flyboy.

— Nudge ! Angel ! Visez leur coccyx ! leur ai-je crié. Un coup sec !

Ainsi, on a pris le dessus. Tant qu'on arrivait à surprendre un Flyboy par-derrière, on parvenait à le mettre K.O. dans quatre-vingt pour cent des cas – ce qui nous suffisait.

Parmi les mutants, toutefois, certains semblaient ne pas avoir reçu le dernier message d'Angel car ils continuaient à se battre entre eux et contre nous.

Dans mon dos, Ari usait de sa force de colosse pour littéralement envoyer les mutants les plus petits par-dessus sa tête, dans la nuée de « pogotistes » condamnés qui occupaient la cour du château. En m'observant donner un coup sec au bas du dos d'un Flyboy, il a effectué une pirouette et imité mon geste. Le robot a touché Ari d'un vigoureux coup de poing sous la mâchoire qui a rejeté sa tête en arrière.

Ce dernier, qui rugissait de fureur, s'est redressé et s'est jeté sur son attaquant pour finir par tomber au ralenti à genoux, une expression de perplexité sur le visage.

— Couvrez-moi ! ai-je exigé de mes amis avant de bondir aux côtés d'Ari.

Je l'ai saisi sous le bras pour l'aider à se relever. Sans succès.

— Max ?

Il avait l'air confus.

— Tu es blessé ? On t'a tiré dessus ? Où ?

Il a baissé le nez sur sa veste et sa chemise, mais elles étaient dépourvues d'auréoles de sang.

— Je…, a-t-il fait en secouant la tête.

Il a levé le menton et planté ses yeux dans les miens. Alors, je l'ai reconnu, le garçon de sept ans, le petit Ari qui, auparavant, avait l'habitude de me suivre partout à la trace. Il était revenu et me regardait à présent.

— Je… je… Oh, Max ! a-t-il lâché avant de s'écrouler contre moi, les paupières grandes ouvertes.

Le poids mort, trop lourd, m'a renversée et je suis tombée par terre avec lui. Je l'ai dévisagé, l'ai secoué par l'épaule.

— Ari ! Ari ! Réagis ! Me laisse pas ! S'il te plaît, Ari ?

Autour de nous, l'affrontement battait son plein tandis qu'Ari restait silencieux.

— Ari ?

Horrifiée, j'ai placé deux doigts sur son cou pour prendre son pouls. L'heure d'Ari avait sonné. Il venait d'atteindre sa date d'expiration. Juste là, comme ça, dans mes bras.

122

J'avais l'impression de ne plus pouvoir respirer ni penser. Je suis restée plusieurs secondes, hébétée, à fixer le visage amoché d'Ari, ses yeux sans vie. La gorge serrée, j'ai passé mes doigts sur ses paupières pour les fermer.

Pauvre Ari ! J'étais tellement désolée pour lui. J'espérais qu'où qu'il soit, il n'éprouvait plus ni douleur, ni laideur, ni sentiment de n'être pas aimé ni voulu. Des larmes chaudes ont jailli au bord de mes paupières.

Ravalant à plusieurs reprises ces dernières, j'ai levé les yeux et constaté que tout le monde, autour de moi, continuait à se battre pour rester en vie. Pas le temps de me venir en aide, ni de prendre acte de la mort d'Ari. Un sifflement, à mon oreille, m'a rappelé que j'étais moi-même toujours exposée à l'ennemi : un Flyboy venait d'essayer de me fendre le crâne avec son arme.

Furieuse de me sentir si inutile, impuissante, j'ai délicatement couché Ari sur le sol et lui ai murmuré « Je reviens te chercher », puis j'ai bondi sur mes pieds, enragée, et fauché le premier Flyboy qui passait par là en lui rompant le cou. Il s'est alors effondré et j'ai continué sur ma lancée avec un autre de ses petits copains. Je l'ai assailli d'un redoutable coup dans le dos et il est tombé comme un sac de patates pourries. Hors de moi, j'ai arraché l'arme d'un Flyboy qui gisait au sol et l'ai fait tournoyer au-dessus de ma tête, l'écrasant contre trois autres robots qui ont perdu l'équilibre. Jeb et Nudge ont terminé le boulot en les mettant hors d'état de nuire.

Ari était mort. Pourquoi ? À quoi servait sa mort ? Pourquoi avait-il fallu en arriver là ? Pour quelle raison sa vie se résumait-elle à sept années de souffrance, de trouble et de solitude ?

— Ari !

Jeb avait fini par voir son fils. Il s'est précipité vers lui et s'est agenouillé à ses côtés. Abasourdi, il a pris le corps inanimé et pesant dans ses bras, et l'a serré contre sa poitrine.

— Je suis tellement désolé, ai-je lu sur ses lèvres car je ne pouvais entendre d'où j'étais. Tellement, tellement désolé.

Penché sur son fils, il a approché son visage du sien, sans penser un instant que cette position le rendait vulnérable.

Ensuite, levant la tête, il a croisé mon regard. À ma grande surprise, ses yeux étaient embués de larmes.

— Quand ça va trop vite, Omega n'arrive pas à suivre. Il n'a pas les yeux suffisamment rapides, m'a crié

Jeb, la voix haut perchée pour se faire entendre dans le brouhaha ambiant.

J'ai attendu, dans l'espoir de recueillir plus d'informations, mais rien n'est venu. Après un demi-tour, je suis retournée flanquer deux ou trois raclées avec la ferme intention d'atteindre le but de tout guerrier qui se respecte : se faire l'ennemi. Et pas l'inverse !

Hourra ! Omega avait du mal à suivre ses proies. Merci du renseignement, Jeb ! Pas d'autre scoop pour moi ? Un truc comme « Omega a un bouton *arrêt* dans le dos » ?

À ce propos, où Omega avait-il bien pu disparaître ? Aux dernières nouvelles, il était sur l'estrade en train de se faire faire une manucure. Enfin, d'après moi.

Alors que j'agitais mon arme telle une batte de base-ball, j'ai perçu le charmant et néanmoins choquant *clac !* qu'a fait l'épaule d'un Flyboy au moment où je le frappais. Le robot s'est retourné et je lui ai asséné un nouveau coup au niveau du coccyx. *Crac !* Et voilà ! Un Flyboy de plus réduit au sort de table basse.

— Elle dit que nous devons nous battre.

Les mots, posés, avaient été quasiment prononcés au creux de mon oreille (la non ensanglantée). Quand je me suis tournée pour mettre un visage dessus, j'ai aperçu Omega. D'apparence nickel, on aurait dit qu'il avait réussi à rester en dehors de la mêlée.

— Te crois pas obligé de faire tout ce qu'elle te dit ! lui ai-je lancé tout en continuant à attaquer ou repousser l'ennemi.

Mon arme m'a glissé des mains. Omega a pris la parole à l'intention des Flyboys :

— Arrêtez ! Elle est à moi !

Ce qui m'a encore plus mise en boule, si tant est que ce soit possible.

— Dans tes rêves ! Je ne suis à personne !!!

En voyant que les autres l'écoutaient et s'en prenaient à de nouvelles proies, j'ai vu rouge, et ça n'avait rien à voir avec le sang qui coulait dans mes yeux...

— Nous devons nous battre ! a insisté Omega.

Qu'est-ce que j'en avais marre de ces tireurs de ficelles ! Moi, je n'étais pas un pantin !

— Tu n'as qu'à dire « non » !

— Je ne sais pas comment...

— Quel boulet !

Là, d'une pirouette sur moi-même, je lui ai flanqué une torgnole sur le côté du crâne aussi fort que possible.

Aïe, aïe, aïe ! Un truc, dans ma main, a craqué comme si je m'étais cassé un petit os. Ça faisait un mal de chien ! J'ai pris une brève inspiration et me suis retenue de crier… comme un garçon !

Omega a chancelé mais s'est ressaisi pour, ensuite, prendre son élan et me donner un méchant coup de pied dans le genou. J'ai pu esquiver et riposter d'un coup de pied circulaire qui est allé droit dans le haut de sa jambe. La main blessée serrée contre moi, je me concentrais sur les coups de pied, visant bien haut, sa tête, tandis que je sautais sur un pied puis l'autre pour éviter les coups adverses. Avec précision et calme, Superboy suivait de ses yeux acier tous mes mouvements et arrivait à bloquer pratiquement toutes mes offensives.

Il n'arrive pas à suivre quand ça va trop vite.

Qu'est-ce que ça voulait dire ?

Pour faire un test, j'ai agité en vitesse ma main blessée devant son visage et fait semblant de vouloir le frapper de plusieurs côtés à la fois. Là, ses yeux ont effectivement décroché et il a marqué une pause comme s'il voulait se concentrer sur ma main.

À cet instant précis, de l'autre main, je lui ai décroché un uppercut en plein dans le nez.

Visiblement, son pif – soi-disant parfait – n'était pas quatre cents pour cent plus fort qu'un nez ordinaire, lui. Parce que je le lui ai explosé. Il a battu des paupières et reculé d'un pas, l'air ahuri, juste comme le sang giclait de ses narines. Alarmé, il y a alors porté sa main.

— Les blessures à la tête, ça saigne toujours beaucoup, l'ai-je averti.

J'ai recommencé à secouer ma main dans tous les sens sous son nez, de haut en bas et de gauche à droite, et, à nouveau, il a tenté de la suivre des yeux comme si c'était plus fort que lui.

J'ai sauté en l'air et, avec mes jambes, lui ai fait le coup des ciseaux dans le cou. Tombé à genoux, il a été pris d'une violente quinte de toux. Ma main folle accomplissait des merveilles ! J'avais l'impression qu'elle l'hypnotisait, comme un chat. Après, j'ai frappé des mains très fort, grimaçant de douleur à cause de ma blessure, et allongé à Omega une droite puis une gauche dont la violence l'a envoyé valser face contre terre. Pour ma part, le choc m'avait fait tellement mal que j'avais failli hurler et tomber dans les vapes à ses côtés.

Pourtant, j'ai tenu bon.

J'ai toisé Omega d'en haut, lui, le Superboy, le joyau des créations d'Itex. Je l'avais emporté sur lui parce que ses yeux n'arrivaient pas à suivre des choses trop rapides. Et tout ça, c'était grâce à Jeb. J'ai observé la directrice. Elle me fusillait du regard. Une hargne terrible émanait d'elle : la hargne de quelqu'un qui s'est fait battre par une personne qu'elle pensait moins forte qu'elle.

C'était bien ma veine !

Omega n'était pas mort. Il avait simplement perdu connaissance. Or, nous étions censés nous battre jusqu'au bout. Si c'était lui qui m'avait mise à terre, il m'aurait fait la peau, le pauvre nigaud.

J'étais plus maligne que ça. J'aurais pu lui filer un coup de latte dans la nuque pour lui rompre la colonne vertébrale mais au lieu de cela, je l'ai laissé où il était pour repartir en direction du corps de mon demi-frère qui gisait dans la poussière de la cour.

Que le meilleur l'emporte, hein ? Pauvre fille ?! ai-je pensé à propos de mon ex-génitrice.

124

Étonnamment, le filet électrique qui surmontait l'enceinte du château pouvait empêcher des gens ou des choses de s'échapper mais pas de rentrer. Je fendais la foule jusqu'à Ari, distribuant, ici un coup de poing, là un coup de pied, lorsqu'un énorme caillou est soudain passé par-dessus le mur. Il a atterri pile poil sur le crâne d'une mutante qui s'est laissée tomber sur le derrière.

En observant la direction que prenait le projectile, j'ai vu voler au-dessus des têtes une flèche enflammée comme celles qu'on voit dans les films. Elle a transpercé le filet en un éclair pour aller se planter dans le dos d'un Flyboy qui, instantanément, a pris feu. Suivant ?

Lorsque des humains s'enflamment, ils courent dans

tous les sens, hurlent à pleins poumons ou, dans certains cas, s'arrêtent, s'effondrent et se roulent par terre. Quand un Flyboy prend feu, il reste planté là, comme un imbécile, jusqu'à devenir une immense torche vivante. À ce que j'ai vu, dès qu'un de ces robots est vraiment en flammes, ses articulations et ses molettes cessent de fonctionner et il ne peut plus bouger. C'était le genre d'infos utiles que je rangeais dans un coin de ma tête pour plus tard.

Une pluie de cailloux s'est brusquement abattue sur le château.

J'irais chercher Ari plus tard. Pour l'instant, il fallait que je m'occupe des survivants.

— Angel ! Nudge ! Total ! Plaquez-vous contre le mur !

Cela faisait un moment que je n'avais pas vu Total et je me suis sentie soulagée lorsqu'il a émergé de la foule pour se diriger vers moi. Malgré le fait qu'il boitait, sur trois pattes, il est parvenu à me sauter dans les bras et m'a léché le visage.

— Beurk, du sang ! s'est-il exclamé.

Il a instantanément arrêté de me lécher. *Beurk toi-même*, me suis-je dit.

— Qui lance des cailloux ? a interrogé Nudge comme nous plaquions notre dos au mur.

— Je n'en sais rien, ai-je avoué juste au moment où Angel répondait :

— Des enfants.

— Qu'est-ce que tu veux dire ? lui ai-je demandé.

La pluie de cailloux et de flèches en feu a repris de plus belle.

— D'après moi, ce sont des enfants de l'autre côté du mur. Je le sens.

Sous mes yeux, un nouveau caillou a heurté un Flyboy au genou. Le robot s'est avachi et deux mutants lui sont tombés dessus, le rouant de coups et lui tirant les cheveux.

— Des enfants ou des hommes des cavernes ?

— Des enfants, a confirmé Angel.

— Tous pour Max ! À mort les Flyboys ! À bas Itex !

Les sourcils en forme d'accents circonflexes, j'ai tendu l'oreille alors que les clameurs s'élevaient au dehors, de plus en plus distinctes. À l'inverse, le bruit dans la cour s'est peu à peu tu. Un nombre croissant de cailloux – certains de la taille d'un melon – ainsi que de nouvelles flèches embrasées zébraient le ciel par-dessus les murs du château.

— Tous pour Max ! À mort les Flyboys ! À bas Itex !

J'ai jeté un œil à Nudge et Angel.

— Vous croyez qu'ils ont lu le blog ?

— Chassez-les ! a vociféré la directrice dans les haut-parleurs.

Son visage, déformé par la colère, est apparu entre deux et trois mètres de haut sur les écrans géants tout autour de la cour. Certains d'entre eux étaient cassés et tous portaient des taches de boue et de sang. Dommage ! Ils avaient dû coûter un max.

— Chassez-les ! a insisté l'autre. Débarrassez-moi de cette bande de vermines ! Ils sont ici pour vous détruire. Il faut les chasser !

Comme toujours, les Flyboys, dociles, lui ont obéi

sans se poser de question. Il en restait une soixantaine environ. Ensemble, ils ont déployé leurs ailes et se sont élevés dans le ciel.

— Han ! s'est étonnée Nudge en les observant.

Oups… Quelqu'un avait oublié de couper le courant électrique du filet et les soixante Flyboys sont entrés en court-circuit à la seconde où ils ont touché les mailles. Dans un même élan, ils sont retombés sur le sol.

— Ils auraient pu prévoir, a commenté Total. Pas très futé de leur part !

Un bruit de moteur m'est parvenu de l'extérieur, suivi de bruits de ferraille en provenance des hautes grilles, à l'entrée. Les assaillants cherchaient à pénétrer dans le château en défonçant sa porte avec un engin à quatre roues.

125

Westfield, Angleterre

Le directeur régional de cette École regarda par-dessus ses lunettes.

— Holloway ? C'est quoi ce bruit dehors ?

Son assistant s'approcha de la fenêtre et un voile de panique recouvrit son visage.

— On dirait une sorte de manifestation, monsieur.

— Une manifestation ? Qu'est-ce que vous me chantez là ?

Le directeur se dirigea à son tour vers la fenêtre où ce qu'il vit le laissa sans voix. Des centaines, peut-être des milliers de gens protestaient devant les grilles de l'École. On aurait dit... des enfants. Mais ça n'avait aucun sens.

— S'agit-il d'une manifestation anti-nucléaire ?

interrogea-t-il Holloway. Ont-ils des écriteaux ? Nous devrions peut-être appeler la sécurité.

Holloway tendit l'oreille. Les clameurs, au dehors, devinrent plus audibles.

— Tous pour Max ! À bas Itex ! Sauvons la planète ! À bas Itex !

Les deux hommes se fixèrent l'un l'autre.

— Comment peuvent-ils savoir que nous sommes une filiale d'Itex ? demanda le directeur régional.

Tout à coup, un caillou de la taille d'une balle de base-ball passa au travers de leur fenêtre qui vola en éclats sur eux.

À présent, ils pouvaient clairement entendre les slogans de protestation :

— Rendez-nous… ce qui nous appartient !

— Votre place… est derrière les barreaux !

— Itex… est un Diable géant !

— Nous… les enfants… nous vous boycottons !

Le directeur considéra Holloway, égratigné à divers endroits par les éclats de verre, et lui ordonna :

— Appelez la sécurité !

Martinslijn, Pays-Bas

Dans le laboratoire, Edda Engels leva les yeux de sa paillasse et écouta attentivement. Des bruits étranges montaient derrière la fenêtre. Alors qu'elle allait jeter un œil pour voir ce qui se passait, elle évita de justesse une lourde bouteille en verre, à l'extrémité de laquelle brûlait un chiffon. *Mais… qu'est-ce que… ? Était-ce un cocktail Molotov ?*

Boum ! La bouteille explosa juste comme Edda plongeait sous son bureau. Que se passait-il ? À l'extérieur, on aurait dit que des centaines – peut-être plus – de personnes avaient encerclé le bâtiment. Et que disaient-elles ?

— Vous avez fichu en l'air notre eau et notre air !

— Vous êtes diaboliques et vous vous en fichez !

— Fang a raison : le moment est venu pour nous de revendiquer notre planète !

Qui était ce Fang ? se demanda Edda. Et, plus important, comment pouvait-elle sortir de là ? Le feu se propageait.

Woetens, Australie

— Qu'est-ce que c'est que toute cette poussière ?

La directrice des opérations de la branche australienne de DelaneyMinker scruta le paysage par la fenêtre. Le désert s'étendait sur des kilomètres, à perte de vue. À l'horizon, une vaste tempête de poussière se dirigeait vers eux.

— Passez-moi ces jumelles, voulez-vous, Sam ? demanda-t-elle à son assistant.

Ce dernier s'exécuta.

— Est-ce le jour des visites scolaires ? interrogea la directrice. Attend-on la visite d'enfants ?

— On n'accueille pas les écoliers ici. Nos locaux ne sont pas ouverts au public, pourquoi ?

— Eh bien, on dirait… des enfants ! Sur des scooters, visiblement. Et sur ces bidules tout-terrain à quatre roues.

— Des quads ?

Sam prit les jumelles et constata par lui-même.

Une rangée de petits véhicules courait sur deux kilomètres environ. Aux commandes, on aurait dit des enfants en effet. S'agissait-il d'une sortie du Club des petits amis de la nature ? Il plissa les yeux et fit la mise au point des jumelles. Le groupe portait des écriteaux. Sur l'un d'entre eux, il put lire « DelaneyMinker, sale pollueur ! » Sur un autre, « La planète nous appartient. Fichez le camp ! »

— Si j'étais vous, j'irais dans le sas de sécurité, conseilla Sam d'une voix bien plus calme qu'il ne l'était en réalité.

126

— Iggy ! Gazzy ! a hurlé Fang. Suivez-moi !

Il tournoyait dans les airs, à coups de battements d'ailes majestueux et puissants, filant au-dessus de l'océan gris en direction de l'horizon.

Il a risqué un coup d'œil par-dessus son épaule et constaté que ses deux amis le rattrapaient.

— Descente en boulet de canon ! a ordonné Fang. À trois !

Le Gasman a jeté un regard en bas, plissé le front et inspiré un grand coup avant de hocher la tête.

— Oh là là ! Il n'a pas l'air de faire chaud là-dessous ! a commenté Iggy.

— Nous allons vous détruire, ont promis les Flyboys, tel un furieux essaim d'abeilles robotisé.

— Un ! a lâché Fang qui s'éloignait du rivage aussi vite que possible.

Il espérait qu'il y avait une pente escarpée sur cette partie de la côte.

— Deux !

— Vous allez retirer tout que vous avez dit ! Vous allez retirer tout que vous avez dit ! a bourdonné l'escadron volant.

— Trois ! a terminé Fang.

Il a replié ses ailes, serrées contre lui et piqué du nez en direction de l'eau. À cette altitude et à cette vitesse, le choc avec l'eau ferait l'effet d'entrer en collision avec du béton. Pourtant, il n'y avait pas d'autre solution.

Il percevait le bruit des vestes du Gasman et d'Iggy qui claquaient alors qu'ils accéléraient dans leur descente.

— Ça va faire mal ! a prévenu Iggy.

— Tu l'as dit !

La voix de Fang s'est perdue dans le sifflement du vent.

— Vous ne nous échapperez pas ! ont repris les robots qui les suivaient à toute allure.

Ah ouais ? pensa Fang. *Si vous le dites !*

Plac !

Effectivement, heurter l'océan de plein fouet ressemblait beaucoup à une collision avec du béton, a conclu Fang, mais, grâce à sa silhouette aérodynamique, il a transpercé la surface de l'eau comme une flèche. Il a eu la sensation qu'un géant venait de lui filer un gros coup de poing. Néanmoins, il était toujours vivant et conscient.

Le bruit de l'impact de Gazzy et Iggy sur l'eau est arrivé jusqu'à lui, sans qu'il puisse rien distinguer clairement lorsqu'il a ouvert les yeux.

Tandis que les garçons remontaient à la surface – les tympans qui claquaient –, ils ont vu et senti des centaines de Flyboys s'écraser dans la mer.

Il s'est avéré qu'ils ne savaient pas nager. Qui plus est, l'eau s'est révélée un environnement néfaste à leur bon fonctionnement. Les charges électriques des Flyboys qui se court-circuitaient ont picoté la peau de Fang. Il a donc fait signe au Gasman de déguerpir au plus vite. Celui-ci a empoigné Iggy et tous deux ont rejoint Fang dans une nage rapide.

Ils sont remontés à l'air libre à une bonne vingtaine de mètres de l'endroit où un sensationnel feu d'artifice se déroulait. Les Flyboys n'ont pas réussi à rebrousser chemin, même lorsqu'ils voyaient leurs petits copains exploser et se court-circuiter par dizaines dans l'eau.

Certains tentaient le rétropédalage, mais la façon dont leurs ailes avaient été conçues ne le leur permettait pas. De plus, les robots qui les suivaient leur rentraient dedans et les emportaient avec eux dans leur chute.

— Trop cool ! s'est écrié Gazzy en brandissant son poing en l'air. Iggy, je voudrais tellement que tu puisses voir ça !

— J'entends, c'est déjà ça, s'est réjoui Iggy. Et puis, je sens ! Rien de tel que l'odeur d'un Frankenstein électrique court-circuité.

— Alors, les mecs ? Qu'est-ce que vous dites de mon plan ? a lancé Fang qui nageait sur place.

— Top, man ! l'a complimenté le Gasman pendant qu'Iggy tendait la main pour taper dans la sienne.

Fang a frappé cette dernière puis ils sont partis tous les trois à la nage vers le rivage.

127

Dans un gigantesque bruit d'éclat, les hautes grilles du château ont cédé. Les mutants qui restaient ont aussitôt pris la fuite.

Un immense Hummer jaune s'est engouffré dans la cour, le pare-choc passablement cabossé.

La porte du conducteur s'est ouverte et une adolescente s'est penchée au-dehors.

— Je viens d'avoir le permis ! a-t-elle expliqué, surexcitée, avec un fort accent allemand.

Ensuite, des centaines d'enfants ont déboulé dans le château par les grilles enfoncées pour s'arrêter aussi sec et fixer, stupéfaits, le spectacle de la cour, jonchée de cadavres et de robots explosés.

Sur son estrade, la directrice était livide. L'ordre qu'elle avait donné avait sonné le glas des derniers

Flyboys. Peut-être en gardait-elle en réserve ? Quoi qu'il en soit, elle s'est tournée pour se diriger à grands pas vers la porte en métal qui menait au château.

J'ai jeté Total dans les bras d'Angel et pris Nudge par la main.

— Viens !

Ensemble, nous nous sommes envolées car les Flyboys avaient court-circuité le grillage électrique en même temps qu'eux-mêmes.

— Aide-moi à l'attraper ! ai-je demandé à Nudge.

Juste comme la directrice atteignait la porte et empoignait la béquille, Nudge et moi lui sommes tombées dessus de chaque côté.

— Vous nous quittez déjà, Mère ! ai-je lancé d'une voix rageuse.

128

Avec Nudge, on a chacune agrippé la directrice sous le bras et on a décollé.

Elle n'était pas légère. Cependant, à deux, on a réussi à la hisser haut dans le ciel, bien au-dessus du château. Elle hurlait de terreur, regardait en bas, donnait des coups de pied, perdant du même coup ses chaussures.

— Reposez-moi immédiatement par terre ! s'est-elle égosillée.

Je l'ai toisée d'un air plein de défi.

— Ou alors… ? Vous m'enverrez au cachot sans manger ?

Elle m'a considérée avec mépris.

— Au fait, vous avez vu ? J'ai battu Superboy, l'ai-je provoquée. Qui sait ? Peut-être qu'un jour vous pourrez en faire un vrai garçon.

— Omega était bien supérieur à toi, a-t-elle craché.

— Et pourtant me voilà, vous traînant par la peau des fesses dans le ciel tandis que… lui ? Il est là, la tronche écrasée par terre. Si par « supérieur », vous entendez « inadapté dans toutes les situations », alors je suppose que vous avez raison.

— Qu'est-ce que tu veux ? Où m'emmènes-tu ?

— En haut, c'est tout. En revanche, je veux des réponses à mes questions.

— Tu peux rêver !

Je l'ai examinée avec sérieux. Sa chevelure raide, blonde flottait derrière elle.

— Dans ce cas, je vais vous lâcher de très, très haut et profiter pleinement de la vue quand vous vous écraserez au sol comme une crêpe ! Entre nous, on appelle ça « le coup de la bouse de vache ».

Son regard de glace s'est alterré sous l'effet d'une peur réelle, ce qui m'a légèrement remonté le moral.

— Que veux-tu savoir ? a-t-elle demandé avec prudence.

Elle a par ailleurs pris soin de ne pas regarder vers le bas.

— Qui est ma véritable mère ? Et non, m'avoir pensée ne fait pas de vous ma vraie mère !

Je voulais qu'elle confirme ce que Jeb m'avait dit.

— Je n'en sais rien.

— Oups !

Je l'ai lâchée et elle a poussé un hurlement tandis que Nudge et elle tombaient brusquement.

— D'accord, d'accord !!!

Elle avait levé les yeux vers moi. Je suis descendue en piqué et je l'ai rattrapée.

— Vous disiez ?

Pâle comme un linge, elle a avalé sa salive et inspiré à plusieurs reprises.

— Une chercheuse, spécialisée dans les espèces aviaires. Elle a proposé de faire don d'un ovule. Peu importe de qui il s'agissait.

Mon cœur a fait un bond.

— Son nom !

— Je ne m'en souviens plus. *Attends !* a-t-elle imploré comme je desserrais les doigts. Elle avait un nom à consonante hispanique. Hernandez ? Martinez ? Quelque chose dans le genre.

Je pouvais à peine respirer et ça n'avait rien à voir avec le fait d'être à cinq mille pieds d'altitude. Le Dr Martinez était réellement ma mère. Je me suis raccrochée à cette idée comme à un gilet de sauvetage.

— Tu n'es pas la seule mutante à avoir survécu, m'a appris la directrice.

— Voyons, il y a ce charmant Omega et… Mara, de la famille de la panthère rose.

— Et moi !

J'ai sifflé.

— Ne me dites rien ! Laissez-moi deviner. Vous êtes moitié… vautour ? Hyène ? Anguille ?

— Tortue des Galápagos. J'ai cent sept ans.

— Wouah ! Vous ne les faites pas. Je vous en aurais donné cent cinq.

Elle m'a lancé un regard noir.

En baissant les yeux, j'ai constaté que des voitures de la police allemande encerclaient le château. C'était fini ! La menace qui pesait sur le monde l'était-elle aussi ?

— Ciao !

Je l'ai lâchée.

Elle était trop lourde pour que Nudge la tienne seule et elle est tombée à pic en tournant et hurlant de terreur.

Ça ne te ressemble pas, a commenté la Voix.

La Voix ! Ça faisait un bail !

Et pourquoi ça, Jeb ? ai-je demandé dans ma tête. *Parce que ce n'est pas ainsi que tu m'as conçue ?*

Non, a expliqué la Voix. *Parce que ce n'est pas dans ton tempérament. Personne n'a agi sur lui. Ta personnalité, c'est la tienne, à cent pour cent. Et tu n'es pas une tueuse. Tu l'as suffisamment prouvé ! C'est bien pour ça que je suis si fier de toi !*

J'ai poussé un soupir. *O.K., c'est vrai. Je suis plutôt génialissime dans mon style*, ai-je plaisanté.

Cela dit, au fond de moi, là où j'espérais que la Voix ne m'entendait pas, je n'ai pas pu m'empêcher d'éprouver de la fierté et du réconfort.

Manipulation ? Vous avez dit « manipulation » ?

— D'accord, allons la chercher, ai-je averti Nudge.

Alors, on a fendu le ciel et rattrapé la directrice une bonne soixantaine de mètres avant qu'elle ne s'écrase au sol.

129

Quand tout a été terminé, je n'ai plus eu qu'une envie : rentrer à la maison. Fissa ! Mais bien sûr, à trois votes contre un, je n'ai pas pu avoir le dernier mot. Même lorsque j'ai prétendu que leur voix comptait pour un demi seulement, j'étais quand même en minorité.

Au bout de quelques heures, nous sommes arrivés à (*leur*) destination.

— Je ne vois pas !

Angel s'est approchée de l'écran.

Eh oui, nous étions dans un cybercafé, en France. Pourquoi la France ? Pour la bouffe ! Les *shoes* démentes ! Parce que Total avait le droit d'entrer dans les restaurants et les supermarchés !

— C'est moi qui ne vois plus rien, maintenant ! s'est plaint celui-ci.

Il a avancé ses pattes sur la table.

— Aaaah le café ! s'est exaltée Nudge qui buvait à grand bruit sa tasse. J'adore !!!

— Pitié, dis-moi que c'est du décaféiné ! ai-je supplié.

L'écran a tinté et le visage de Fang est apparu. Ainsi que ceux de Gazzy et d'Iggy, tous les trois collés devant leur ordi, aux États-Unis.

Fang ! J'avais l'impression de ne pas l'avoir vu, de ne pas lui avoir parlé depuis des années. Ces trois derniers jours, tous les souvenirs que j'avais avec lui étaient repassés en continu dans ma tête. Dans le cachot, si j'avais tenu bon, c'était parce que j'avais pensé à lui. Et quand ce mutant, à Lendeheim, m'avait apporté son mot, disant qu'il arrivait, ç'avait été un des plus beaux jours de ma vie.

— Où étiez-vous passés ? ai-je exigé de savoir. Je croyais que vous étiez en route !

— Incident de parcours. Nom de code : Flyboy, a-t-il raconté. (Il avait une drôle de voix à cause de l'ordinateur.) Tu savais qu'ils ne savent pas nager ? Ils coulent à pic. La mer n'est pas leur tasse de thé. Loin de là !

De voir son visage grave, ses yeux si familiers, j'ai eu l'impression que tout rentrait dans l'ordre. J'ai ri et me suis sentie à nouveau entière. Je savais que nous resterions tous ensemble à présent, quoi qu'il arrive.

— Restez où vous êtes ! ai-je décidé. On arrive !

— Ça me va bien ! a-t-il répondu, et alors, mon cœur a fondu.

— Rapportez-moi un truc de France ! a fait Gazzy en arrière-plan.

— D'accord, lui ai-je promis.

— Moi aussi ! est intervenu Iggy. Une Française par exemple !

J'ai poussé un gémissement. Il ne pensait qu'à ça ! Mais je l'aimais quand même et bientôt, je le reverrais, lui et les autres. Ma famille ! J'avais tellement hâte !

Épilogue

« We are the champions ! »
Du moins pour le moment !

130

Quand j'ai fini par les apercevoir, sur une île, au large des côtes de Caroline du Nord, je suis restée sans voix. Nudge, Total, Angel et moi nous sommes laissé porter jusqu'à une plage dont le sable a crissé sous nos chaussures comme nous atterrissions.

Une rangée de chênes noueux bordait la plage, en haut. J'ai regardé au travers et consulté ma montre.

— Vous êtes en retard.

Fang est sorti de l'ombre. Vêtu de noir, comme d'habitude, il mangeait une pomme. Son visage était couvert de bosses. Cependant, ses pupilles se sont éclairées tandis qu'il s'avançait vers moi. Je me suis élancée vers lui, ailes déployées dans mon dos.

On s'est rentrés dedans bizarrement. Fang est resté raide pendant un moment, mais après, il a lentement passé ses bras autour de moi et m'a rendu mon étreinte. Je l'ai serré fort. J'essayais d'avaler l'espèce de boule de coton que j'avais dans la gorge, gardais les paupières fermées, la tête sur son épaule.

— Ne me laisse plus jamais seule, ai-je supplié d'une toute petite voix.

— Promis, a-t-il susurré à mon oreille sur un ton qui ne lui ressemblait pas du tout. Je te le jure !

À cet instant précis, la chape de plomb qui semblait peser sur ma poitrine depuis que l'on s'était quittés a instantanément disparu. Alors, je me suis détendue comme jamais depuis… depuis… Je ne savais même plus depuis quand. Le vent soufflait et l'air était frais. Toutefois, le soleil brillait et surtout, nous étions tous réunis.

— Euh… désolé de vous interrompre. M'enfin, je suis vivant moi aussi !

En entendant la voix plaintive d'Iggy, j'ai reculé et essuyé mes yeux d'un revers de manche. Me tournant vers lui, je l'ai étreint très fort avant d'en faire autant avec Gazzy. Là-dessus, on s'est pris dans les bras à tour de rôle et juré de ne plus jamais se séparer. En résumé, on s'est ensuite raconté ce qui s'était passé au cours des derniers jours en se rassasiant de beignets et de pommes que les garçons avaient eu la gentillesse et la bonne idée d'apporter.

— Et qu'est-ce qu'on fait maintenant ? a voulu savoir le Gasman tandis que j'essayais de lisser ses cheveux qui rebiquaient.

J'ai poussé un soupir puis examiné mes troupes :

— Il faut que j'aille en Arizona.

131

Comme je m'y attendais un peu, Jeb était déjà sur place quand nous sommes arrivés chez le Dr Martinez.

Avec mes amis, nous nous sommes posés dans les bois en lisière de la maison et, au terme d'une observation méticuleuse des environs, avons pénétré dans le jardin. Aussitôt, Magnolia, la femelle basset des Martinez, a marché pesamment de sous le porche en aboyant. Une fois plus près, elle a repéré Total et s'est mise à aboyer encore plus fort.

— Il ne manquait plus que *ça* ! a rouspété celui-ci.

La porte d'entrée s'est ouverte et Ella est sortie, le visage rayonnant. Là, elle s'est rendu compte que je n'étais pas seule et s'est arrêtée net pour observer les autres.

— Ouah ! Tout ça ! a-t-elle soufflé.

Alors, un sourire jusqu'aux oreilles, elle a couru vers moi et m'a enlacée de ses petits bras secs mais musclés.

— Toi et moi, on est sœurs ! s'est-elle écriée. J'en ai toujours rêvé et maintenant, c'est la réalité.

Elle s'est légèrement écartée et l'on est restées là à se regarder. Je considérais bien plus Nudge comme ma sœur. Toutefois, de savoir que dans Ella et moi coulait en partie le même sang humain, ça voulait dire beaucoup. Je me sentais plus forte, en quelque sorte. Je sais que ça a l'air niais, mais c'est l'effet que ça me faisait.

— Max.

Le Dr Martinez se tenait debout sur le porche, la main à la bouche.

Jeb est sorti à sa suite, les traits tirés, la mine triste. Il paraissait quand même heureux de nous voir tous ensemble. Je me suis souvenue de son expression quand Ari est mort. J'étais si paumée à son sujet que j'avais mal rien que d'y penser.

— Salut, ai-je lancé sans conviction.

Malheureusement, ce n'était pas parce que j'avais découvert la véritable identité de mes parents que j'avais fait un bond sur l'échelle du savoir-vivre, loin de là ! Enfin, bon, c'est comme ça.

Le Dr Martinez – impossible, trop space, de l'appeler autrement – a descendu les marches et s'est précipitée vers moi. Je n'ai pas bougé, raide comme un piquet, pendant qu'elle m'enveloppait chaleureusement de ses bras. Au fond de moi, cependant, je me sentais comme une petite fille dont la maman vient de poser sur elle la couverture la plus douce au monde.

— Oh, Max ! a-t-elle soufflé tandis qu'elle caressait

mes cheveux emmêlés. Je n'en ai pas cru mes yeux la première fois que je t'ai vue. Je n'étais pas sûre. Et pourtant, c'était bien toi ! Toi !

J'ai hoché la tête, un tantinet horrifiée de voir des larmes couler le long de ses joues.

— Eh ouais ! ai-je lâché en me maudissant aussitôt de réagir aussi bizarrement, d'être si peu loquace.

C'était ma mère ! Celle à qui j'avais rêvé toute ma vie. Qui plus est, c'était la meilleure mère au monde, celle que j'aurais choisie entre mille si j'avais pu. Néanmoins, je restais plantée là, immobile. Une véritable potiche.

Je me suis raclé la gorge, en reluquant mes pieds.

— Je suis ravie que ce soit toi, suis-je parvenue à articuler.

Et là – vision d'horreur – je me suis mise à brailler dans son pull-over.

132

Après mon quatrième cookie, j'ai commencé à l'appeler Maman. Tous les six, Ella, Maman et Jeb, on s'est un peu reposés. Mes amis et moi avons chacun pris une douche bien chaude. Wahouuu ! Ça faisait un bien fou. Plus tard, Maman nous a apporté des vêtements. Tout le monde semblait l'adorer. Ils me jetaient des regards d'envie, mais dans lesquels je pouvais lire qu'ils étaient contents pour moi. J'étais tellement fière de ma mère.

Ça faisait drôle de la voir faire confiance à Jeb. Celui-ci était redevenu normal – au moins, en apparence – comme à l'époque où l'on vivait tous ensemble. Néanmoins, nous gardions tous nos distances, même lorsqu'il cherchait le contact. Un jour, peut-être, pourrions-nous passer à autre chose, voire oublier ce qui s'était passé ? Il fit de son mieux pour se justifier de ce qu'il avait fait. D'une part, il pensait sincèrement qu'il s'agissait de la meilleure façon de me former à sauver le monde. D'autre part, les choses semblaient délibérément beaucoup plus graves qu'elles ne l'étaient en réalité et il m'avait aidée à m'échapper un nombre incommensurable de fois. Enfin, il avait été contraint de faire certaines choses telles que jouer le jeu de la directrice et la garder à l'œil pour pouvoir ensuite m'aider et prévenir la suite des événements.

Je faisais semblant de m'en moquer, mais au fond de moi, j'étais contente qu'il me dise tout ça. Pour autant, il ne s'en tirerait pas aussi facilement avec moi.

— À table ! a annoncé Maman alors qu'elle émergeait de la petite cuisine.

On s'est tous serrés autour de sa minuscule table à manger. Elle nous avait préparé un repas mexicain. Rien à voir avec la bouffe mexicaine pour touristes qu'on trouve dans les restos. Non ! C'était exquis et elle en avait fait pour un régiment car elle savait qu'on avait besoin de beaucoup manger pour engranger suffisamment de calories.

— La vache ! Ça sent trop bon ! a gémi de plaisir Iggy.

Ella l'a observé tandis qu'il commençait à manger, sans en perdre une miette.

— C'est incroyable, la façon dont tu manges !

Il parut pris au dépourvu.

— Des années de pratique, que voulez-vous !

— Tu m'impressionnes, quoi qu'il en soit.

Iggy a rougi. J'ai jeté un œil de l'autre côté de la table où Angel et Gazzy étaient assis côte à côte, l'air plus calmes et plus détendus que jamais de se sentir en sécurité.

— Au fait, Max, a prévenu Maman, j'ai mis des restes dans un bol, par terre, près de la porte de derrière, pour ton chien.

Les autres et moi nous sommes figés sur place.

Oh-oh, ai-je pensé. *Ça va chauffer !*

Total a marché d'un pas lourd jusqu'à moi avec des yeux accusateurs.

— Un *bol par terre* ! (Il bouillonnait de rage.) Et pourquoi pas m'enchaîner à un piquet dans le jardin avec un os à ronger tant qu'on y est !?

Ma mère l'a dévisagé tandis qu'Ella affichait une expression de stupéfaction, les yeux exorbités.

— Elles ne pouvaient pas sa...

— Aucun problème ! m'a coupée Total. Mettez-moi un vieux torchon par terre que je puisse dormir dessus. Écoutez, je me suis entraîné à aboyer. Wouf ! Wouf ! À moins que ce ne soit « waf », je ne sais jamais.

J'ai lancé un regard à Maman.

— Tu crois que Total pourrait avoir une assiette et s'asseoir à table ? (J'ai indiqué un minuscule endroit près de moi.) Il préfère.

— En effet ! Je ne suis pas un sauvage, moi ! a-t-il dit, scandalisé.

— Bien sûr, naturellement, a répondu Maman d'une voix douce. Je suis vraiment désolée, Total.

Fang a levé les yeux au ciel et s'est resservi. Alors, tout le monde s'est remis à parler. On aurait dit un tableau de Norman Rockwell[1], tous ensemble attablés autour du même repas. Soit, une peinture à la Rockwell avec des mutants et un chien qui parle, mais quand même !

---

1. Peintre et illustrateur (1894-1978) célèbre pour ses images du quotidien américain et de la vie de famille outre-Atlantique.

133

— Vous venez d'arriver ! a regretté Maman, les larmes aux yeux, une fois de plus.

— Je sais. Mais on va revenir. Promis !

— Pourquoi faut-il que vous vous en alliez ? a interrogé Ella.

— J'ai... des responsabilités, ai-je expliqué. Sauver le monde, entre autres !

On a serré Ella et Maman dans nos bras un bon milliard de fois. Total a fait pipi sur les plants de sauge et lancé un regard assassin à Magnolia.

Finalement, je me suis retrouvée seule, face à face avec Jeb. Je savais qu'il attendait que je lui fasse un câlin. Toutefois, mes câlins à moi coûtaient cher. Et toc !

— Pourquoi *moi*, Jeb ? Pourquoi cette mission de

sauvetage du monde est-elle tombée sur moi alors que je ne suis même pas la mutante la plus perfectionnée ?

— Tu es bien assez perfectionnée. Max, tu es la dernière mutante qui ait encore… une âme.

J'ai repensé à Omega, vide, sans expression.

— Max ? Un âne ? Tu l'as bien regardée, avec les animaux ? s'est moqué Gazzy. Elle s'y prend comme un manche. Elle les déteste.

— Pas un âne ! Une *âme*, idiot ! l'ai-je remis à sa place.

— Ah !

Un dernier au revoir, et Fang et moi avons échangé un nouveau coup d'œil.

— Allez, on y va, ai-je décidé juste comme il ordonnait :

— Prêts ? On décolle !

Je lui ai fait un petit sourire et j'ai lancé aux autres :

— Vous avez entendu Fang ?

On s'est remis en route, quittant la planète et son trouble pour le ciel pur, d'un bleu parfait, où chaque chose était à sa place et paisible.

— Tu sais quoi ?

Total était sur le dos d'Iggy dans une sorte de panier que Maman avait trouvé dans son grenier. Grâce à cela, c'était drôlement plus facile de voler avec lui. Bon, d'accord, ce truc était un porte-bébé, mais par pitié, ne le dites pas à Total !

— Quoi ? lui ai-je demandé.

— Ta mère, elle est pas si mal !

— Merci du compliment, Total !!! ai-je répliqué sèchement tandis que les autres rigolaient.

Alors que nous volions vers le coucher du soleil, une chose me trottait dans la tête. Une seule : croisons les doigts pour qu'on revienne ! Et si c'était le cas, quelque chose me disait qu'on ne serait pas beaux à voir.